世界之魂四部曲　2123 A.D. – 2139 A.D.

帝國本能

THE LIONS DANCE

Maxine Young 楊依射 著

台中市長 胡志強 強力推薦！

元智大學通識教學部
助理教授 陳巍仁 專文推薦！

廿一世紀覺醒主義文學正典

躊躇而雁行

我打算違反一般撰寫推薦序的常態，在一開始便先表達我的憂慮。實在是因為這篇作品已經超出了小說文類的正常範疇，特別是我們對小說的「市場性」還抱有某種期待時。當然這個傾向在依射的「世界之魂」前三部曲已可見端倪，但到了此部《帝國本能》，我更不禁懷疑作者是否還在乎與「普通讀者」進行對話？換句話說，要閱讀這部作品，有相當的門檻得先跨越。此處所謂的門檻，並非文字感受能力，亦不是文學批評品味上的訓練，而是一種透過文學這個「載體」，與大歷史對話的「意願」。我勢必得先標舉這個準則，否則，只就純文學的角度看這篇小說，別說讀者，連學有專精的評論者都可能無所適從。

多年前依射的首部曲《漂流戰記》出版時，我曾備受困惑，那該視作一部「科幻小說」嗎？在科幻的外衣下，我分明感覺到有個難以言喻的形體在蠕動，當順著四部曲的理路走下來後，我終於確定作者筆下的科技、政治、社會乃至於經濟素材，說穿了也不過是華麗的織錦，如若讀者沒有勇氣面對內裡那近似佛地魔的歷史暗影，則注定被這龐大的敘述體系弄得神馳意散。

有了這樣的認識，對於《帝國本能》，我才好從頭說起。

就算以形論形，直接把此書當成「經濟學小說」來看，其成就確實已數空前。我曾參與過網路論壇對於「學科型小說」的討論，有不少人認爲科幻之「科」，僅限於「自然科學」、「物質科學」，斷不可能有所謂「社科小說」的存在，我獨持反對意見，並提出「經濟學小說」的可能性，可惜是時依射這本著作尚未面世，使我在舉例上缺乏奧援。從華文小說題材之擴展著眼，《帝國本能》絕對有其特殊地位，然而，難道所謂「經濟學小說」，便僅只是用「小說技巧」寫成的「經濟學原理」嗎？

我必須承認，在未閱讀《帝國本能》之前，若有人提出這個「大哉問」，我可能會回答的十分心虛。然而，在閱讀過程中不斷引起的聯想，卻使答案越來越明晰。不知何故，當我浮沈於依射筆下湧動的政經風雲中時，卻有一股似曾相識的熟悉感不時閃現，當我最後終於敲著自己的後腦杓，發出「啊哈」的了悟之嘆時，一個全新的視野也在我眼前次第展開。

我豁然想起一本對我影響良深的鉅著，加爾布雷斯（John Kenneth Galbraith）的《不確定的年代》（The Age of Uncertainty）。我當然是經濟學的門外漢，但捧讀此書時卻明顯感受到深刻的魔力，讀時淋漓過癮，日後亦常置於參考書篋隨時檢看。在表面上，加爾布雷斯寫的是一部「經濟思想史」，不過嚴格來說，其體例並非學術著作，而是一部融合史話、歷史故事、自傳、遊記甚至主觀譏諷評論的暢快雜文（Essay）。此書原是電視講座之講稿，要面對的本非學院中人，而是社會大眾，主流經濟學界或許未必承認其學術價值，但若要論起引燃思想的熱力，專門學術著作則萬難望其項背。

《不確定的年代》已經躍出了學術的框架，展現以個人之姿奮力跳入（也有人說是攪和）歷史洪流的勇氣。我也深知依射在架構《帝國本能》時，對進入歷史懷有極大的使命感，是故裡頭必定具備夾敘夾議之作者觀點，日後若有人對《帝國本能》似「小說」而又非「純小說」的形貌產生質疑，加氏此書正好可作爲闡發。

再進一步，我之所以感覺到《帝國本能》與加爾布雷斯之聯繫，恐怕有一更隱微的原因。察諸當世經濟學之「普世價值」，率皆以芝加哥學派傅利曼之「自由市場經濟」爲依歸，反對政府過多的介入與干預，相較於此「市場萬歲」之自由經濟思維，加爾布雷斯因當時在電視評論中與傅利曼分庭抗禮，遂常被貼上之「非主流」及「迂腐」之標籤。然而在加氏此書問世四十餘年後，書中某些關於因消費主義而造成之社會失衡，以及更重要的因壟斷而喪失之社會公義等論點，不啻遙遠而堅定的醒世之鐘。加爾布雷斯一向提醒政府須盡力推動社會公平，依射的小說卻未重彈此調，而再次「坎陷」出一境界，使「覺醒主義」不再是空話，而有了紮實的討論。乍看之下，這二者在最終進路上彷彿有所差異，但在一潛質上卻無二致。

且容我再說一段往事，作爲這個論點兼本文的收束。十年前我初執教鞭時，曾在中部一所大學任教某跨科系的通識科目，課間曾向一學生開了個不甚高明的玩笑，我說：「這位同學，你來念經濟系，該不會是以爲『經濟』系比較『便宜』吧？」沒料到那學生像被戳中了要害，頗欲對我的嬉笑表達抗議，遂無比嚴肅地正色回答道：「學經濟的目的，就是要使資源獲得公平而合理的分配！」

在這個答非所問，顯得有些滑稽突梯的當下，我突然被他認真的神色所說服，並重新意會到人們在設計經濟制度時本應具有之最美善的部分，這甚至超越任何一本大部頭著作的殷殷論證；我難以名之，或許勉強概稱為「良知」。而在彼剎那，我體會到的或許就是「良知的再喚起」；讀《不確定的年代》，讀《帝國本能》，意味亦同於此。

加氏之「不確定」與依射小說人物之「無力回天」不是悲觀，只是良知之躊躇。曹孟德於漢末世道陵夷之際，對正義曾有「躊躇而雁行」之慨，大雁南飛，難免有折翼而落群者，我讀到《帝國本能》中遊梭等人的際遇，亦有類同之感慨。本文以此為題，聊發議論，料依射與諸讀者當能知我。

依射這四部大河史詩，我一直有榮幸先睹為快，此時與她同立於風煙浩渺、鄰近出海口的沙洲之上，想起的卻是《易．繫辭》中：「作易者，其有憂患乎？」一句，意思是創作易經者，因知變動之無情，故而對當下，對未來，恐怕都充滿著戒慎憂慮之情吧？我以為這絕非因恐懼而裹足，而是小心翼翼地琢磨。在此稍可小憩而行將邁向下一寫作階段的當口，我不敢妄替依射發表感想，只能將此句轉贈與她，並以此為依射贈予我的這段奇妙旅程，下個微小的註腳。

台灣師範大學文學博士
元智大學通識教學部助理教授　陳巍仁

《帝國本能》導讀

《帝國本能》始於金融業巨擘柏爾家族的第二代貝士基特的崛起，叱吒風雲一時，結束於貝士基特抑鬱去世。貝士基特一生為他的金融業「北聯集團」生死存亡的奮力搏鬥，與喬瑟法的「普利馬物流公司」的興起與坐大，兩者緊緊相連。書中所述的班楠的「物流本位」學說、和平幣的單一貨幣、蟲洞網的全球運輸樞紐，世界經濟聯盟的最高機構，都是環環相扣。小說融合了現實與虛構，將政商之間複雜的弱肉強食運作交織在精彩絕倫之獵殺行動中，宛若獅群狩獵，時而誘殺，時而追捕，時而隱沒草叢中等待機會，構成極為驚心動魄政商二界的爭霸大戰。

但是《帝國本能》的核心並不是設定在政商小說或菁英傳記等富於謀略的故事，而是以更宏觀觀察一個「大歷史」的架構下，檢視資本主義的本質，這樣高度的思考角度來捕捉「資本家的本色」。小說人物米斯帝說：「**人類的文明史，就是一部物資的掠奪史啊！**」「掠奪與剝削」就是資本主義的本質，其目的就是「私有資本增值」。從二次大戰之後的企業併購風潮，至六十年代的企業跨國化，到八十年代的資本全球化，甚至未來百年之後，不論是何種政治型態，何種經濟型態，資本主義本質都是不變：掠奪與剝削，資本主義目的都是相同：私有資本增值，資本主義手段都是一貫：政商權力勾結運作。

資本家不改其本色，將資本市場與政治運作之間互相連繫的紐帶緊緊的掌控，以便擴大利基、製造新的支配與壟斷，打造一個「私人所有權的社會」（Ownership Society）。小說中如此巨大的蟲洞網，關係著廣大民眾生存的建設，不是公共建設，而是「私人所有權」的建設；再加上和平幣的強制發行，這個和平幣是由私人集團取得貨幣發行的特權，政府甚至對它毫無約束力，掌控貨幣體系，就等於實際上統治這個經濟體，更何況和平幣是全球單一貨幣。當通路與貨幣皆成為私人所有權而遭受壟斷，其他的人都必須臣服以求生存。

在當今「新自由主義」獨領風騷，大多數的政治領袖採取美國學者傅利曼先生大力鼓吹的「經濟放任」政策，推動「資本全球化」。龐大的自由資金在全世界恣意橫流。資本家追逐著「巨大利潤」，雖經歷二〇〇八年的金融海嘯襲擊，然而資本全球化早已深深地改變了世界的樣貌，這個現象無法逆轉。巨大的利潤有如滾雪球般的創造比巨大還巨大的利潤，驅策著資本家天生掠奪的本能和雄厚的野心與慾望。這樣的瞭解，有助益於理解作者在小說中所述的：資本帝國主義在金融、金流盛極而衰之後，繼而轉向實物強權與物流帝國的道路。

作家楊依射嚴謹的舖敘西元二一二三年至西元二一三九年時期，政治、企業、金融三者的共生結構，鮮活地描繪當時超級資本家的貪婪本性，與政商菁英的機變迭出，計謀重重。全球海陸空運輸的托拉斯以及全球零售業最大的卡特爾組合而成的資本主義複合體（Capitalism Complex）：普利馬物流公司，當它一手持著蟲洞網，一手持著和平幣的時候，已然「無敵」於世。資本家喬瑟法志得意滿的說：「**這個世上，沒有無法壟斷的商品！**」在超大企業集團的氣燄高張與仰仗企業贊助支持選舉的小政府下，政府也只不過是個隸屬於企業下的公共事務部門，各界的菁英都是超級資本家操控的棋子。在書中作者處處留伏筆，並且在細節中，屢屢發現撒旦的身影。

小說到了最後快要結束的地方，一生以解民倒懸爲理念的政治家希洛，才大夢初醒，驚覺到帝國主義貪婪之「原罪」，與民主體制運作的荒謬。一直站在權力中心的希洛都無法及時看清眞相，更別說身處局外無法獲得眞實之資訊因而無知的群眾。人們盲目地跟隨著政客、寡頭（資本家）、學者、媒體等的聲音，隨之起舞或歌功頌德，作者心思沉重的說：「**（人們）口中呼出那些可笑頌歌，也將一如歷史上的任何一種制度，以讚揚著高尚的道德延續數百年來的華麗傳統：羊群為群獅獻祭，為了獅群的獲利而賤賣自己的青春，拋售自己的子孫，及至子孫的子孫的子孫。**」

本書所指的「帝國」爲經濟上的帝國，不是政治上的帝國。作者透過具體而微地描繪一百多年後上層社會政經活動的景象，並且努力探尋人類最爲珍貴的「良知」。然而人類任何形式的鬥爭，一旦滲入了「良知」，就失去了成就「帝國」霸業的條件。所以與「帝國」大業光彩奪目的亮麗光芒相比較，「良知」彷彿那風中的火柴亮光，劃過黑夜，瞬間消失。作家楊依射筆下羅徹斯特的遊梭和市長可納．庫魯夫，發出短暫微光，迅速地消失在歷史的漩渦，作者如此說道：「**因為在『文明』的範疇裡，沒有偉大的個人，只有時代的烙印。**」

《帝國本能》爲「世界之魂」第四部曲，作者不僅生動地描寫社會眾生圖像，更覓尋源自人性中的道德力量，小說中揭露了民主政體的難題根源，構築了資本主義未來擴張的實物強權與物流本位模式，並且巧妙的點出任何經濟帝國的形式均具有「隱性軍事戰爭」的本質。「世界之魂」系列為講述人類生存處境的優秀文學創作，此系列作品呈現：思想開闊寬廣、見解通達獨到、文筆雄渾沉鬱的創作風格。不論是《漂流戰記》對戰爭的質疑與科技的濫用，《微物樂園》對民主政治的弊端，《戮》對社會分配的不公，以及本書《帝國本能》對自由經濟的私有化等黑暗議題的揭櫫，作家楊依射始終在覺醒主義文學創作的道路上。

特約主編　簡世照

CONTENTS

目錄

中篇　時代的印記

下篇　偉人的跫音

上篇　不滅的殿堂

第一章　日出

太陽還沒出來，天邊的雲層陰陰鬱鬱的。蜿蜒的受光面彷彿層層疊疊的蚯蚓般堆積在天空的一側。寬廣的紐塞納運河平穩的貫穿過鳩擇市，乾淨的河水潾洵地閃耀著天邊漸露的曙光，淡彩的魚肚白與澄黃色的河畔路燈交錯於漸去的微曦之中。這是一天當中最渾沌未明、也最爽新甦活的矛盾時刻。貝士基特很喜歡晨曦之前的這種渾沌狀態，深沉的灰藍逐漸變得刺眼而亮白的同時，尖銳的思緒也會充滿腦中，身體因爲初陽的刺激，而滿賦活力。

日出之前，是一天當中最能夠感受野心的時刻。

貝士基特從他喜愛的石雕陽台往外眺望，鳩擇市高矮起伏的密集建築猶如巨洋中的洪濤波瀾，在無風的低矮雲層下，被時間靜止而停駐；直條條的紐塞納運河則如被摩西直指而開的紅海之路，從鳩擇市的西北入口直通東南——**引領著鳩擇市人勇於開創自己的未來**。這是位於市政府前河堤上的紀念碑文，也是鳩擇市民最引以爲豪的都市精神。

鳩擇市在半個世紀之前還只是一個位於裏海西方的荒蕪小鎮，躲藏在佇立於北面與西南的大小高加索山脈之間。過去，這裏曾是農產豐饒的卡拉河流域平原，然而二十一世紀中期劇烈惡化的氣候問題使得裏海與注入裏海的四周河川，包括卡拉河在內，均難逃乾涸消殞的命運。除了農業傳統之外，這個地區直到第三次世界大戰之時，也都還是大量的重要金屬礦產與石油、石化工業產品出口地。不過隨著戰爭的結束、全球經濟的崩頹，以及工業生態的大幅變遷，原油與重金屬等「舊工業礦產」到了二十一世紀末葉時，已不再於人類文明的各種需求當中獨占鰲頭。落寞的老舊小鎮不可隱藏地顯露出了寂寥的樣貌，它本非交通樞紐，亦不是「新工業科技」所需的重要物產出產地；不足千人的居民在逐年消逝的卡拉河流域平原上反璞歸眞。即使在輻射污染的威脅下，他們仍以最低限度的方式與環境對抗，過起了近乎於原始的農耕生活，直到全球共和聯邦政府「買」下這片土地的統治權，平靜已久的鳩擇市，才又再度陷入紛亂之中。

沁涼的空氣從肺腑中擴散開來，貝士基特坐在陽台的小桌上享用傭人端上來的早餐：一顆白嫩的水煮蛋、兩片烤得金黃並且裹上了起士奶油的厚吐司、半顆多汁的葡萄柚，以及一杯雙份濃縮咖啡。這是一個與平日沒什麼不同的早晨，天色漸亮，但是雲層很厚，沉重地漂浮在猶若伸手可及的近處天空，幾乎不透光地散發出陰鬱的灰藍光影。貝士基特在冰涼的晨風中抖開當日的早報，輕薄的紙張幾乎無法安定地呆住，爲了方便閱讀，他只得將餐盤往旁邊推開，把報紙按在桌面上看。貝士基特的早晨看起來是如此愜意，然而這樣的景象，在半個世紀之前的這個地方，是絕對見不到的。

全球共和聯邦的主力財團「克萊爾集團」在西元二〇九七年時，與其姻親企業梅耶洛夫家族合作融資，以壓倒性的投資力量「買」下鳩擇市政府的時候，當時的鳩擇市在全球共和聯邦的眼中，只不過是一個「或許偶爾會路過」的鄉下小鎮。它的地理位置與天然資源，都並不引人遐思。全球共和聯邦買下鳩擇市政府的原因，只不過是為了方便進一步整合從南方的捷魯歐港、至連結北與歐洲通路之間的經濟區域而已。他們併購這途中的一切阻礙，使成為一片平夷之地。那些人，不論是支撐或是仰賴著聯邦政府的高官貴族們，從一開始就並不打算建設像鳩擇市這般荒蕪的小鎮。實際上，他們還認為花費在這裡所有的基礎建設成本，全都是虧損生意。

貝士基特是鳩擇市目前首屈一指的金融巨頭裴斯・柏爾的獨生子。貝士基特早年聰慧，很早就對他父親的工作產生興趣，時常穿梭在許多頂級的大人物之間問東問西，或是跟在父親身邊參與各種大大小小的洽談會議。裴斯・柏爾本身是個熱情的數學家，時常不修邊幅，說話有些粗鄙，喜歡滔滔不絕地對每個人談論他獨樹一幟的數學世界觀。這位腦袋猶如被數學吞噬的天才數學家，對於數字的興趣自然遠大於對金錢的喜愛。基本上，世界上任何的事物在裴斯・柏爾的眼中，不外乎都是各種數字與算式詮釋出來的花俏現象。因此他會認為金融業務實際上也與烹調美食的原理同樣，總之先列出公式，這公式可能是快鍋油炸、慢火精燉，看是惡性併購或者良性投資，然後要找到參數，這參數可能是幾根胡蘿蔔、豬肉、或者一家引人垂涎的上市公司。接著，可能還得考量一下變數，像是火候、調味、以及市場環境與股東的性格等等，待一切就緒之後，只要把參數丟入公式之中，簡單的運算、起點化學作用，不同的公式自然會衍生出不同的結果。世界的規則在天才裴斯的腦中，就是這麼簡單。

當然，像裴斯這樣天資優秀又受過完整高等教育的英才，自然不可能是生長於鳩擇市的鄉愿。他其實是歐洲人，一直到四十歲之前都循規蹈矩地在梅耶洛夫家族的企業中工作。梅耶洛夫家族企業對於公司員工的待遇可說是惡名昭彰的嚴苛，裴斯・柏爾從二十出頭開始就不斷爲公司企劃出源源不絕的穩定暴利，然而當他在妻子的鼓勵下離開梅耶洛夫企業時，他的薪資卻與二十年前初入公司時相差無幾。當時裴斯已是梅耶洛夫企業的王牌投資專家，他輕鬆有理的數學世界觀與熱情的粗神經性格總是能夠把客戶搞得很開心，並且樂於把錢交給他運用。當許多穩定往來十年有餘的老客戶知道裴斯的薪資仍停留在二十年前的水準時，他們語重心長、並且滿臉誠摯的對裴斯說道：

「假如你要自立門戶，我們一定會跟著你的。現在我們之所以敢於把大筆錢財交給梅耶洛夫管理，全都是因爲你在這裡的緣故。」

裴斯・柏爾聽了自然相當感動，在那之前他從來都沒有思考過自立門戶的事情。不過，自從兒子出生之後，來自於妻子的慫恿與各方老友的鼓勵，終於讓裴斯也萌生出想要建立自己的家族企業的念頭。

裴斯・柏爾於西元二〇九三年時脫離梅耶洛夫家族企業，用有限的資金迅速組成一間小型投資公司。一開始裴斯本想以自己當時七歲的兒子來爲這間寶貝公司命名，叫做「貝士基特投資公司」；不過苦惱了幾天後，還是膽怯作罷。考慮到萬一公司經營不善、倒閉了的話該怎麼辦。因此，爲了不讓年幼的貝士基特可能會因爲自己的笨拙而背負醜名，裴斯改以自家祖先的故鄉來爲公司命名，而成爲後來呼風喚雨、點石成金的「貝魯特投資公司」。

貝魯特投資公司成立後，光是營運的第一年裡，就毫不客氣地搶走了裴斯的前東家梅耶洛夫企業百分之四十的專任客戶，其餘客戶之中也有許多人受到裴斯個人魅力的吸引，而與梅耶洛夫企業解除專任委託，轉採行「分散風險」方式，同時對貝魯特公司與梅耶洛夫企業分散投注資金。貝魯特公司像是一場規模雖小但強度猛烈的颶風一般橫掃而過，擁有百年歷史、然體制鬆散頹靡的梅耶洛夫企業，幾乎毫無招架之力；貝魯特公司成立後的第三年，梅耶洛夫企業險些就因爲現金周轉不靈而倒閉。梅耶洛夫家靠著姻親企業克萊爾集團的幫助好不容易才度過這次的危機；然而兩家雖是世交，在利益與權勢的競爭上，卻始終都處於表面交好、暗中角力的敵對狀態。這次的事件，使克萊爾集團瞬間握有了梅耶洛夫企業半數以上的股票，暗中的角力浮出檯面，兩家的裂痕也逐漸擴大。

當時的貝魯特，還只是一間中小型的投資公司而已。裴斯．柏爾在擊敗梅耶洛夫企業的過程中，也逐漸醞釀了更大野心。他花了幾年的時間，在公司內培養了一群精銳的人才，並且對於這些忠心耿耿又能力超卓的屬下充分授權，準備壯大貝魯特公司的規模與等級。

上週貝士基特剛過完三十七歲的生日，在顯要雲集的慶生宴會上，他也終於順利談成了一樁醞釀許久的合併案——現由貝士基特一手掌理的「貝魯特投資公司」以低於市值的股價買下了競爭對手「普利馬物流」的一支旗下子公司「羅洛化學廠」。這次的勝利讓貝士基特格外地心情振奮，自從由父親手中全權接掌貝魯特公司以來，勝利已經很少讓貝士基特感到這麼激動過了。由於自幼受到父親事業態度的浸淫，貝士基特始終是個極度好勝、性格卻又謹慎嚴苛的人。縱使他有著明星運動員般的亮眼外型，身材高大，約有一百九十公分高，英挺對稱的長橢圓形臉頰與精悍有神的深褐色眼珠，還有黑棕色的自然捲髮與健壯平衡的修長體型。笑起來的時候眼周有著迷人的臥蠶與魚尾紋，臉頰也會出現凹陷的笑肌紋理。貝士基特的異性緣不用多說，沒有女性不希望被他多看一眼。然而貝士基特卻是個較為薄情的人，他將絕大部分的精力都花在社交以外的地方。

除了遺傳自父親的數學天才，貝士基特也非常擅長運動，任何球類項目都難不倒他。其中貝士基特最喜歡的是網球，他喜歡享受擊球與跳躍時的平衡美感，不論是體能還是球技都相當出色，偶爾甚至能夠打敗職業球員。不過跟球類運動比起來，貝士基特更喜愛駕駛輕型飛機的刺激感受。大學時代他曾在紐賽納運河上主辦了輕型飛機的賽道飛行比賽，並且親自駕駛著自己的「邊緣540」古董座機勇奪賽會冠軍。直到大學畢業之前，貝士基特都認為自己未來會成為一名職業飛行員才是。不過這個美夢卻不幸在他大學畢業的那年夏天徹底粉碎了。貝士基特原本打算為大學畢業來一趟紀念飛行，計畫沿著紐賽納運河向南方來回飛一趟全球共和聯邦的首都捷魯歐城，企圖創下輕型飛機長程飛行紀錄中的最速傳說。貝士基特的雄心壯志在鳩擇市內轟動一時，出發前夕與當天都受到民眾與媒體的大量關注。貝士基特在群眾的歡呼下英雄式地揮了揮手，把油門踩滿、猛地直衝遁入銀灰色的雲層之中……接著大約十分鐘之後，貝士基特便在鳩擇市城外迎接了他生平第一次、也是唯一的一次墜機意外。他的邊緣540在飛入雲層後不久便遇上了微爆流，垂直向下的氣井使機體瞬間失速，儘管貝士基特憑著卓越的本能反應掙扎著向上提升、猛力衝出氣井，然而卻也隨之衝進了致命的順風區，機翼頓失升力，貝士基特與他的邊緣540像是一支殘破的小風箏般，被強風毫不留情地吹落地面。短短十分鐘的不幸飛行，使貝士基特永遠失去了良好的視力、敏銳的味覺，以及由於脊椎重傷，即使經過漫長的復健，他的雙腿也無法再如以往那般鮮活矯健。

這次墜機意外徹底的改變了貝士基特的人生。在歷經了頽喪與絕望之後，他決定捨棄過去的期望，毅然決然轉闢另一個截然不同的生涯規劃。這個破釜沉舟的決定，讓貝士基特帶著銳利的眼神與剽悍的臉孔進入了父親的貝魯特公司，開始了他的第一投資家之路。

「雄心壯志不可滅！」

貝士基特時常如此說道。他對於自己轉戰投資領域的決定相當自豪，每當遇上新的部屬或是不熟稔的客戶時，總是喜歡將這事兒掛在嘴邊，並且認爲這能夠讓對方迅速地了解到貝士基特他個人在投資事業上的頑強能力、與凡事必勝的決心。

吃完早餐，貝士基特把早報丟到一旁，志得意滿地拿紙巾擦了擦嘴，起身回到室內。早報寫著的正是貝魯特買下羅洛化學廠的頭條新聞，並且以「世仇之爭」來形容這次的併購事件，再加上多方面的因素評量之後，用一句「自西元二〇九八年以來，柏爾家族在這場與梅耶洛夫家族之間長達二十五年的世仇之爭當中，獲得壓倒性的勝利。」來作爲報導的結論。貝士基特在認爲這份報導未免流於浮誇的同時，心中也感到相當程度的得意之情。確實，二十五年前，也就是西元二〇九八年，當裴斯・柏爾藉著精巧高明的手段，冷不防從代表全球共和聯邦政府的兩家企業手中一口氣買下鳩擇市政府百分之八十的股權時，貝士基特不過是個十二歲的小毛頭兒。當時代表聯邦政府的兩家企業，就是梅耶洛夫企業與克萊爾集團，這兩家龐大得無可比擬的當世巨頭，猶如撐起全球共和聯邦政府的兩根大柱；貝魯特的裴斯・柏爾，則是孤身一人。雖有近百位忠誠心十足的精英爲裴斯效力，但是裴斯明白，若眞想要與名大勢大的梅耶洛夫、以及權傾天下的克萊爾集團抗衡，只有「實力」是不夠的。裴斯對於自己一手訓練出來的精銳部下們有著無比的信心，但是若想更進一步地展現侵略性，貝魯特需要的是「官方性」。一個投資企業要想取得「官方性」，一般來說有幾種做法，例如說，接下政府發包的案子，這也是最普遍的一種。然而在全球共和聯邦大力推行「戰後重建計畫」的二〇九〇年代末期，包括各都市的地方政府在內，幾乎所有的政府發包案都是需要高度專業技術的基礎建設工程案。貝魯特根本不可能去承接這種工程案，因爲他們只是一家與「實際建設」沒有直接關係的投資公司而已。裴斯一開始曾考慮過，或許他們可以透過併購一家工程公司來搶接政府發包的工程案，問題是這樣成本太高，成效恐怕也不會太好，由於當時大部分能有能力接下政府基礎建設的工程公司與主要的製造業企業大多由克萊爾集團所投資，因此自然也都掌握在聯邦勢力手中。換句話說，凡有政府發包案之處，必由聯邦勢力盤據。裴斯雖然生性熱血，但也沒笨到在屁股還沒坐得夠大之前就去與敵人硬碰硬。他開始尋找一種間接性的「標的」，更聰明的標的，能夠讓貝魯特取得「官方性」形象的同時，又不需直接與聯邦勢力槓上、並且在未來更能夠做爲發展腹地的「標的」。不是一頭熱的去瘋狂搶下案子，而是往長期的發展、立足於未來的戰略上去規劃。

就在這個時候，報紙上的一則不起眼的小新聞，抓住了裴斯的目光！雖然那只是一則簡短、被放置在角落位置、用最官僚式的口吻粗略帶過的報導，但是在裴斯的眼中，它卻閃耀著無比的亮光──**北方若干都市發生居民暴動事件，規模不大，聯邦政府已派員協助安撫、瞭解民眾心聲。該地區自西元二〇九五年接受聯邦政府管理以來已發生過多起暴動，據了解暴動原因多為聯邦政府在該地區計畫的基礎建設，被居民認為是有違當地習俗與破壞風水等等。**

裴斯簡直要跳了起來，這就是他想要的東西！他對著部下們拿著這張報紙興奮的說道：

「看！你們看見了嗎？你們看見這東西是什麼了嗎？」

部下們神情緊張地凝神了一會兒，其中一個名叫洛維特的年輕分析師習慣性地捏著下巴，沉思著說道：

「噢，我想這就是我們要找的標的了不是嗎？從捷魯歐通往歐洲中間的途徑上有相當多這種被併購下來卻沒有得到良好管理的小型都市，如果我們能買下兩、三個……」

「兩三個也太多了吧？我們哪來這麼多錢？」另一名投資師說道：「何況，買下都市政府這種投資根本一點兒也不划算啊！」

眾人聽了紛紛附和，他們都認定這樣的投資根本是天方夜譚，只會讓貝魯特破產倒閉而已。裴斯聽著，卻沒多說什麼話，反而向洛維特問道：

「你說如果能夠買下兩三個的話……買下兩三個既沒有天然資源也不是貨運樞紐，現階段連民生基礎建設都還不完備的小型都市，你認為接下來能有什麼好處呢？」

「如果這地方眞的什麼都沒有，」洛維特說道：「那麼聯邦政府為什麼還要花這麼多錢把它買下來呢？如果只是單純買下來也就算了，然而聯邦政府卻大費周章地在這個地區設立了這麼多『都市』等級的行政單位！可見這裡絕不可能是什麼都沒有。我的感覺是，因為只有『都市』等級以上的行政單位，聯邦政府才有權力干涉都市整體建設的規劃，因此，為了捷魯歐地區的利益，聯邦政府不希望北方的這個區域發展得太好，甚至不希望它們發展，所以才會大費周章地設置為『都市』等級。也就是說，如果這附近發展得太好的話，肯定會對聯邦首都造成某種商業上的損害。至於損害會是什麼，我想不論如何推測，恐怕都與捷魯歐對歐陸之間的運輸脫不了關係。」

「說得好！一點兒也沒錯！」裴斯高興得用力拍了一下洛維特的肩膀，向子弟兵們說道：

「聽著，孩子們，這裡頭有個最大的都市，叫做鳩擇市，它現在和聯邦勢力處得很不好，我們要偷偷的、迅雷不及掩耳地買下它！我們要和鳩擇市建立感情，然後，讓它賺錢！只要我們能讓鳩擇市賺錢，那麼就等於是奠定了與聯邦勢力對抗的後盾。」

「但是，要怎麼做呢？」先前提出反對疑問的投資師說道：「我們現在根本沒有能夠買下一個都市的錢啊！」

裴斯微微笑了起來，顯然是已經想到不錯的方法。他認爲這筆生意若想成功，暗渡陳倉的做法是不可避免的。所幸鳩擇市與附近地區的居民與聯邦勢力處得並不好，除了利益分配不均的問題外，他們之間還有著一層文化上的族群衝突。這讓貝魯特公司有機可乘。

爲了免於讓梅耶洛夫企業的商業間諜察覺到貝魯特這次極具野心的祕密動向，裴斯策劃了一次員工旅遊。在長達一週的員工旅遊期間，裴斯帶著幾名重要的部下從旅行路線暗中脫隊，直赴鳩擇市，與當時被聯邦政府任命的鳩擇市長史泰因會晤。史泰因是土生土長的本地人，雖然他被任命做爲聯邦政府的鷹犬——史泰因自己這麼形容著，然而他實際上非常厭惡聯邦政府。

「他們不過是老舊思想的金權政體！」

史泰因穩重的外表下罕見地露出激憤的樣貌，在祕密的場所裡向裴斯透露悲痛的心聲：

「你知道，我的朋友！我們沒有能力抵抗他們。他們有錢、有槍、有媒體！我們不但沒有能力拒絕他們的併購，甚至連要教育我們的孩子知道事實的眞相都極度困難！你說你對此有好的策略，我一定要告訴你，我們的人民不怕吃苦！我們也不怕與強勢的人爲敵。眞正令人懼怕的，是我們擔憂如果再繼續這樣下去，恐將連文化與靈魂都會消失！」

裴斯用力閉了一下眼皮，沉重地點了一下頭，緊抿的嘴唇無不表現出淋漓盡致的深切贊同。裴斯的態度與提案，都讓史泰因傾心不已，他們在初次會面的當天晚上，就立刻簽訂了一紙密約。由於密會的地點在鳩擇市外一家名叫「美杜莎」的旅館，因此他們都同意就將這份雙方都相當滿意、並且滿心期許的合約，稱之爲「美杜莎密約」。

依照「美杜莎密約」的協議，史泰因從二〇九八年一月開始，便毫無預警地讓鳩擇市的都市股價與幣值雙雙下跌。能跌多少就跌多少！史泰因同時也對民眾施以戰略宣導，讓民眾在進入大貶值期間之前便已準備好要過上一年「以物易物」方式的原始生活，並且讓他們明白這麼做是爲了對抗聯邦政府的金權統治。鳩擇市人各個性格剛烈，他們有著桀傲堅毅的民族性；再加上對聯邦政府對該地區施以強取豪奪的厭憎之情，家家戶戶像是慶祝什麼節慶般地、一窩蜂跑去聯邦政府強迫他們存錢的銀行，要求要將每個人帳戶裡的舊鳩擇幣一口氣提全部出來好換取實物。實際上，能不能提到錢已經不是重點了，因爲幣值暴跌引發了嚴重的通貨膨脹，即使帳戶裡的舊鳩擇幣能夠全部回到手中，也已經買不到太多的東西，以物易物的交易系統已經迅速形成。就這樣連續貶值了九個月後，鳩擇市的都市股票形同廢棄的回收紙張，它變得非常便宜。

這波不尋常的貶值現象當然引起了聯邦政府的注意，然而在二〇九八年，聯邦政府卻正忙著爲即將於隔年舉行的聯邦總理大選做全力的準備，而並沒有多餘的心思來管理一個他們並不想要建設的都市。並且站在聯邦政府的角度，即使起了戒心，也會認爲這是由於鳩擇市本身的經濟體質不良與金融體系的運作不當所造成的問題。終於，在股價與幣值都連續下跌長達十個月之後，鳩擇市的市府報紙上刊登了一條不太起眼的新聞，宣告「梅耶洛夫企業有意脫手鳩擇市股權」的消息。

這條消息並沒有引起太多人的注意，甚至連梅耶洛夫企業的人都不曾注意到。於是，在神不知鬼不覺得情況下，貝魯特投資公司以極低廉的價格，一口氣購入了鳩擇市政府百分之八十的股權。鳩擇市的所有權，自此轉移至裴斯・柏爾的手中。而當梅耶洛夫企業與聯邦政府忙完全球共和聯邦的第一次總理大選，轉而注意到這件事兒的時候，已經是二〇九九年五月份的事情了。

裴斯・柏爾取得了鳩擇市，他也趁著地利之便買下附近的一些小都市，隨後花了六年的時間，將鳩擇市整合重建而成爲現在美麗而宏偉的商業、金融重地。期間曾經不幸爆發過一次嚴重的肺結核與流感的交叉感染疫情，然而鳩擇市人不屈不撓的精神，使他們團結屹立。

從二〇九七年十月的「美杜莎密約」開始，貝士基特與這個都市一同成長茁壯，他對於鳩擇市有著很深的感情。對於貝士基特來說，鳩擇市或許就像是他的手足一般，同樣是裴斯・柏爾的兒子。二十五年下來，鳩擇市與聯邦政府之間的關係，以及貝魯特與梅耶洛夫企業之間的關係，均始終如一——他們永遠是彼此的死對頭。互相攪斷對方的利益線路、互相伺機偷襲彼此的弱點、互相暗中掏空對方的樁腳、互相搶奪新發現的地盤與獵物。而在雙方的競爭逐漸從父執輩的對決轉移到貝士基特這一世代的手中時，貝士基特仰起視角，眺望著窗外的紐賽納運河。他有著過於常人執著與自信，並且十分瞭解自己的能耐。四年前，貝士基特正式接管貝魯特公司的時候，他在心底暗自發下了一個宏願。那天，有著與今日一樣的凜冽清晨，貝士基特同樣站在石雕的陽台上，眺望著靜靜流淌的紐賽納運河。他語調遲緩，但堅定鏗鏘地在心底說道：

「不卑不亢，持續前進，直到鳩擇市取代了捷魯歐的那天來臨！」

太陽從沉積的雲縫中露出刺亮的白光，尖銳地掃去了鳩擇市一貫灰暗的深藍。貝士基特微微一笑，嘴角劃起一個漂亮的弧線。因爲他知道，這白亮得刺眼不已的尖銳模樣，才是這個都市，眞正的靈魂寫照。

第二章　雲端的突觸

鳩擇市的夏季有著無與倫比的魅力，由於它的夏季較為短暫，加上氣候的因素影響，一年當中絕大部分的時間都如躲藏在烏雲掩蔽之下的神祕城堡；只有在夏季的時候，偶爾伸懶腰般地露出臉兒來，讓人們不由得驚艷於它的年輕與多彩。然而，這樣的驚喜與感嘆，多半也只有長年居住於鳩擇市的人們，才能夠感受得到。

傍晚的夕陽映照著不可思議的濃郁雲彩，貝士基特踏著瑰麗花紋的人行磚道離開貝魯特公司，心裡思忖著等會兒晚餐時可能得應付的狀況。這天晚上，貝士基特與父親裴斯有個同樣的臨時邀約。稍早的時候，他們都接到來自巴爾頓製藥的老闆弗蘭茲・巴爾頓的電話，表示希望邀請他們父子今晚能賞個光，一同到鳩擇市最頂級的美杜莎飯店裡，久違地一起享用道地的鳩擇市美食。突如其來的邀約讓貝士基特感到有些驚訝，然而他的心裡卻與他的父親一樣覺得驚喜雀躍。他們為弗蘭茲先生高興，也為自己與鳩擇市的未來感到興奮。

弗蘭茲的年齡約在貝士基特與父親裴斯的中間，貝士基特並沒有見過弗蘭茲本人，而弗蘭茲與裴斯實際上也只有在十多年前見過一次面，絕對稱不上是「老朋友」的關係。然而那一次的會面，曾使得巴爾頓製藥差一點兒就能夠成為鳩擇市、與北方都市聯盟的盟友。他們曾經不幸錯身而過，而現在，則是再度撥雲見日的大好時機。

巴爾頓製藥在過去二十年間，不論財務上與人事上，受到聯邦勢力的桎梏都非常深，畢竟它是靠著克萊爾集團起家的企業。二十幾年前，巴爾頓製藥靠著聯邦政府的政策幫助，在短短數年內一躍而升，成爲醫療產業巨頭。不論怎麼看，弗蘭茲都是吃聯邦勢力的飯長大的。因此對於鳩擇市來講，理當是競爭者，是需要謹慎防備的敵人。然而，在二一〇三年至二一〇七年的期間，這個由克萊爾集團的傳奇老闆金恩．拉塞佛德所一手提攜的毛頭後輩弗蘭茲，卻意外地數度嘗試使他的巴爾頓製藥脫離克萊爾集團的控制，進而與當時由人民勝利黨組成的聯邦政府、以及鳩擇市的北都聯銀，擬定計畫，進行了三方合作的互惠協定。不幸的是，由於當時不論環境與人事上，各方面的條件都還尚未成熟的緣故，該合作協定不幸以失敗告終。不過從那時候開始，裴斯就已經將弗蘭茲列爲「指日可待的盟友」了。這次，弗蘭茲再度事前一聲不吭地來到鳩擇市，並且更主動地向他們父子提出了臨時的邀約，看似無心的舉動，不過實際上，恐怕也是醞釀已久的心思吧！畢竟就在上個月，主宰全球政局的全球共和聯邦，遭遇了重大的轉變——長達十二年、由聯邦勢力支撐的聯合黨執政時代，終於在西元二一二三年的五月正式宣告結束；取而代之的，是人民勝利黨總理候選人席格．卡烈夫。這位頭髮稀少、性格溫吞、喜歡在深度問題的細節上做微觀思考的卡烈夫，其實並不是個太値得注意的人才。他的勝利，事實上是鳩擇市、以及北方都市聯盟的勝利。長期對抗聯邦勢力的北方都市聯盟在二一一九年當中，連續數次針對聯邦幣發動的聯合拋售攻擊，有效地重創了捷魯歐的經濟生態，更造成當時由聯合黨老將彭笛寇爾領導執政的聯邦政府，窘態盡出地暴露了捷魯歐經濟系統上最根本的嚴重問題。常有人說道，這位因爲橘色的頭髮與滿臉雀斑而老是被人喚做「胡蘿蔔」的前任聯邦總理彭笛寇爾，眞是名副其實的身經百戰、但卻命中帶衰的背運之人。他總是在命運的捉弄下付出了過多的努力，然而換來的短暫光榮，卻一再地使他成爲身邊其他政客的代罪羔羊。聯合黨在今年四月的總理選戰中一敗塗地，並不是彭笛寇爾本人的罪過，而是捷魯歐頂層企業勢力以牽涉廣大的利益枷鎖綁架聯邦政府的結果。如果說彭笛寇爾本人有什麼過失，那麼恐怕就是他對於自己被聯邦勢力徹底利用的立場，太過於沒有自覺了。

如今，代表捷魯歐官方勢力的聯合黨，已然失去了執政權，而由鳩擇市及北方都市聯盟所資助的人民勝利黨大權在握。有偶無獨地，在大老闆金恩・拉塞佛德過世之後的克萊爾集團，也在嚴重的內部鬥爭下而無力壓制它眾多強大的子企業。因此，在席格・卡烈夫上台之後，弗蘭茲終於得以將巴爾頓製藥的主要股權從克萊爾集團手中買回，正大光明地脫離聯邦勢力的肘制，也不過是一樁水到渠成的好事情。

光從表面上的事件來看，貝士基特也已能夠體會弗蘭茲現在的心情與立場了。如果弗蘭茲樂意選擇鳩擇市與貝魯特投資公司來作爲另闢天地的夥伴的話，那麼這對於貝士基特而言，眞是太好不過！貝士基特樂觀的猜想，弗蘭茲應當會對貝魯特剛買下的羅洛化學廠很感興趣，他甚至已經可以在腦中輕鬆地預見，巴爾頓製藥與羅洛化學廠兩家公司，如何在未來的經營當中穩健且強而有力地攜手邁向全球市場的壟斷之路。毫無疑問的，那勢必會產生一筆無可估算的巨大利潤！貝士基特在心裡讚嘆著，他搖搖頭，堅定地在心裡說道：不！我絕對不會在這個時候就把羅洛化學廠賣掉，就算對象是巴爾頓製藥也一樣。

懷抱著高昂的情緒走進約定的餐廳，貝士基特老遠就看見父親裴斯與有著一臉溫馴笑意的弗蘭茲正熱烈地交談著。席間還有第三位眼熟的中年客人，正埋頭喝著濃湯，喝得很專心，模樣有些笨拙。貝士基特一驚，趕緊向父親身邊走近，恭敬地出聲招呼問好。裴斯與弗蘭茲從意氣相投的談話中抬起頭來，第三位客人也從濃湯中抬起頭來，印證了貝士基特對這號人物的猜想。是的，這個剛才正用著很笨拙的模樣喝濃湯的中年人，正是聯合黨的彭笛寇爾執政時期的國務卿，希洛．道夫。

貝士基特很是驚訝，趕緊向弗蘭茲與希洛．道夫握手問好，他毫不掩飾內心的驚奇，誇張地說道：

「我真沒料到居然會在這裡見到您！國務卿先生！您莫非是特意來鳩擇市享用美食的嗎？」

希洛開朗地笑了起來，棕灰色夾雜的八字鬍子向兩旁張開揚起，形成一道可愛的笑線。他用紙巾擦擦嘴巴，說道：

「哦哦，我已經不是國務卿了，你就直接叫我希洛吧，貝士基特！弗蘭茲推薦我一定要嚐嚐這裡的海鮮！這真是稀奇，您說不是嗎？我這輩子大部分的時間都待在捷魯歐，捷魯歐明明就是個鄰近海港的都市，卻很難吃得到新鮮的魚貨。這兒偏處內陸，卻有著如此美味的海鮮！你們這兒的魚都哪兒來的啊？」

「呵呵，魚類在現今這時代裡，是很奢華的食材呢！」裴斯老神在在地笑道：「咱們鳩擇市的魚可不是在充滿毒物的海洋裡撈上來的，那不能吃！不能吃啊！我們這兒都是在裏海開發的養殖魚場裡出產的魚貨，保證健康啊！沒什麼比健康更重要了，是吧？呵呵呵呵！」

眾人聽了便跟著一陣示意同感的呵呵大笑，這個時候貝士基特點的幾道餐點也上來了，似乎一切都洋溢著就緒的氣氛。弗蘭茲習慣性地摸摸臉頰，說道：

「我說裴斯，咱們這回可像極了脫離了惡婆婆監視的外遇情人，要回想幾年前，就連要像這樣開開心心地一起拜訪對方、吃個飯，都還沒法子呢！」

裴斯嘆了口氣，附和著說道：

「唉，金恩・拉塞佛德啊，我雖然個性上不太喜歡這個人，沒人情味兒嘛！是不是？不過說實話，跟梅耶洛夫企業的人比較起來，拉塞佛德那手腕兒啊，才眞是本領！他這人唯一可惜的，就是狹隘了些，若不是他自始至終做生意的目的都爲了他那兒子著想，克萊爾集團的成就將會更爲可觀。但從他過世之後，現在的克萊爾集團已經整個不行了。既無法成爲聯邦政府的支柱，也無法凝聚捷魯歐的經濟力量，淪落成爲一個對社會無用的組織了。這種東西是我們所不喜歡的。不喜歡。」

裴斯一邊說著一邊皺著眉毛搖搖頭，低頭吃了一口乳酪煎魚，囫圇地嚼了兩下便吞了下去，繼續說道：

「你知道，我這人就是喜歡數學，世界上每一件事情都有公式的！每個企業、每個政府、甚至社會也都是一個公式，好的公式除了導出理想的結果之外，最重要的是它的穩定性，變數少，不會同樣的東西丟下去連算三次就有三種不同的答案！企業公式和政府公式中永遠都得以彼此當作公式中的變數，而這兩者得出來的結果，則會成爲社會公式中所需的重要參數，你們明白嗎？所以如果一個企業的公式沒有列好，變數太多，甚至根本沒有列公式，就只是一堆亂數在那兒胡亂搞，當然連帶政府與社會都會受到這不確定性的影響。我們都知道不確定性會帶來什麼，對於市場來說，就是風險溢價，而對於社會來說，當然就是物價的高漲，是吧？看看現在捷魯歐的通貨膨脹多麼嚴重！克萊爾集團已經失控了，我說眞的。」

弗蘭茲一邊喝著葡萄酒一邊點點頭，希洛則是一臉認眞地沉思模樣。貝士基特在三位長輩中間感覺到自己似乎不太適合唐突地發言，不過他也很清楚父親裴斯那種一旦開始談論到自己的世界觀便停不下來的單純性格。弗蘭茲似乎有意引起裴斯討論這方面的話題，而顯然地裴斯也已經著了道。貝士基特打量著眼前的這兩位捷魯歐政商要人，心裡突然不自覺地思考起自己買下的羅洛化學廠這回事。他原本以爲弗蘭茲肯定會對羅洛化學廠極感興趣的，不過現在的情況看起來卻非如此。弗蘭茲的模樣看起來胸有成竹，他和這位前國務卿希洛・道夫同樣，在神色上露出了相似的盤算，肚子裡恐怕裝著某些更嚴重的計畫……至少，應該是規模較羅洛化學廠來得更大的計畫。正當貝士基特躊躇著思考該怎麼用言語做出適當的試探時，裴斯正好把話鋒轉到近年來聯邦幣瘋狂貶值之後，全球貨幣與匯率體系跟著面臨了矛盾突顯的問題上。貝士基特眼睛一亮，嘴角蠕動了一下，瞬間，他也突然在弗蘭茲與希洛・道夫的臉上，看見了同樣的閃光。

「從宏觀上來說，」裴斯說道：「現在以聯邦幣作爲關鍵貨幣的全球貨幣體系實在還有很大的改善空間！現在包括我們的鳩擇圓在內，都是以盯著聯邦幣來決定匯率的，雖然像我們這樣的投資者，這也包括克萊爾集團，對於我們這種等級的企業財團來說，因爲有著規避風險的能力，所以金融風暴對於我們來說，只可能會造成小部分的損失。我知道克萊爾集團其實在這幾年裡，藉由聯邦幣貶值以及捷魯歐的股災，實際上反倒還賺了不少。他們對外當然只公開賠錢的部分，不過投資的數據是跑不掉的，通通都顯現在金融市場的公式裡！我們北聯金控當然不會讓我們的客戶遭受這種損失，但是就如你們知道的，眞正需要規避風險以保住活命家產的，不是我們這種大財團大公司，而是那種一輩子賺的錢都還不足以成爲我們的客戶的小市民老百姓！關鍵貨幣制度的弊端早在一百年前大家就都已經看得很清楚了，爲什麼到現在都還沒有採行更好的解決方法呢？」

「我想這個問題要解決，恐怕在實踐上也是不容易的，父親。」

貝士基特謹愼地看了弗蘭茲與希洛・道夫一眼，試著判斷他們對於裴斯這段發言的想法，一邊順著談話的節奏說道：

「我想今天兩位找我們父子出來，應該是有比吃飯更重要的事情吧？」

弗蘭茲聽了溫和地笑了起來，即使年過半百，他的臉上仍是沒有一點兒稜角，溫馴過度的相貌反倒讓人判斷不出心思，顯得有些危險。弗蘭茲露出讚許的神態，溫言說道：

「眞是敏銳，貝士基特。不過事實上，您父親剛才已經幾乎說中了要點。」

「要點？」貝士基特一愣，說道：「取代關鍵貨幣的解決辦法嗎？」

「是的。」弗蘭茲與希洛雙雙點頭，眼睛裡露出了晶亮的光芒。貝士基特遲疑地說道：

「如果要說有什麼解決關鍵貨幣弊端的方法，最普遍的看法應該是改走多元強勢貨幣的系統吧？但是這在全球共和聯邦的統治下應該是不可行的，因爲這樣的話就等於是與聯邦的全球一統地位起了衝突。」

「哦，沒錯、沒錯，貝士基特！」

裴斯好不容易在貝士基特說話的期間吃完了他的乳酪煎魚，抬起頭來沉思了一會兒，向弗蘭茲與尚未發言的希洛．道夫說道：

「我個人是認爲多元強勢貨幣當然是比關鍵貨幣系統更安全有保障的方法。不過，我也想聽聽兩位的意見，對於這個問題，你們應該也會有著很有趣的想法才是？」

弗蘭茲臉上又露出了一下讚許的神情，眼神盯向希洛，示意讓這位前國務卿來發言。希洛若有所思地點點頭，說道：

「其實，我們希望能夠推行眞正的世界貨幣。不是現行聯邦幣這種作爲關鍵貨幣的型態，而是眞正的全球單一貨幣。」

貝士基特聞言大驚，心臟很用力地蹬了一下他的胸腔。裴斯則是略顯驚訝地張嘴哦了一聲，接著便是一陣沉默。貝士基特飛快地整理了一下思緒，感覺到有些矛盾點，於是向希洛問道：

「您剛剛說『我們』，這『我們』指的是……聯合黨嗎？」

希洛平靜但篤定地搖搖頭。弗蘭茲從旁補充道：

「聯合黨和克萊爾集團的勾結太深了，克萊爾集團絕對不會想幹這種對他們私利沒好處的事情的。」

弗蘭茲說完，四人又是一陣緘默，希洛考慮了一陣子，像是下定了什麼決心，對貝士基特與裴斯說道：

「事實上，我昨天離開捷魯歐城之前，已經向黨主席哈德威先生遞出退黨文件了。聯合黨眞是對我恩重如山，不過在幫助彭迪撐過他四年的總理任期裡，讓我看清了聯合黨在格局上的自我侷限。這當然跟克萊爾集團有關，財團的利益也把持著聯合黨的人事制度。我自認對聯合黨絕對是仁至義盡了，我也知道，我至少必須對自己承認，如果想要讓全球共和聯邦得以追求更長遠的善治目標，以現在的聯合黨、或是人民勝利黨，恐怕都是辦不到的。如果不做些什麼突破的話，恐怕再二十年後，我們就將會看見一個零碎不堪、被內憂外患雙面夾擊的全球共和聯邦了。」

裴斯深表贊同，順口接著說道：

「嗯，零碎不堪的全球共和聯邦，與遭受內憂外患的捷魯歐。」

裴斯的語意其實是在糾正希洛的最後那句話，表示假若聯邦破碎，遭受內憂外患的應該會是首都捷魯歐，而不包括新興強盛的鳩擇市。不過希洛似乎沒有發現裴斯的意思，他點了點頭，滿腔熱誠地繼續說道：

「您也是至情至性之人，柏爾先生！您知道，當初賀菲斯鈞大刀闊斧地將奧延福拉克軍政府改組成爲全球共和聯邦，也促成了我立志從政的決心。克萊爾集團已經過了有善治能力的全盛時期了，而今年在您們贊助之下上台的人民勝利黨，卻也顯然仍不具有達成善治的格局。柏爾先生，我想您一定能夠明白，時至今日，我必須挺身而出，組織一個新的政黨，我想要使全球共和聯邦比好還要更好！目前我已經有弗蘭茲以及捷魯歐部分企業的支持，然而爲了對抗克萊爾集團，我認爲我們眞的需要您的挺力相助！柏爾先生！」

聽完希洛這一番告白，裴斯感覺到事態似乎變得超出他原本預期的複雜很多。他下意識地摸了摸下巴，沉吟著說道：

「嗯……這眞是有意思，您想要組織一個新的政黨！」

「是的，正是如此。」希洛說得斬釘截鐵。裴斯聽了，不由得停下動作，眼神盯向希洛，試探性地說道：

「而這個新政黨……它將會試圖去爭取全球共和聯邦執政權的核心價值，則在於推行世界貨幣？」

希洛目光毫不猶疑，深深地點了一下頭，語調穩定的說道：

「一點兒也沒錯，柏爾先生。」

「哦，這眞是有意思！」裴斯一邊思量著一邊又重複了一次說道：「這眞的是很有意思的一件事情！」

裴斯沉默了一會兒，四人面面相覷，好一會兒都無法出聲交談，各自考量著各自的心思。半晌，裴斯才又突然溫吞地說道：

「您一定瞭解，道夫先生！我們柏爾家的人和鳩擇市的關係非常深！如果是和鳩擇市的立場有關的事情，我們必須非常謹愼！」

「我當然明白！柏爾先生，」希洛說道：「我只是眞的想要讓您們瞭解我目前的動機以及計畫，並且非常渴望能夠與您們合作的意願！您們盡可以放開心情地多考慮幾天！我今天吃到了很棒的晚餐，這都是托了想要來到這裡與您們父子見面的福氣。」

「呵呵呵！請別這麼說，請別這麼說！」裴斯也趕緊打圓場說道：「能有幸和您這樣的達官貴人見面吃飯，那才眞是我們的福氣！是吧，貝士基特！」

貝士基特從剛才到現在腦袋已經不曉得轉了多少圈，一聽父親讓他附和，便坐挺身子，笑著點頭說道：

「那是當然！能夠親耳聽見道夫先生如此具遠見且大膽的告白，眞是令人增長智識！不過，我可以先請問您一個問題嗎？」

「當然可以，請說！」希洛說道。貝士基特想了一下，謹愼地說道：

「您剛才說，您準備組織的新政黨，已經獲得了巴爾頓先生、以及捷魯歐部份企業的支持。我可以請問一下是哪些企業嗎？」

希洛聽了，直覺地與弗蘭茲對看了一眼，然後才說道：

「目前來說，已經確定的第一個當然就是弗蘭茲的巴爾頓製藥，而另一個主要的支持者，則是梅耶洛夫企業的普利馬物流公司。」

貝士基特心中頓時一緊，他實在是無法肯定，普利馬物流公司眞的會願意在這種時間點上，和才剛搶下他們旗下最會賺錢的子公司「羅洛化學廠」的競爭對手合作。別說對方，貝士基特自己當然也不太願意去信任普利馬物流。自從投入父親開創的事業中工作之後，貝士基特一向都嚴格自律，全副心力都擺在工作上。跟自己的優秀與堅持相反的是，他一方面認為普利馬物流的老闆，喬瑟法·梅耶洛夫，實際上只是一個沒有眞本領的紈絝子弟，根本不是自己的對手；然而另一方面，卻又對這個宿命中的對手抱持著某種莫名其妙的期待。儘管已經是個四十出頭的中年男人，喬瑟法·梅耶洛夫仍不改一向花名在外的作風，在娛樂刊物的國際版面上時常能看見他夜夜笙歌、或是拈花惹草的花邊報導。貝士基特從年輕時就一直很看這號人物不爽，他時常在心裡想著，如果哪天見著了喬瑟法本人，他必定要給他嚴加訓斥一頓，曉以大義。貝士基特瞭解，在心裡，他其實是希望能有一個伯仲匹敵的對手的。因此，當希洛說出欲組成新政黨的計畫中已經獲得普利馬物流的支持時，貝士基特可以明確的感覺到他的心中有著一股強烈的衝動，這個狀況令他覺得刺激，他渴望揮軍進入捷魯歐聯邦勢力的範圍內，與其主力財團一決雌雄！

貝士基特按捺著內心的興奮之情，冷靜地看向父親。裴斯似乎認爲這次的決定應當從長計議，不應倉促拍案，因此對於得知普利馬物流也已經確定加入希洛陣營的消息，並不是十分震驚。他開始不著痕跡地和弗蘭茲談起家務事，互相稱讚對方有個精明的妻子與幸福的家庭等等。弗蘭茲也順勢說起自己的兩個孩子，二十二歲的長子厄爾斯、以及甫滿二十歲的女兒晞婭，言談之間顯露出無比的驕傲之時，也流露出嚴重的重女輕男傾向。他用滿足溺愛的神態誇讚女兒晞婭的才華洋溢，然後嘆了口氣，爲兒子厄爾斯駑鈍的智力與才能擔憂。

在談論著家庭與親情的和緩氣氛下，弗蘭茲很有技巧地引導著四人的餐會邁向順利的結尾。當貝士基特恭敬地將希洛與弗蘭茲送上來迎接的禮車，然後與父親裴斯一同站在車道旁邊目送這兩位捷魯歐要人離開之後，貝士基特眼睛閉上了一下，雙手插進口袋裡，深吸了一口氣，對裴斯說道：

「我們恐怕這回是有點麻煩了，父親。你打算如何回應他們？」

裴斯低頻率地哼了一聲，不悅地說道：

「居然想要發行全球單一的世界貨幣，眞是異想天開！這絕對不可行，絕對是不可行的。我不相信梅耶洛夫企業眞的會贊同參與他們這種兒子們的遊戲，我不相信。他們是在吹噓，你懂嗎？貝士基特！他們就像聯邦勢力的那些政治打手一樣，假裝一些什麼計畫，然後就想從我們這邊討得政治獻金。這個弗蘭茲變了，我以前還滿喜歡他的，但他現在變了，變成了幫助政客欺瞞詐騙的打手。你懂我的意思，貝士基特！」

貝士基特沉默了一會兒，覺得父親的判斷有些武斷。他摸了摸下巴，謹愼地說道：

「但是，我說如果，萬一他們是要來眞的呢？你看見希洛．道夫說話時的眼睛了嗎？他看起來像是眞的，我說，不是演技很好的那種逼眞，不是說客類型的人。他像是在吐露他眞正的心聲！我知道！他說話的內容實在是太誇張了，很像舞台劇演員才會講的那種台詞，肉麻！沒有人相信那會是眞的。所以說，如果是說客的話，說客不會這樣子說話的，因爲他們知道這樣沒用。所以我認爲他們在說的是眞正的正要組成新政黨，並且要推行取代聯邦幣的全球單一世界貨幣的計畫。我認爲他們是認眞的，父親！而若眞如此，恐怕我們不能因爲對我們不利而置身事外。」

「嗯……」裴斯沉吟著說道：「如果眞有任何取代聯邦幣的關鍵貨幣系統的方案的話，我還希望推行的是多元強勢貨幣的路線，這樣才是對我們鳩擇圓最有利的方向。開什麼玩笑，全球單一貨幣，若眞推行了，那像我們這樣仰賴匯率與金融市場生存的企業都要吃什麼？還能吃什麼？還能列出什麼公式？列不出公式的事情絕對會失敗的！這是我的經驗。呿，眞是災難！眞是個災難。今天不談了，貝士基特，我沒心情。我們明天早上開會。」

「嗯，我了解了。」

貝士基特送父親離開餐廳，自己卻沒有回去住處，反而轉身朝公司的方向走了回去。沿路上打了數通電話給幾位公司裡重要的部下，叫他們立刻回公司，要召開臨時的緊急會議。貝士基特一邊思考著全球單一貨幣的事情，一邊步行回到公司，走進辦公室的時候，他所通知的部下都已經在會議室裡待命了。貝士基特一共打了三通電話，叫了四個部下過來，分別是性格沉穩、善於決策的文森特，和靈敏內斂、長於謀略的約瑟夫；以及有著與粗獷外型相反、擅長深思長考的米斯帝，米斯帝是個氣度宏觀之人，大而化之的性格也總是讓他吃得很開。最後一位則是長了一副娃娃臉、性格卻是理性而剽悍的瑞那林登，短線操作的技巧是他最拿手的好戲。這四個人均與貝士基特年齡相仿，是他從剛進入貝魯特工作的時期裡開始，便已孟不離焦的親密戰友。貝士基特將這四人稱之爲「特戰小組」，平時他們幫助貝士基特快速決策，而當有突發意外的時候，這個「特戰小組」也必須能夠立即隨機應變，幫助貝士基特擬出最一流的應對戰略。四人一見貝士基特進來，便已察覺了緊張的氣氛，爲首的文森特站起來說道：

「看起來似乎不順利啊！發生了什麼事？貝士基特？」

貝士基特嗯了一聲，脫下晚餐時穿的外套，說道：

「我原以爲他們會很感興趣，結果沒想到完全不是那麼回事。」

「羅洛化學廠的事情嗎？」瑞那林登問道。貝士基特點了一下頭，接著又立刻搖頭，說道：

「他們根本不在意羅洛化學廠，他們眼睛看的是更大的獵物。」

「更大的獵物？」米斯帝不解問道。

貝士基特示意大家坐下，他自己也拉了張喜歡的椅子碰的一聲坐了下來。嘆了口氣，然後簡要地將方才晚餐時弗蘭茲與希洛・道夫關於組織新政黨、以及意欲推行全球貨幣的事情，快速地講過一遍。接著說道：

「我認爲最令人混淆的部分在於，他們居然說，普利馬物流也已經確定加入他們了！我父親認爲這不是眞的，他們應該是在唬人，因爲確實是沒有根據，是普利馬物流叛離梅耶洛夫企業呢？還是整個梅耶洛夫企業都倒向希洛・道夫的陣營？不管怎麼想，動機都很薄弱。不過，我個人認爲，希洛・道夫這傢伙是要來眞的。沒什麼根據，我只是觀察他說話的模樣。」

「我相信你的直覺，貝士基特，你的直覺總是很準確。」米斯帝說道：「好吧，所以現在問題在哪裡？我們首先要先評估是否要加入希洛・道夫的陣營嗎？還是評估我們是否要加入希洛・道夫陣營跟梅耶洛夫企業目前的立場，有沒有什麼影響？他們是眞的已經倒向希洛・道夫那邊了嗎？」

「梅耶洛夫企業確實是眞的虧損得很嚴重，」約瑟夫說道：「因爲他們的金融資本都掌握在克萊爾集團手中，自己幾乎沒有主控權。雖然沒有對外公開，但是捷魯歐股災之後的那段期間，我知道梅耶洛夫企業祕密進行了一連串『整理』子公司的行動。如果我沒猜錯，搞不好梅耶洛夫企業已經快要被克萊爾集團吃掉了也說不定。而普利馬物流之所以會倉促地賣掉羅洛化學廠，也是因爲克萊爾集團的威脅。」

「我不懂，跟克萊爾集團有什麼關係？」米斯帝瞪著眼睛問道。

「佔股比例問題。」文森特解釋說道：「普利馬物流公司包括它全部的子公司算起來的話，約有百分之六十左右的股權是屬於克萊爾集團所有，而其中光是羅洛化學廠就佔了約百分之二十。所以如果留著羅洛化學廠，普利馬物流就很有可能隨時會被克萊爾集團收歸所有。而只要賣掉羅洛化學廠，不管是怎樣的賠錢交易，只要將羅洛化學廠整個脫手，那麼普利馬物流至少在佔股比例上就可以奪回他們的自主權。眞是蜥蜴斷尾啊！不然若非如此，我們恐怕也沒有辦法用當時那個價格買到羅洛化學廠。」

「如果都做到這個地步了，」米斯帝皺起眉頭說道：「那麼梅耶洛夫企業加入希洛・道夫陣營的事情，應該是可信的吧？畢竟在人事上，過去雖然是姻親家族，但是他們和現在克萊爾集團也已經沒有親戚關係了。」

「好了，因此現在的局勢是，」瑞那林登用著凜冽的聲音說道：「梅耶洛夫企業與巴爾頓製藥都支持希洛・道夫，克萊爾集團支持聯合黨，而我們最近則贊助了人民勝利黨。我不認爲三個政黨能夠同時具有相當的勢力，並且同時存在於政壇的競爭之中。一旦希洛・道夫的新政黨成立之後，我們就得被迫做出選擇。是要繼續贊助人民勝利黨呢？還是捨棄這個素質實在不怎麼好的草莽政黨，轉而加入希洛・道夫或是聯合黨的其中一邊？」

「嗯，所以這個問題可以簡化成爲，」米斯帝思考著說道：「我們是要加入梅耶洛夫與巴爾頓的聯盟，還是向克萊爾集團靠攏？」

「而且別忘了，希洛．道夫的目的！」貝士基特提醒眾人說道：「他想要推行全球單一貨幣！這眞的會殺了我們！」

眾人聽了，也不由得陷入一陣沉默，過了好一會兒，米斯帝才突然說道：

「好吧，基本上，我不認爲他們必然會推行成功。嗯，就算眞有那麼好運給他們推行成功好了，恐怕也是十年二十年以後的事情，至少在十年內是絕對做不到的。從這個角度來講，我認爲我們或許應該要加入希洛．道夫的陣營，會比較保險。」

「何以見得呢？」瑞那林登問道。

「從目前的態勢來考量的話……嗯，」米斯帝一邊整理著思緒一邊說道：「近十年來全球最大的財團當然是克萊爾集團，而始終緊追在後的則是梅耶洛夫企業，巴爾頓製藥本來就是全球化學藥物產業的龍頭老大，而現在它又擺脫了唯一曾壓制過它的克萊爾集團。若從地利的角度來考量，捷魯歐目前最有權力的三大財團當然就是最大的克萊爾、次之的梅耶洛夫、以及在製造業獨占鰲頭的巴爾頓了。如果現在梅耶洛夫與巴爾頓聯合了起來對抗克萊爾，而我們則要加入其中一邊……這個時候就必須評估我們自己，噢，我說的不只是貝魯特公司，而是整個北聯金控，這個時候我們就必須評估整個北聯金控的實力，如果與捷魯歐三龍頭比較起來，我們能安插在第幾名的位置？」

「應該是……」約瑟夫按著嘴巴想了想，說道：「應該是在克萊爾之下，梅耶洛夫之上吧？」

「嗯，我同意。」文森特說道。米斯帝點點頭，伸手抓了抓頭髮，繼續說道：

「也就是說，如果加入希洛．道夫的陣營，我們將會是老大？」

「確實如此。」約瑟夫說道。瑞那林登不滿意地說道：

「等一下，米斯帝！確實北聯金控目前的實力是在梅耶洛夫與巴爾頓之上，但問題是，希洛．道夫想要推行全球單一貨幣制度，而浮動的匯率正是我們賴以維生的現象啊！雖然即使要推行成功最快應該也是十年後的事情，但是，要投資政黨可不是能夠短線操作的業務啊！萬一因爲我們的大力支持而使得世界貨幣在十幾年後眞的發行了，到時候北聯金控還能有什麼競爭力？少了金融業務的支撐，北聯金控立刻就見不到明天的太陽了。而且在這一點上，我們跟梅耶洛夫與巴爾頓都正好有著立場上的衝突，巴爾頓是以醫療與化學相關的製造業爲基礎，梅耶洛夫最大的營業項目則是普利馬的全球物流系統的經營，對於他們兩家來講，沒有匯率問題的單一市場自然是好事！而這方面我們卻又與克萊爾集團的立場較爲相近，以操作非實物性質的金融商品爲主要業務。如果加入希洛．道夫的陣營，難保不會在立場與梅、巴兩家的利益產生衝突時，被他們聯合起來對付，就像他們現在對付克萊爾集團一樣嗎？」

「也就是說，」米斯帝語調穩定的說道：「如果要加入希洛．道夫的陣營，我們就必須有把握能在他們推行全球單一貨幣制度的過程當中，掌握住先導權。」

「問題是，要怎麼做？」約瑟夫露出憂愁的樣貌，使他瘦長的橢圓形臉看起來更加鬱卒。貝士基特突然眼睛一亮，高聲說道：

「我們有羅洛化學廠啊！」

「什麼意思？」約瑟夫問道。瑞那林登突然一擊掌，說道：

「啊！緊急的時候可以用羅洛化學廠去兼併巴爾頓製藥？」

「但是這跟世界貨幣有什麼關係？」約瑟夫還是覺得很擔憂。文森特伸展了一下身體，說道：

「我想他們現在說的是關於如何掌握先導權的問題。唉，眞是愈來愈混亂了。」

眾人聞言，不禁與文森特同樣地有些頹喪了下來，貝士基特也顯得十分苦惱，他提議泡個茶來喝，大家休息一下。休息的時候，米斯帝突然有感而發，說道：

「我們在這邊討論著如何對付來自捷魯歐的問題，好像捷魯歐是個什麼敵人似的。不過奇怪的是，在這裡的除了貝士基特以外，其他全部都是捷魯歐人。」

大家聽了不約而同地愣了一下，接著噗嗤地笑了出來。貝士基特也嘆了口氣，說道：

「唉唉，確實如此啊！而且更奇怪的是，其實我連捷魯歐城都還沒去過哪！天知道那是個什麼樣的地方！」

「喔，還蠻髒亂的。」米斯帝直覺地說道：「課稅累退得很嚴重，民脂民膏都被拿來供養滿腦肥腸的資本貴族。」

「例如巴爾頓、梅耶洛夫之流嗎?」文森特揶揄笑道。米斯帝喝著茶，搖搖手，說道：

「不止，不止。太多了！太多了。貝士基特，我剛剛一直在想……」

「嗯?想什麼?」貝士基特挑起眉毛問道。米斯帝考慮了一下，緩緩說道：

「我們在這邊討論這麼多，好像掌握了多少選擇似的。不過，事實上，從這整件事的大方向來看的話……老實講，我們好像並沒有太多的選擇?」

米斯帝一說完，會議室裡一陣死寂，只有淡淡的茶葉香氣在空中裊裊浮升。文森特沉吟了一會兒，低沉地說道：

「我有同感。我想最主要的原因是，因爲我們不能作壁上觀，那不是好的策略。而如果要插手，就要愈早愈好。當然，一旦加入之後，我們可能可以阻撓希洛・道夫去推行他的全球單一貨幣制度，但是，只要還在全球共和聯邦的體制下，貨幣就不可能朝向多頭強勢貨幣發展，而到時候聯邦幣作爲關鍵貨幣的問題則將會愈來愈嚴重。像我們等這種等級的企業，是資本主義全球化發展之後最高階段的產物，身爲這樣強大的怪物之一，要生存，就必須不斷地和同等級的怪物們爭奪、瓜分有限的食物，否則自己很快就會被撕裂、分解成爲其他怪物的養分。如果不想這樣的話，我必須說，我們勢必得加入希洛・道夫的陣營。假若希洛不積極推行全球單一貨幣制度，那麼我們就坐在巴爾頓和梅耶洛夫抬的轎子上頭，輕鬆地去瓜分克萊爾集團的血肉。而假若希洛・道夫執意且積極的推行他的世界貨幣，那麼我們就更要及早處理在金融市場上的投資項目，可能需要改變一些型態，或者轉爲以實物爲對象的投資業務等等。資本主義說到底實際上根本也就是帝國主義，我們眞正需要的並不是錢，也不是匯率，甚至也不是實際上並不存在的金融市場。如果用十九世紀的講法來說的話，我們需要的，是『殖民地』。是實實在在、能夠供給這頭怪物榨取養分的廣大地盤。不過，當然前提是，如果你希望柏爾集團今後也日益壯大繼續做爲那樣的『東西』的話。」

死寂的壓迫如影隨形，會議室裡的空氣又再度凝結了起來。貝士基特神情沉重的摸著嘴巴，閉上眼睛說道：

「所以我們會加入。是吧！」

會議室裡每個人都凝重地互相看彼此一眼，確認了心思一致之後，就都沒再說話。貝士基特說道：

「好吧，那麼今晚剩下的時間，我必須來想想說辭，看看明天要怎樣才能說服我老爸了。今天很謝謝你們。」

貝士基特與四人交臂擁抱了一下，互道晚安之後便各自離去。四人住的比較遠，而貝士基特的住處則就在貝魯特公司的對面，中間只隔著恆久美麗的紐賽納運河。離開公司大樓，走上大理石雕的人行步橋；貝士基特的腳步罕見地停頓了下來。他駐足於河道的中央，無意識地仰頭環望四周沒於暗夜之中的景色，不知爲何，他的胸腔突然之間被某種不知名的波瀾湧入，讓貝士基特猛地發了個寒顫。他不由得惶恐了起來，彷彿感覺到自己正站在一個即將消失的世界頂端；孤獨，無助；然而上了發條的腳步，卻仍然一步步地，將他扯往那個吉凶未卜的戰線前方。

第三章　航向與舵手

這天是希洛・道夫超過五十年的人生當中，最具有突破性意義的一日。這一日的來臨，證明了他沒有辜負了過去，還有至今仍一路支持著他的親朋好友，以及曾提攜過他的那些長輩們。希洛咬緊牙關，強忍著心中洶湧翻騰的激情，冷靜地在記者會上致詞，接受台下人山人海、猶如雷鳴般的掌聲與祝賀。

西元二一二四年一月三十一日，由希洛・道夫領軍的「世界和平黨」在各方強烈的關注下，正式成立，成為全球共和聯邦的第三個政黨組織。世界和平黨的成立，不但使過去獨領風騷的聯合黨，以及聯合黨背後的克萊爾集團，頓時感受到前所未有的受壓迫危機；同時，世界和平黨的成立，也等於是向目前仍是執政黨的人民勝利黨，提前宣告了它四年後即將遭遇的死刑處境。希洛・道夫不愧是在聯邦政治圈裡浸淫了四分之一個世紀的大內高手，他成功的聚合了克萊爾集團以外的三大企業界巨頭力量，包括以鳩擇市為首的北聯金控（北方都市聯合金控集團），以全球物流系統形成的卡特爾組織稱霸運輸業界的梅耶洛夫企業，以及在醫藥、化學藥品等領域上的托拉斯——巴爾頓製藥公司。集合了這三巨頭的力量，世界和平黨可謂掌握了全球最大的一個金融資本組合，並且更有著比克萊爾集團更為完整的金流網。這個新興的政黨一時之間聲勢浩壯，大有撲天滅地之勢。懂得求生之道的企業主們紛紛捧著自己公司的股票往希洛的周身靠攏，只求能夠露出牙齒與黨內核心人士一同笑著照上一張相。

世界和平黨在全球共和聯邦之中掀起的這陣超級風暴，當然不只是橫掃企業界而已。想當然爾，它在政治圈裡所顯露的樣貌，更加令人懼怕。希洛・道夫在離開聯合黨之前，原本就是政壇上數一數二的人物了；他在彭笛寇爾出任執政期間，整整擔任了四年的國務卿，雖然在任期間阻止不了聯邦幣的貶值頹勢，且在平抑物價漲幅的民生問題上，也因受到頂層財團的肘制而毫無建樹。但是，希洛・道夫一向都是勞苦功高，毫無怨言，誠意之所至，眾所皆知。如果不是選擇了離開聯合黨，那麼下一次的總理選戰，最有可能代表聯合黨出戰的人選，必然就是這位前國務卿。他在政壇上已經成了氣候，只要留在聯合黨，希洛大可以輕鬆地坐在轎子上，只消揮揮手，便能給人抬上總理大位。然而也正因他擁有著如此的地位，因此誰也不敢小看他組成新政黨的事情。除了希洛身邊原本一幫子的幕僚人員之外，還有效忠於他的一大票忠貞黨員，而忠貞黨員之中，有三分之一的人數都是從聯合黨跟著希洛離開的國會議員，他們擔任議員的身份並不受到所屬黨籍的改變而有所影響，因此這便導致了世界和平黨顯得有些嚇人的地方之一——這個新組成的政黨，在創黨之初就立刻擁有了近四成的國會議員席次。另外，公開加入表示支持世界和平黨的，還有許多知名的權威學者、以及數家主流媒體等等，這使得世界和平黨從一開始，便已紮紮實實地掌握了政治圈裡所需的全部優勢條件——來自於企業界的龐大政治獻金、是否具有決定性的國會影響力，知名權威學者的加持，以及主流媒體的大宗宣傳管道。即使在還沒正式成立前的草創時期裡，世界和平黨也已經儼然顯露出「下一個霸權政黨」的堂堂氣勢。它是這麼的結構紮實、氣流強勁，每個人都目不轉睛地直盯著它瞧，生怕一個不注意，自己的陣腳立刻就會被吹得七零八落，再也站不起來。許多人禁不住這樣的壓迫而相偕離開了原本的政黨，轉而加入新興的世界和平黨。而比起心高氣傲的聯合黨，這樣的現象在人民勝利黨中更爲明顯，因爲大家都知道，即使人民勝利黨目前仍是聯邦政府的執政黨，然而實質上，它已經失去了所有可容身的戰場了。

黨部大樓前面一片歡慶氣氛，由於希洛形象甚好，不論能力如何，他都極得民心。文森特也和希洛的其他幕僚站在一起，耐心的聽完希洛正在對支持的民眾與媒體以黨主席的身份發表首次演說。文森特是受到貝士基特的推薦而加入希洛的幕僚團，由於希洛原本的團隊當中正好缺乏金融領域的人才，在貝魯特投資公司有著十多年經歷的文森特，很快地就被幕僚團所接納。然而除了擔任輔佐的角色之外，文森特來到這個幕僚團當中，當然還有著另外一個任務！

目前希洛身邊的人大約分成兩個派系，第一個派系不用多說，自然是從聯合黨時代就跟著希洛的元老派，而另外一方，則是不屬於元老派系的其餘零散黨員。元老派是最靠近希洛的一群，也是目前世界和平黨中最有勢力的一群，他們主要的代表人物像是霍華・哈德威，不但是前任捷魯歐市長，在聯合黨中和希洛是同期黨員，也是目前聯合黨主席哈德威的胞弟。而除了這種超重量級人物之外，元老派中也有著許多相當亮眼的政壇新星，例如讓梅葉・巴特。這位三十出頭的年輕人可是大有來頭，他的父親是全球共和聯邦開國元老之一的羅克斯．巴特。讓梅葉從學生時代起就熱中於參與政治活動，他有著明星般的外型與善於操縱媒體的迷人功夫，年紀輕輕就已經累積了可觀的政治經歷，加上身邊始終有著一小群同樣出身於捷魯歐名校聖達爾達大學的菁英集團圍繞著他，即使從聯合黨脫離而加入世界和平黨，讓梅葉的這一小群聖達爾達校友團也依然是他關係緊密、運作無懈可擊的專屬幕僚組織。元老派的人馬在世界和平黨中佔盡優勢，文森特自己雖然已經融入了希洛的幕僚團，但是許多像他這樣來自於聯合黨以外的人，都對於元老派勢力在黨中獨大的情形感到十分不安。文森特知道必須想辦法讓不屬於元老派的其餘黨員集結起來，才能形成足以在黨中制衡元老派的力量。不只是文森特，幾乎未能融入元老派的其餘黨員均有著同樣的想法。

然而說歸說，要集結元老派以外的黨員卻也絕非反掌之事。這些零散的人馬中又可粗略地分成兩種類型，一種是來自於人民勝利黨的低階黨工，而另一種則是像文森特這樣多半來自於企業界、原本無黨籍的少數人士。雖然從人民勝利黨跳槽至世界和平黨的人數眾多，以人頭來算的話，這個族群實際上佔了世界和平黨全數黨員中的過半多數。只是，人是過來了，但資源卻沒有跟著過來。由於人民勝利黨目前仍是執政黨，在黨中真正握有資源的高層人士雖然知道大勢已去，然而在這個階段，也都還未敢明目張膽地跳槽至世界和平黨來。會在這個階段就已經跳槽的黨員，都是黨中低階的小角色，既未掌握人脈，也不具備政客手段的牆頭草。他們的跳槽當然不是基於什麼大宗的利益考量，而是較為單純地為了自己的機遇著想罷了。這樣類型的人數即使眾多，但不具有決定性的利益資源，便難以形成足以影響高層決策的派系勢力。而且，更殘酷的現實是，如果這群人不能夠在未來半年內迅速集結成有效的黨內勢力的話，那麼緊接著在未來的數年內，恐怕都將淪爲「工蜂族」而更加無法翻身了。

文森特知道時機緊迫，一旦錯過就算是失勢了，因爲北方都市聯盟的人是絕對沒有辦法在元老派中篡位得勢的。他們只有一條路可走，那就是幫助來自於人民勝利黨的低階黨工，集結他們，給予資源。並且，爲了使這個步驟能夠順利進行，他們還需要一位明星，一位能夠與讓梅葉分庭抗禮的政治明星。

文森特向遠在鳩擇市的貝士基特傳達他的觀察與計畫，由於文森特已經加入了希洛・道夫的幕僚團隊，因此對於要集結元老派以外的世界和平黨員一事，他絕不能明火執仗，而必須讓貝士基特加派其他的人手去負責推動計畫。文森特也向貝士基特建議了幾位他認爲合適的明星人選，其中包括一位名叫富特・白森耶的人民勝利黨員，他強烈地建議貝士基特最好能夠盡快延攬住這位白森耶先生。文森特的著急與焦慮，絕非杞人憂天。從現在開始，世界和平黨即將面臨的第一個挑戰，立刻就是隔年的捷魯歐市長選舉。文森特擔心的並不是世界和平黨在市長選舉中的勝率，而是市長選舉之前，黨內推舉候選人時的那場戰役；這才是眞正決定北方都市聯盟未來存亡的殊死之戰哪！

在文森特的催促下，貝士基特很快地派出第二批說客到捷魯歐去，加入政壇戰局。他讓米斯帝去找富特・白森耶，並且率先承諾貝魯特公司將會成爲白森耶個人的贊助商。這個條件非常誘人，富特・白森耶是人民勝利黨創黨之父立維塔將軍的外孫，這與生俱來的知名度讓他在人民勝利黨中有著一定的地位，加上他的年齡與讓梅葉相當，外形也不惶多讓，是個值得貝士基特開出這樣條件的投資對象。白森耶本身也是個野心勃勃的人，他感到在人民勝利黨中雖然備受呵護，畢竟他是創黨之父立維塔的外孫；但礙於人民勝利黨的格局，始終施展不開手腳。外祖父的名聲在某些方面來說也是一種擺脫不了的負擔，像他就不能夠輕鬆地說跳槽就跳槽。白森耶時常對這種綁手綁腳的情況感到抑鬱，覺得時不我予，英雄氣短。因此，當他第一次從米斯帝口中聽到貝士基特願意開出如此優厚贊助的保證時，他不禁本能地在心底歡呼了起來，然而緊接著卻又聽到米斯帝表示，提供贊助的唯一條件，是要他跳槽到世界和平黨去；瞬間白森耶的臉又垮了下來。

「我不能夠跳槽，你明白嗎？米斯帝先生！」白森耶說道：「人民勝利黨是我外祖父創立的政黨，如果我離開的話，那麼還有誰會留在這裡呢？這是情義的問題。」

「我明白，白森耶先生，」米斯帝說道：「我們都知道人民勝利黨現在是時局險峻，但是我想您也明白，情義無法造就長遠的成功。『黨』不過是政客們用來保護自己利益、幫助達成政治目標的軀殼，就跟『企業』一樣，使企業運作而賺錢的不是企業本身，而是投資這些企業的股東與負責操盤的執行長。軀殼總有會變得老舊不適用的時候，我們眞正應該保住的，應是軀殼之中的靈魂，是當初立維塔將軍不畏艱難創立人民勝利黨時的初衷才是啊！您不這麼認爲嗎？」

「米斯帝先生，」白森耶說道：「你我年紀相當，我也就不跟你說客套話了。現在確實大半部分的人民勝利黨員都跑到世界和平黨去謀出路了，但是那些都只是低階黨工，你認為我跳槽到世界和平黨去之後眞的能夠闖出什麼名堂嗎？我們都知道世界和平黨在主要的位置上早就都已經被聯合黨過去的那批『元老派』給佔滿了，它不是什麼新的政黨，它只不過是聯合黨的延伸。」

「這就是爲什麼我們需要您啊！白森耶先生！」米斯帝說道：「您知道，我們是生意人，當然不可能只唱高調而不顧現實，您說的一點兒也沒有錯，世界和平黨實際上根本就是聯合黨的延伸，所以現在不論是人民勝利黨還是我們北方都市聯盟都一樣，我們現在要面對的，不是一個聯合黨與一個世界和平黨，而是兩個聯合黨！您想想，如果連世界和平黨也都完全被來自於聯合黨的元老派給掌控了的話，那麼我們還能吃什麼飯？聯合黨以外的人以後還有什麼機會可以執政？那就成了完全的壟斷世界啊！這就是原因，我們需要有像您這樣優秀的人到世界和平黨去，成爲能夠制衡元老派的統籌角色！除了您以外，請問還有誰能夠擔負這樣的重責大任呢？時機緊迫啊！現在不捨棄軀殼、毅然出擊的話，我們就輸定了！請您務必相信我們和您站在同一條船上！」

富特・白森耶聽了沉默地點點頭，他其實本來就一直在尋找適合跳槽的時機，同時他也希望貝士基特能夠保證得更多，最好能夠用轎子一邊敲鑼打鼓一邊用抬的把他抬到世界和平黨去。講白了，就是要面子，要氣勢。白森耶眼睛看的不只是貝魯特的贊助，他希望爭取到整個北聯金控的支持。米斯帝故作模樣，實際上就在等白森耶這番話，如此他才能確定這位白森耶先生究竟是不是一顆耐操的可靠棋子。

兩人的這番密談結果甚歡，由於白森耶在人民勝利黨中原本也就並沒有固定的幕僚團隊，因此他也很樂意在跳槽至世界和平黨之後，雇用這位意氣相投的米斯帝來爲他效力。米斯帝迅速地替白森耶組織了一個小而精悍的幕僚團，除了原本跟在白森耶身邊的幾個低階黨工之外，他還找了兩位與他同樣由貝魯特投資公司出身的同期前輩，分別是包溫與克勞士，兩人都是值得信賴的財稅、金融專家，同時也都有著穩重開朗的性格，米斯帝認爲他們兩人的加入對於統合幕僚的工作上，絕對有著安定與激勵下屬的正面作用。果不期然，在米斯帝爲白森耶張羅的這個新幕僚團形成之後不出一個月，他們這艘小而精悍的「幕僚船」便開始在世界和平黨內的洪濤中乘風而行，展露出靈巧的適應性與優異的續航力。

爲了快速提升白森耶在黨內的名聲與支持率，米斯帝建議白森耶立刻表態參選隔年的捷魯歐市長選舉，這樣即可有效地凝聚黨中非元老派的力量，促成「白森耶派」的誕生。但是白森耶本人卻有不同的意見，他非常的不希望在這個時候參選市長，就怕萬一贏了，那就得被綁在市政府裡，而且一綁就是四年，這會使他遠離黨中央的權力中心，錯過能在聯邦總理大選中與中央高層拉近距離的大好機會。米斯帝點點頭，說道：

「這個我們也有考慮到，但是我們剛剛說的參選，指的是『黨內提名』的參選，並不是總決賽。聽著，富特！我們要在黨內得勢，首先就必須要鏟除掉的一個人，就是讓梅葉。我們必須要『好看的』除掉他。而最佳的辦法，就是把讓梅葉釘在市長的位置上，遠離希洛．道夫的身邊。」

「問題是，」白森耶搖搖頭，不解地問道：「讓梅葉一定也會不想當市長的，在這個節骨眼兒上，大家想的必定都是同一回事兒，要靠緊黨中央，要能夠高度參與二一二七年的總理大選！沒有人想在這種時候去當市長啊！我們黨內！」

「沒錯，」米斯帝說道：「我們也認爲讓梅葉一定不會願意參選市長，所以唯有一種狀況，我們可以使讓梅葉必須參選市長！那就是利用『提高黨的氣勢』與『打擊另二政黨』爲名，由白森耶與讓梅葉兩位本黨內最受矚目的新星，一同角逐市長選舉的黨內提名，只要我們在黨內提名的過程中炒得轟轟烈烈，就可以非常有效地降低聯合黨與人民勝利黨候選人的吸引力，民眾都會只看我們這邊。而只有在這樣爲了黨的利益出發的狀況下，加上黨部高層的指示，讓梅葉才有可能出面參與市長選舉。我們正準備這樣做，去說服希洛・道夫身邊的人，讓希洛・道夫『示意』讓梅葉參與。」

「你這樣計畫很好，米斯帝！」白森耶說道：「但我還是覺得有點擔心，即使讓梅葉答應角逐黨內提名，即使眞的炒得轟轟烈烈確實提高了我們陣營與世界和平黨的人氣，但是，但是萬一我們選贏了怎麼辦？」

「不會的，富特。」米斯帝指指自己與身旁其他幕僚成員，信心十足地說道：「這點你不用擔心，我們壓根兒也不想成爲只能爲市政府效力的幕僚！讓梅葉和您的狀況不一樣，他的家世背景與所累積的名聲，以及他的形象，都是讓梅葉他們在做決策時所不能不考量的包袱。他有極大的形象壓力，也就是說，讓梅葉一旦參選的話，就必須參選到底。而那也就意味著他必須在黨內打敗您，才能挺進決賽，擊敗另外兩黨的對手。畢竟以讓梅葉的立場來說，在黨內初選中就落敗這種事情，成本實在是太大了，他會因而失去他最大的本錢，也就是群眾魅力。所以只要讓梅葉一旦參選，我們這步棋招就算是完成了。」

「哦……」白森耶仍然有些猶豫地沉吟著，雖然米斯帝的計畫聽來可行，但是要他第一場戰就故意落敗，白森耶心裡難免也有些不是滋味兒。一旁聆聽的包溫見白森耶仍舉棋不定，於是特意聊天似的對米斯帝說道：

「只要把讓梅葉釘住之後，我們就可以挾著雖敗猶榮的超高人氣，進軍國會！國會議員可才是眞正能在總理大選中大顯身手的角色啊！對吧？」

「沒錯！」米斯帝亮起眼睛來說道：「再加上文森特就在希洛．道夫的幕僚團裡，富特只要能夠當選國會議員，接下來我們很快的就有機會能夠拉近與黨中央的距離。」

白森耶嘆了口氣，皺起眉頭說道：

「國會議員！那個才是我想要的！難道就不能夠直接參選國會議員嗎？與其去打一場故意要輸的仗，爲什麼不直接準備好了再向確定能贏的戰爭出兵呢？我是個硬漢，不好耍心機的遊戲。」

米斯帝與包溫聽了，互相看一眼，米斯帝好像有點兒愣住了，下意識的張開嘴巴卻沒有說話，包溫見狀，只得開口代替米斯帝說道：

「富特，我們都知道你很好勝，我們也都很好勝，這個世界不好勝的人是待不下去的。但是啊，我們也必須要有自知之明，富特！不只是讓梅葉，整個元老派的勢力都太龐大了，如果不先想辦法把讓梅葉除掉，等到國會議員選舉的時候，元老派一定會橫掃全部的票源，而且國會議員選舉的『目標』太多，不是只有一個兩個人在選，而是一次一兩百個人在參選，然後選出其中的二三十個，在這樣的狀況下我們根本沒有辦法凝聚非元老派的勢力，這樣就無法產生『白森耶派』。如果沒有形成穩固的派系，即使幸運當選了，在國會中也無法與龐大的元老派達成制衡的效果，得不到接近中央高層的機會，這樣就真的是一點兒意義也沒有了！富特！你想想，如果你跟讓梅葉同時都在國會當議員，大家目光都盯著他，你還有什麼出風頭的機會？」

「唔……」白森耶認真地考慮了起來，米斯帝趕緊補上一句說道：

「從不放棄、即使揮舞著敗將之劍也一樣鋒利，這樣的悍將形象，不也和您很相稱嗎？面貌姣好的富家貴公子固然搶眼，不過要說到真正令人傾心的氣度，果然還是粗獷有魄力的男人受歡迎吧？我們只要利用讓梅葉替我們跨刀一次，用市長的位置把他體面的困住，白森耶派一旦形成氣候，進軍國會、在總理大選中對黨中央高層長驅直入，也就都不會是空談了。」

白森耶心中其實也明白自己的處境，米斯帝最後一段話的比喻也摸中了他的自尊心，使他覺得心裡服貼。白森耶隨即轉而露出堅定的表情，幾天後便熱血沸騰地宣布參選捷魯歐市長。

由於情報操作得當，白森耶的宣布參選讓黨內元老派感到相當震驚，頓時間有如被逼宮的脅迫感隱然浮現。事關派系卡位優勢，白森耶宣布參選之後，元老派中很快地也出現了「只有靠讓梅葉出面才能贏了！」、「只有讓梅葉了！」的請求聲音，順利地造成了一陣小小的慌亂。而在這陣慌亂之中，元老派的高層本能地為了想要保住面子，也開始逐步向讓梅葉施壓。儘管讓梅葉始終堅守原則，他眼睛裡看的當然是市長選舉之後的國會議員大選，畢竟如果讓梅葉在這個時機點進入國會，以他現階段的聲勢，極有可能可以成為聯邦史上最年輕的國會議長。國會議長的影響力，自然是遠大於地方首長，即使是首都捷魯歐也不例外。眼見參選時限一日日逼近，讓梅葉仍然無意妥協，使得白森耶不禁開始焦躁了起來。讓梅葉腦筋清醒的程度也使米斯帝與文森特等人有些訝異，他們原以為像讓梅葉這樣受元老派照顧的人，必然會將上司的人情看得比自己的計畫來得重，卻沒料到讓梅葉在斯文俊俏的外表下，竟也是個強硬派。

連續幾個月下來，白森耶的陣營持續為了競選捷魯歐市長選舉而集結活動，然而缺少一個明確的對手，氣氛也難以炒得熱烈。白森耶一邊聽從米斯帝等人的建議繼續為市長選舉奔波，然而私底下卻又耐不住焦躁，時常向身邊的其他幕僚抱怨了起來，說他感覺自己好像被騙了，似乎從一開始就不應該相信這幫「從金融界來的騙子」之類的。一次晚會活動上，白森耶與希洛・道夫有幸同台，米斯帝與文森特也同時都在後台待命。米斯帝向文森特大略報告了白森耶的近況，文森特說道：

「我們確實低估了讓梅葉的自主程度，事實上前幾天希洛都還當面對讓梅葉表示，說希望他能夠出面參選捷魯歐市長。希洛跟霍華兩人都這麼對讓梅葉說了，他們認爲捷魯歐市長就等於是參選總理的跳板，畢竟他們都先後當過捷魯歐市長，霍華的兄長，前總理哈德威則是首開這個模式的先例。他們想要栽培讓梅葉，所以希望讓梅葉也能夠當上捷魯歐市長。但我認爲，讓梅葉的幕僚團比我們想像中來得精明，你可能認識其中一些人，尤其是拉維爾與福克西等人。」

「嗯，我認識他們，」米斯帝說道：「不過那是中學時候的事情了，現在也不可能再去跟他們套交情，我也不認爲這麼做會有用。實際上，文森特，這陣子我和包溫觀察白森耶，雖然現在說還有點早，不過我們認爲……如果有必要的時候，可以當成棄子。」

「不合適嗎？白森耶的性格？」文森特問道。

「啊，不太行呢！」米斯帝嘆了口氣，說道：「不過至少利用這次參選市長的機會，把非元老派的勢力聚集得比較有模有樣了，當然要形成白森耶派我看是不可能的了，而且，假若眞讓白森耶成了老大，恐怕他本人反倒會是一個阻礙。」

「怎麼說？」文森特心裡有譜，說話的同時已開始思考下一步對策。米斯帝搖搖頭，有些無奈地說道：

「他是那種只能容忍自己身上有光環的人。」

「哦，成事不足啊！」文森特嘆道。米斯帝繼續說道：

「總之，不論讓梅葉那邊如何，這次如果白森耶選上市長，那就幫他弄個還不錯的替代幕僚團，然後我們就得脫身。如果他沒選上市長，那就得把他推上國會議員的位置，這樣我們之後也才好活動。不過，不過，重點是……」

米斯帝嚴肅地停頓了一下，文森特直接接口說道：

「一次任期之後就得棄子？」

「沒錯。」米斯帝說道：「再更久的話就會變成阻礙。」

「嗯，我了解了，」文森特點點頭，隔了好一會兒之後，才又突然說道：「那就要在期限到來之前先完成布局。」

米斯帝沉默頷首，跟著旁邊的其他觀眾一同作勢鼓掌，臉皮同時拉起官場式的客套微笑。文森特也微笑鼓掌，爲希洛與白森耶的同台演說拍手叫好。

隔了兩週，就在每個人都以爲白森耶當定了下一任捷魯歐市長的時候，事情卻又突然間有了新的轉折。聯合黨在幾番慎重考慮之後，決定由凱恩斯・彭笛寇爾出線，代表聯合黨參選捷魯歐市長。凱恩斯是上一任聯邦總理彭笛寇爾的兒子，也是從中學時代開始就與讓梅葉極爲交好的昔日戰友。凱恩斯長得與他的父親極爲相似，兩人都有著橘黃色的捲髮與淡褐色的雀斑，簡直就是一對「胡蘿蔔父子」。聯合黨的凱恩斯一出線，原本在市長選戰當中搶得先機、眾星拱月的白森耶，便立刻很明顯地被比了下去。像讓梅葉或是凱恩斯這樣出身於政治世家的人，通常都從很早的年紀裡，就受到從政教育的洗禮了。因此他們通常口才好，善於臨場應變，也很懂得進退應對；更重要的是，他們善於操縱媒體。雖然白森耶與凱恩斯到這個時候爲止都還尚未面對面地做現場的辯論演說，然而兩人的氣度光是從一般的宣傳訪談中就可以明顯看出高下。白森耶的民調支持率迅速由高而降，使得讓梅葉終於耐不住黨部中央的施壓，在黨內初選的報名截止日當天上午，才不太情願地完成了參選的登記手續。

「爲白森耶工作簡直就像是一場惡夢一樣！」米斯帝在打給貝士基特的電話裡按捺不住脾氣地說道：

「噢不，正確來說，應該說是爲政治人物工作就都是一場惡夢。這些人根本是目光如豆！嘴巴高唱著各式各樣聽起來好像很通順的施政理念，實際上多半對於自己的政見也都只有一知半解的程度，他們眼睛裡看的永遠都只有選舉操作與各家民調數字！我眞是受不了這些人，貝士基特！他們膚淺的程度眞是超乎常人想像！你看到希洛・道夫昨天發表的宣傳訪談了嗎？他針對政見中計畫推行世界貨幣的那一段？」

「嗯，我看了，」貝士基特說道：「眞是令人好笑。我眞懷疑他這種理解能力的人爲什麼可以在政治界裡活到這個年紀，而且還爬到這個位置。」

「哼，就是這種程度才能留在政治圈裡沒被幹掉！」米斯帝有些惱怒地嘆道：「居然能夠堂而璜之地把『推行全球單一貨幣制度』與『消弭貧富鴻溝』畫上等號，眞不知道是誰把這個等號灌輸給他的！希洛・道夫這傢伙根本不知道社會到底如何運作，他好像認爲只要知道『經濟』這兩個字怎麼寫，自己就是個經濟專家了！」

「幾乎所有的政客都是這樣的，」貝士基特說道：「尤其是這種站在高位的人。你要習慣，米斯帝！」

「天哪，眞恐怖！」米斯帝翻了個白眼，不可認同地搖頭嘆道：「眞的很恐怖！我現在眞的開始懷疑了，我們眞得要拱這樣的人上台嗎？」

「唉，米斯帝！」貝士基特嘆了一口氣，說道：「聾啞人的特徵是富有，盲人的缺失是掌權；我們也只不過是這個資本帝國主義下腐敗的一部分，沒有什麼資格去嫌棄別人。」

「我知道，貝士基特。只是……唉唉！」

米斯帝顯得很無奈，待在捷魯歐的政治圈子裡使他覺得筋疲力盡，包溫和文森特也都同樣喪失了活力，他們都希望能夠儘早完成布局，然後找到接任的人，自己好回去貝魯特公司。貝士基特能夠理解米斯帝的鬱悶，和企業界的辛辣氣氛比較起來，可以說政治界就猶如一灘噁膩的溫水池。米斯帝是個直性子的人，會感到難以忍受自是在所難免。然而目前布局尚未完成，貝士基特只得想辦法激勵一下好友的鬥志。他想了想，整理了一下思緒後說道：

「不論如何，反正希洛・道夫昨天講的那些關於全球單一貨幣制度的原理，也都並不算錯誤，只不過是沒有考量到現實情況而已，政客裡頭哪一個不是如此？眞正會考量到現實情況的人，從一開始就根本不會去從政了。希洛・道夫一旦上台之後，很多地方都會立刻有大洗盤的狀況，我們北聯集團要能夠活到這全面腐敗的下一個階段，就必須在這個時候先下手爲強才行。我們現在就是在爲這事兒做準備，沒什麼好抱怨的。要說他們迂腐短視，我們也沒高尙到哪裡去，只不過一個是矇著眼睛往高塔上爬，一個是閉上嘴巴只顧燒殺擄掠罷了……唉唉，米斯帝！我原本說這番話是想鼓勵你的，結果沒想到自己反而愈說愈不對頭了，眞是的！」

「哈哈哈，不會啊，別這麼說，貝士基特！」米斯帝笑了起來，說道：「其實你這麼一說，我反而心裡舒坦了。這本來就是個狗咬狗的世界嘛！只不過我太幸運了，一時間忘了自己也是臭襪子上的污垢。不過我現在完全想起來了，想起自己原本的模樣讓我再度變得自信滿滿，而這都得感謝你，貝士基特，我所依附的臭襪子！」

「誰是臭襪子啊！眞是的！」貝士基特大笑說道：「襪子本身一點兒也不臭，是沾上了污垢才臭的。」

「是、是！」米斯帝終於開朗地笑道：「總之襪子加污垢，大夥兒一起臭。咱們就連足跡也是臭味四溢哪！」

「而且未來也只會變得愈來愈臭，」貝士基特說道：「米斯帝，我們可得要當全部臭襪子裡頭最臭的那一隻才行！不然馬上就會被別人給臭死了。我寧可臭死別人也絕不想聞別人的腳臭。你也絕對不想吧？」

「當然不！不過我說貝士基特，」米斯帝說道：「我覺得你應該可以叫約瑟夫給你算算看該怎麼調整投資業務的比例了。」

「嗯，我知道，」貝士基特說道：「近日內就會開始做調整的準備了。唉唉，這樣下去，勢必又是一場大戰哪！」

米斯帝講完與貝士基特的電話，掛上電話後，隨手將電視的音量調大，獨自喝了一杯威士忌慶祝白森耶高票當選國會議員。讓梅葉在半年前已經被他們順利的釘到市政府去了，現在在白森耶與希洛・道夫的中間已無任何阻礙。加上文森特在三個月前又從一個普通的財經幕僚，升格成爲了希洛的幕僚長，米斯帝嘆了口氣，知道離布局完成，只差最後一步了。

電話再度響起，留在鳩擇市工作而聚少離多妻子卓若卡，打電話前來祝賀白森耶當選國會議員的消息。米斯帝疲憊地挾著話筒，有氣無力地說道：

「噢，卓若卡！我不知道……」

「你不知道白森耶當選國會議員了嗎？」卓若卡驚訝地說道。米斯帝突然覺得胸中一陣窒悶，他罕見地露出脆弱的語氣，說道：

「噢，不，不是，我當然知道他當選了，只不過，我是說……卓若卡，我不知道這算不算是好事。」

「你很累了嗎？米斯帝？」卓若卡在電話的另一頭關心地問道。米斯帝閉上眼睛，說道：

「噢不，我不累，親愛的！我只是很疲倦。」

西元二一二七年三月的總理大選，是全球共和聯邦建國三十年以來，首次由三個政黨共同競爭執政權的一次劃時代選舉。在民調數字當中遙遙領先的世界和平黨，趁著創黨三週年來一鼓作氣打造的巔峰氣勢，將出面競選聯邦總理的希洛・道夫遠遠拱在時代的前方，使得另外二黨的總理候選人不得不苦戰窮追，難免顯得有些狼狽。人民勝利黨自然是由現任總理席格・卡烈夫來爭取連任，然而卡烈夫本來就不曾是個受到期待的人，並且時至今日，任誰都心裡明白，人民勝利黨不論是表面上還是實際上，都已經瀕臨解散邊緣了。就差卡烈夫一卸任，它們恐怕馬上就會被世界和平黨給徹底吸收掉。有偶無獨地，聯合黨所面臨的狀況也好不到哪裡去，它們在過去三年當中可謂是「精銳盡出」——這當然並不是指聯合黨人才濟濟的意思，而是說「精銳盡皆出走到世界和平黨」去了。尤其是年輕一輩、稍有潛力者更是如此。就連一向忠犬作風的凱恩斯・彭笛寇爾，在兩年前的市長選舉敗給讓梅葉之後沒多久，竟也帶著幾個親信幕僚，不顧父親、上司的反對，毅然投奔至世界和平黨，更加入了才剛擊敗他的讓梅葉的陣營。這次的總理大選對於聯合黨來說是背水一戰，它們已經失去四年的執政權，若是這次再輸，那麼想要重返哈德威時期的那段光輝年代，就真是遙不可及之夢了。而在這危急時候代表聯合黨出戰的，是希洛・道夫過去在聯合黨的全盛時期裡，同樣在哈德威手下做事，一起打拼過來的老友，杜克・瑞奇曼。杜克的年齡與哈德威差不多，比希洛更年長個十來歲左右，原本已從公職退休轉而從事新聞業的杜克臨危受命，從這一點即可看出聯合黨受到拔椿威脅的程度，實際上已是多麼的嚴重了。

儘管只能算是錦上添花，然而議員富特・白森耶在整個總理大選當中，竭心盡力地爲希洛・道夫張羅場合、拉票拜謝，也讓米斯帝與文森特等人的耐心努力有了回報。在選戰接近尾聲之際，白森耶順利地與希洛・道夫的幕僚陣營打成了一片；而這也代表著，以鳩擇市爲首的北方都市聯盟的軸心勢力，已經成功地融入了世界和平黨的中央高層之中。直到這個時候，貝士基特才比較能夠安心，不用時時擔憂會被梅耶洛夫企業與巴爾頓製藥給仙人跳了。

西元二一二七年三月，世界和平黨建黨第三年，產生了第一位聯邦總理。希洛・道夫宦海浮沉三十載，終於在他五十四歲這年，登上極高之位。當他確定當選的消息在電視上被即時播報的第一時間裡，貝士基特除了立刻致電恭賀之外，心裡也不免爲這被拉開幕帷的嶄新時代感到一陣毛然的悚慄驚嘆。或許在這個時候還很少人能夠眞正明白，希洛・道夫、以及他所醉心的全球單一貨幣制度，究竟會將人們帶往一個什麼樣的未來；不過，貝士基特知道，不論是以什麼樣的速度前行，他們即將遭遇的，都絕對不會是那個「遍地流著奶與蜜」的人間沃樂園。

第四章　賭局

僞裝成爲無害之物，乃是掠食者的一門高級藝術。而喬瑟法・梅耶洛夫，則正是精通這門藝術的箇中高手。

喬瑟法在二十年前創立的「普利馬物流公司」，可謂是一頭隱身於暗夜之中的黑豹。它將巨大的前爪與尖銳的利牙沒於無形，只露出寶石般散發晶亮光芒的雙眼，使人凝神駐足，誤以爲它是漫漫長夜後的一道曙光。從樹葉的隙縫中穿射而下，引領著迷失的幼鹿慌亂前行，在無知的一片天眞裡，朝向利牙與巨爪的期待中自我奉獻，用牠的血與肉，滿足寶石般的渴求目光。喬瑟法，就是一個猶如寶石般的男子。他的眼睛從不顯得尖銳，鵝蛋型的白皙臉孔和好看的笑容，也讓他情史豐富，花名不墜。喬瑟法所經營的普利馬物流自從創立以來，也不曾像貝士基特接手後的貝魯特投資公司那般時刻顯露出危險而旺盛的野心，毫不隱藏地昭告著世人它掠食者的身分。喬瑟法今年四十有五，已經結過三次婚，每一次的婚姻最終都以外遇離婚收場。他也有許多出名的情人，像是捷魯歐首屈一指的「企業掮客」傑諾瓦、與費洛里等，皆是喬瑟法在社交界中廣爲人知的入幕之賓。

喜歡拈花惹草的形象，想當然也時常使人容易忽略喬瑟法在企業經營上的用心與危險的實力。普利馬物流公司一直以來都給予大眾一種殷實的「好企業」形象；它的財務狀況透明，依照法律規定全額繳交數字龐大的營業稅金，雖然也從事金融業務，但營運主力卻始終擺在物流系統的經營上。它的擴張速度十分緩慢，普利馬物流整整花了二十年的工夫，才使旗下管理的眾多子公司與結盟企業，形成全球運輸界中獨大的托拉斯、以及全球零售業界的最大卡特爾。整整二十年，由於果實結得夠慢，它的擴張對於外界來說，顯得合情合理，一點兒也沒有任何不自然之處。即使知道喬瑟法・梅耶洛夫與克萊爾集團間源遠流長的關係（克萊爾集團的創始人金恩・拉塞佛德是喬瑟法的舅公），然而對一般民眾而言，卻也很難將普利馬物流與聯邦政府的金權政治聯想在一起。只有有心觀察的人才會隱約發現，普利馬的發展模式與內部風氣，實際上與喬瑟法時常給人的那種多變而綺麗的輕浮形象徹底相反，而徹頭徹尾的是個冷血主義的鐵腕企業。了解內情的人都明白，這恐怕才是喬瑟法・梅耶洛夫本人真實的性格。而那些外在的花俏詭計，只不過是一種戲法罷了。喬瑟法是個無法捉摸的人。沒錯，並非難以捉摸，而是無法捉摸。

普利馬物流公司的營業範圍涵蓋甚廣，它直營的六間子公司分別各司其職地包辦了全球運輸中的陸、海、空三大範圍。而這六間子公司又分別掌管著旗下的滿堂子孫，就連目前全球最大的四間零售企業，也都不過是普利馬物流下曾孫級的子公司。由於規模過於巨大，因此對於一般民眾而言反而難以想像。大部分人甚至根本並不曉得這些龐然的企業巨頭事實上都是屬於普利馬物流的分支。

從外界看來，普利馬物流的營利能力似乎平平，它的金融資本受到克萊爾集團的控制，資本額嚴格來說也只能算是二線企業的規模。但是，局外人不曉得的內幕是，這裡所謂的資本額，指的是普利馬物流公司「本體」的資本額，而並不包含它下頭所有、任何的子公司。普利馬物流也受到聯邦政府在法律上最高層級的保障，因爲它對於聯邦政府的重要性，遠遠大過於包括克萊爾集團在內的其他任何產業。然而，說到這兒，又不免令人心生疑惑，即使有著屈指難數的滿堂子孫公司來替普利馬物流賺錢，但是明明只是一家本體資本額只有二線規模的公司，又爲什麼會有這麼誇張的重要性呢？這一點，我們就從最簡單的例子中來看，便能一目了然。

每個人都知道，全球共和聯邦的首都捷魯歐城，是整個歐陸與西亞地區的海陸運輸樞紐；而藉由直接控制這個地區，捷魯歐城便間接地握有了得以強勢控制全球其他地區物資運輸與交易的權力。在聽到這樣描述的時候，如果我們依照常理來想像，理所當然會認爲這多半是因爲捷魯歐城經濟上的強盛，以及不可免俗地，聯邦政府倚賴著強盛的經濟而擁有著相當駭人的軍事力量；因此，他們能夠高坐帷幄之中，只消動動嘴，幾個人手指頭在空中比畫比畫，便得以對其他地區的經濟發展，產生出決定性的影響。畢竟「武力」的本質，就是「決定性的干預」。因此我們很自然地也會反過的來認爲，當甲地有著其他地區人民不論如何也無可違抗的支配性的時候，那就肯定代表著「甲地擁有著高於其他地區、並且非常強大的武力」這樣的事實。然而問題是，在現實的案例中，全球共和聯邦自從它的開國總理賀菲斯鈞大刀闊斧地刪減了軍備以來，就已經從來不曾再度擁有足以統治世界的規模常備軍了。它只依靠著幾個精簡的軍警機構相互合作來補足軍事上的功能；也就是以靈活的互補政策來提升人力上的效率作用。那麼，這麼一個不依賴軍事力量的政權，又有什麼能耐統治其他經濟地區呢？喬瑟法早在二十多年前便已深知其中奧秘，說穿了也沒什麼了不起，他只不過是非常清楚的明白「通路」的重要性罷了。

想想看，就算是日常生活中的購物，光是這些貨品要能夠擺上貨架銷售，就非得需要通路不可。每件貨品都不是平白就能夠擺到貨架上去的。以人體來做比喻的話，通路就好比是暢通的血管；而掌握了通路，就等於是掌握了這個人體的生殺大權。例如說，擁有肝臟固然好，你可以雄據一方。擁有心臟或肺臟也很不錯，全世界都知道你的重要性。然而，如果今天通往任何一個內臟部位的血管被攔截了起來，血液（代表貨品）無法流通，那麼不論這個人體原本是多麼的健康，也都是枉然，立刻就會患上嚴重的病症而癱瘓。因此，喬瑟法知道，真正必須要全權掐在手中的，既不是原物料、也不是末端的商品市場，那些都不是要害。普利馬物流從創立之初，就始終都是以壟斷全球通路爲目標而發展經營的。它直接掌握了捷魯歐經濟區域的所有物流系統，然後陸續在過去的十五年當中，利用克萊爾集團提供的垃圾債券，輕鬆的呑併掉世界上其他的主要物流公司。當它愈來愈大的時候，其餘較小規模的物流公司很自然地便遭遇了經營不善的困境；這些受到壓迫的小物流公司，在普利馬的擴張後期裡，通常不是關門倒閉、宣告破產，不然就是自己跑來向普利馬物流尋求合併。普利馬的擴張其實一點兒也不緩慢，它非常的快速！只不過一般大眾通常不會把注意力放在「物流公司」這種不會直接散發出光芒的產業上。事實上，即使到了現在，還根本完全搞不懂

「物流」這東西到底是在幹什麼的民眾，也都大有人在。大家都喜歡注意金光閃閃的東西，像是擺明以錢滾錢的金融行業：銀行、信貸公司、還有貝魯特投資公司或是克萊爾集團這種私募股權基金的大財團。顯而易見、非常理可循、並使人常有不道德聯想的鉅額財富累積，這才是媒體大眾們喜歡的新聞。在過去二十年間，普利馬物流公司的擴張過程，一次也沒有上過報紙。一次也沒有。它是只從暗夜中露出獠牙的隱身吸血鬼，安靜地伸出雙手，牢牢抓住世界的經濟動脈而不使人知曉。

不像克萊爾集團，喬瑟法也不曾是個重視政黨節操的紅頂商人。在喬瑟法的眼裡，政黨與政府，都並不是企業所應效忠的對象。正確來說，他認爲只有頂層的企業，才是眞正的統治者。這已是每個人都心照不宣的事實。因此不論任何政黨上台執政，喬瑟法都一樣能有法子從中利誘，將政策的走向導入對自己有利的傾斜面。然而，惟獨有一種狀況，是喬瑟法怎麼樣也無法突破的，那就是當聯合黨執政、而喬瑟法想要誘導的政策，卻又剛好與克萊爾集團有利益衝突的時候。只要是聯合黨執政，在與克萊爾集團的利益衝突上，喬瑟法永遠沒輒，因爲梅耶洛夫企業本身已幾乎是被克萊爾集團吃掉的狀態，而普利馬物流公司的股權雖然大致仍在喬瑟法的掌握中，但是必要的金融資本卻嚴重受到克萊爾集團的控制；這一點讓喬瑟法始終感到芒刺在背，即使他有辦法併吞掉大多數隸屬於克萊爾集團的末端子公司，也無法擺脫關鍵的資本受制。喬瑟法從一開始就知道這個問題的嚴重性，二十年來不斷苦思對策，卻一直考慮不出有效的解決方案。畢竟，企業要營運，就必然需要銀行提供的金融資本，普利馬物流不可能自己開銀行，而原本是金控集團的梅耶洛夫企業又已經被克萊爾集團吃掉了，普利馬物流需要的金融資本，似乎除了與克萊爾集團合作一途之外別無他法。雖然老友傑諾瓦也曾數度勸告喬瑟法不要太過依賴克萊爾集團，最好能適度的把風險分散到鳩擇市的北聯金控去；但是，依喬瑟法的判斷，裴斯・柏爾的北聯金控集團雖然是小而強悍，運作靈敏且成長快速，然而若要和捷魯歐這邊的規模比較起來，實在是不成氣候。喬瑟法曾私下向傑諾瓦抱怨說道：

「若眞要從克萊爾集團抽資，與其轉而去跟北聯金控合作，我還寧可想辦法自己開一間銀行比較實在。那種空有野心卻無傳統的組織，只會壞事。如果他們即使到了未來也一樣沒有傳統，那麼我們就更加不可能與他們合作了。」

諸如此類，資本受制的問題一直困擾著喬瑟法，然而意外的轉機，卻在之後的幾年裡隨著鳩擇市與北聯金控的崛起，而露出了曙光。

西元二一一九年六月的捷魯歐股災，猶如天降啓示般地賜給了喬瑟法驚喜的靈感。這其中意味著幾個重要的環節。首先，能夠發起聯手拋售聯邦幣，使得捷魯歐股市崩盤、聯邦幣值暴跌近三分之一的價值，這樣規模的行動與效果，顯示出鳩擇市以及北聯金控的發展已趨成熟，不再是過去那個只能打游擊戰的吳下阿蒙。再者，聯邦幣值狂貶與捷魯歐地區爆炸性的物價通膨，也讓喬瑟法看見了一個很大的漏洞！這個漏洞對於金融界來說是個無法避免的致命傷，但是對於普利馬這樣的物流公司來講，卻是個令人雙眼爲之一亮的機會之窗！克萊爾集團雖然在捷魯歐股災中並未遭到損傷，實際上它反而還大賺了一筆。但是在捷魯歐股災之後的爆炸性通膨時期裡，卻顯然束手無策。面對著一間間倒閉的貸款企業，有借無還的壞帳金額直直飆升至法定比率的危險邊緣，雖然這些壞帳在整個克萊爾集團的資金當中只能算是小數目，然而它仍讓喬瑟法看見了一個能夠由控制貨物，而達成反制貨幣作用的大膽策略。大概就是差不多從這個時期起，喬瑟法心中逐漸開始醞釀了類似「以貨物約束貨幣」的構想，並且也更進一步地付諸各項行動，開始在政商二界當中進行政策遊說。

喬瑟法在政策遊說上有一個得力的夥伴，那就是巴爾頓製藥的弗蘭茲。弗蘭茲與喬瑟法兩人早在創業的初期就已經結識彼此，基於創業背景、基於利益，以及個人欣賞，他們從一開始就是彼此最好的盟友。弗蘭茲完全是受到克萊爾集團的前總裁金恩·拉塞佛德的照顧，而得以創立巴爾頓製藥。成長於單親家庭的弗蘭茲相當擅長察言觀色，總是一副謙遜的笑臉迎人，但其實本身性格有些偏差。他會時常說些小謊言來充面子，或是滿足對方的虛榮心。弗蘭茲的本性其實是個冷漠的人，不過曉得這一點的人顯然不多，就連號稱是弗蘭茲摯友的溫和派政治明星希洛·道夫，也都並不理解弗蘭茲的眞實人格。事實上，在這個世界上能夠理解「事實」的人，一向都只有極少數。就像是那些大部分被譽爲天才的金融家與財團老闆，也都鮮少能夠由眾多花俏的金融產品交錯編織的迷霧當中，看清事實，理解眞相。因此，喬瑟法難免有時也會感到孤獨——任何產業，只要一與他的全球物流系統相結合，那麼與他合作的這家企業，便能立刻在該產業中稱霸。這跟貌似繁雜的金融學問通通無關，跟那些金融界散播出來的迷霧花海通通都沒有關係，就是簡單的生產貨物、掌控通路、以及佔有市場；而市場的高度佔有率，又會回饋系統，強化循環的穩固性。跟貨幣有關，畢竟交易仍需使用貨幣，但是，跟「金融」毫不相干。喬瑟法說道：

「我們只有完全把主力回歸到最原始的需求、供給、與通路這三方面上，才有可能擺脫銀行或是金融財團的惡霸肘制與蓄意攻擊，讓他們知道誰才是掌控經濟的王者，而他們只不過是吃我們嘴邊殘剩長大的浮游寄生物罷了。」

弗蘭茲與政界關係密切，巴爾頓製藥在與普利馬物流正式合作之前，就已經連續數年都獲得到政府授權的壟斷性合約了，但是它的市場眞正往捷魯歐以外的地區快速擴展，還是與普利馬物流合作之後才有的事。製藥產業的利潤本來就非常巨大，在量產狀態下，隨便賣出一顆感冒膠囊都有十至十五倍的利益。在許多經濟落後、治安動盪、貨幣隨時都會失效的地區，藥品的交易甚至替代了原有的貨幣。數以萬計的花樣現鈔與動輒上億的昂貴股票，都不如一張浸泡過藥水的廢紙。在世界上大多數的地方，珍貴的白粉猶如古代的鹽，其可信度與泛用程度，都更甚黃金。

捷魯歐股災過後，眼見巴爾頓製藥與普利馬物流合作的案例竟能在如此短暫的時間內獲得驚人的成功，於是愈來愈多的製造企業前仆後繼地表態，渴望加入喬瑟法的物流帝國。大約就是在西元二一二二年底，彭笛寇爾爭取連任的選情明顯不樂觀，因而使喬瑟法心裡產生了「貨幣革命」的構想。這個構想，也就是包括了從希洛・道夫自立門戶，瓦解聯合黨在國會的影響力，削弱克萊爾集團在政策護航上享有的獨大特權，攏絡鳩擇市的北聯金控來制衡克萊爾集團，以及推行全球單一貨幣來加強全球物流系統對於各經濟地區的控制力等等。喬瑟法認爲，實際掌控的權力，永遠比數字上的利益來得可靠。資本主義早就已經發展到這全球帝國主義化的階段，我們眞不需要再道貌岸然了。

澄黃色的杯光酒影交錯搖晃，充滿木質香味的酒精飄散於鼻息之間，在弗蘭茲的陪同下，希洛・道夫參加了改變他人生的這場餐會。弗蘭茲的女兒晞婭日前初次登台演唱歌劇，表現大受好評，喬瑟法便藉著這個理由替晞婭舉辦了慶功的私人餐會，好讓希洛・道夫能在心情輕鬆的無防備狀態下出席場合，進行談話。雖然是熱鬧的餐會，不過弗蘭茲與希洛・道夫卻在敬完酒之後，便與喬瑟法來到餐廳後頭的隱密包廂。樓下宴會大廳中有許多晞婭的師長與朋友，弗蘭茲早就叮嚀過晞婭，讓她自行主持宴會，與朋友們適度地閒談玩樂即可，無需顧慮其他事情。希洛也是看著晞婭長大的舅父，雖然心裡還有點兒想多跟甥女兒說說話兒，不過聽弗蘭茲說「讓他們孩子自己玩吧！我們就別掃他們的興致了。」也就笑著作罷了。

喬瑟法請希洛與弗蘭茲到貴賓包廂中一起品嚐他收藏的好酒，希洛自從十多年前妻子辛耶特過世之後，便曾染上酒癮，一度嗜酒如命，後來雖然振作了起來，不過愛酒的喜好還是強烈存在著。喬瑟法拿出了一瓶標著1946年份的夢卡倫（Macallan），希洛大驚說道：

「眞是了得！這不是百年古董了嗎！」

「呵呵，不是的，」喬瑟法笑道：「這是前幾年加入我們物流聯盟的一間獨立酒廠的作品，他們特別釀造了一批跟1946年份一樣味道的夢卡倫，眞的很不錯，請務必嚐嚐看！」

「1946年份的夢卡倫啊！」弗蘭茲也很期待地說道：「這可是珍品哪！我也從來都還沒有喝過。聽說是不同於一般夢卡倫酒品的獨特風味，雖然屬於小眾口味，不過在愛酒的行家之間可是備受讚譽呢！」

喬瑟法聽了顯得很開心，說道：

「是啊！畢竟它的美味來自於珍貴的歷史意涵，懂得的人就都會愛不釋手。來，國務卿先生，請、請！」

喬瑟法一邊說一邊親自爲希洛到了酒，希洛接過喬瑟法倒的酒，有些驚喜地說道：

「哦？弗蘭茲你也沒喝過嗎？哦，謝謝、謝謝！連弗蘭茲都還沒喝過的酒，我可眞要好好兒來品嚐一下！」

弗蘭茲也接過喬瑟法斟的酒，說道：

「夢卡倫還蠻常喝到的，不過特別是1946年份的夢卡倫，聽說眞正是當年釀造的原版酒已經沒有了呢！」

「都被喝完了。」喬瑟法笑著說道。希洛很享受地喝了口酒，說道：

「哦哦，這眞是很獨特！明明是威士忌，卻有種泥碳烘培的味道？」

「生命之水啊！生命之水！」弗蘭茲讚嘆地說道：「眞不愧是1946年份的版本，這是只有這個年份才有的味道哪！眞是太棒了！獨具的泥碳風味、揉合著淡雅的花香與辛香料般的木質香味，是用磚窯烘培釀造的吧？這瓶之後會量產嗎？」

「磚窯？什麼磚窯？」希洛不解問道。

「呵呵，所謂1946年份版本的夢卡倫，」喬瑟法解釋說道：「是起源於西元一九四六年，也就是第二次世界大戰剛結束的那段時期，由於當時的國際社會均處於資源短缺的狀況，燃料資源如煤炭等，更是嚴重不足，因此只有這一年釀造的酒，是使用磚窯烘培。原本只是替代措施，不過卻因此創造了風味獨具的1946年份夢卡倫。當時釀酒的人們冒著危險，抱著對和平富足社會的憧憬而釀造了這一批威士忌，交織著長達二十年的不安與期望，因此1946年版的夢卡倫，在意義上，也象徵著對希望的『祈禱』。這次我們這間獨立酒廠仿效當時的釀製方法，製造了這批新作，我個人是很喜歡啦！不過泥碳風味的威士忌畢竟是小眾市場，會不會量產，我也還不曉得呢。」

「原來如此，眞是意義深遠呢！」希洛說道：「看來在品酒的學問上，我還有很大的空間要加強啊！呵呵呵哈哈哈！」

「不過話說回來，希洛，」弗蘭茲用著老朋友才有的親切語調說道：「你這四年擔任彭笛寇爾的國務卿，也眞是辛苦了！你剛上任那段時間不是備受批評嗎？我還一度很擔心你會不會酒癮復發呢！」

「唉唉，老實說，你知道的，弗蘭茲，」希洛露出稍微靦腆的笑容，說道：「我就是那種絕對不能閒下來的人！一閒下來什麼精神都沒有了，還是忙點兒好，忙點兒得好！這四年下來我可忙死了，忙得亂七八糟，難得還能有這樣的機會和你們喝點兒酒。唉唉，不過回去華倫娜定是又要唸一頓了。」

華倫娜是希洛已故前妻辛耶特生前在雜誌社事業上的資深夥伴，也是希洛目前同居的女友，有著嚴母般的性格，管希洛管得很嚴。喬瑟法一聽希洛之言，趕緊調侃地笑道：

「不不不，別擔心，沒看我還特意幫各位拿的是特大號的酒杯嗎？這樣即使喝多了，回去一樣可以說『我只喝了一杯』！」

「呵呵呵哈哈！自古以來男人在外頭喝酒的傳統之一啊！這是！」

弗蘭茲大笑了起來，他的情緒很快地感染希洛，希洛自從擔任國務卿之後就很少喝酒了，這次久違地酒酣耳熱，又難得與摯友弗蘭茲相聚，雖然他和喬瑟法並不熟稔，不過在弗蘭茲的笑聲中，心情很快地便放鬆了下來。希洛對喬瑟法的認識並不多，只知道他家世上是梅耶洛夫家的獨孫子，而事業上則是普利馬物流公司的老闆。希洛是個專業的政客，但對於政治以外的事物，幾乎可說是一竅不通，他就是那種喬瑟法說的「根本還搞不懂物流倒底是在搞什麼」的類型。如果對希洛提起「物流產業」，然後向他請教看法的話，他恐怕會立刻很誠摯地對你談起郵件快遞、或是生鮮超市的冷凍貨櫃車之類的事情。而希洛對於喬瑟法的認知與想像，也就只限於這個程度。

酒過三巡，希洛開始有些酣然，弗蘭茲與喬瑟法聊天似地談起他們在南美、非洲、以及亞洲的開發投資。喬瑟法顯得很感嘆，說道：

「即使我們的物流系統能夠在當地發揮作用，不過礙於各地區間不同的貨幣與財政政策，要在那些地方進行公平公正的交易幾乎是不可能的。這些地區的政府都貪腐得很嚴重，而且根本管束不了。由於各地貨幣匯差與法律不同，他們也利用聯邦幣的匯兌制度洗錢，眞是易如反掌。」

「是啊，你知道，喬瑟法，」弗蘭茲接著說道：「去年在南亞爆發的瘧疾，我們不是緊急調送了大批藥物過去嗎？上個月我看到一份來自那個地區某個都市政府的報告，報告被匿名了，是一個做內線的記者丟出來的，說有近半數的藥物與資源都被該都市政府私下查扣，並沒有送到災區醫院去。然後他們就有人去追查那批藥物的去向，結果追查到北非沿岸，一支當地的『暴徒軍隊』用三倍的價格買下了那批藥物。而那筆交易的錢則匯入了當地的暢運銀行！」

「喔！暢運銀行！我知道那筆帳的事情，」喬瑟法說道：「說是今年春天的時候，因爲被發現有不尋常的資金流動而遭到調查，結果卻突然宣布破產倒閉，負責人也落跑了的那件案子嘛！那筆資金現在肯定是流入克萊爾集團手中了。」

「沒錯，畢竟暢運銀行的負責人也是克萊爾集團的股東之一啊！」弗蘭茲嘆了口氣說道：

「喬瑟法啊，唉唉，很多時候我眞的覺得，不論我們再怎麼努力，我這邊再怎麼想辦法生產便宜的藥品，只希望更多眞正需要醫療幫助的人們可以買得起，享受到醫學的救助，但是只要有這種幫助犯罪的洗錢業務仍然盛行，我們的藥品就沒有辦法用正常的價格送到窮人的手中。有的時候我眞的感到很洩氣。」

「嗯，我明白你的感受，」喬瑟法點頭說道：「畢竟幫你們公司送貨的是我們普利馬物流哪。」

「兩位你們現在在說的事情是……」希洛從方才一直聽到這裡，終於忍不住開口問話了。他因酒精作祟而腦筋遲鈍地說道：

「對於這樣的問題，我們只要更嚴厲的禁止洗錢行爲，就應該可以防範了不是嗎？」

「希洛，你這還眞是個政客會講的話。」弗蘭茲笑道。希洛一愣，說道：

「呃？是嗎？何以見得？」

弗蘭茲刻意提高眉毛，清了清喉嚨，扳著手指頭說道：

「第一，模稜兩可的用語，概略性的回答，好像提出了富有遠見的大方向，但卻沒有任何進一步的精細對策。第二，不確定的保守語氣，『應該』就可以防範了『不是嗎』，可防範就可防範，不可的話就不可，幹嘛還要加上『應該』跟『不是嗎』？這不就是政客們爲了必要時後能有轉圜餘地可脫身而養成的語氣嘛！」

希洛聽了驚訝地大笑了起來，酒意稍微醒了一些，說道：

「哦哦，那麼，不然的話，你們認爲剛剛討論的問題，能有什麼更好的解決之道嗎？」

「啊，這個啊，恐怕很難。」弗蘭茲說道：「要從洗錢防治這方面著手根本不可能有成效。」

「眞的嗎？」希洛瞪大眼睛看向弗蘭茲，又瞟了一眼喬瑟法，見喬瑟法面露贊同之情，於是問道：

「爲什麼不可能有成效？我們的聯邦政府就這麼無能嗎？啊，我覺得頭腦好像被一根釘子釘到了！」

喬瑟法笑了起來，回應弗蘭茲的說法而淡淡地說道：

「這跟政府的有能無能已經沒什麼相干了，畢竟現今最便利的洗錢工具就是聯邦幣本身啊！全世界各地的人都可以隨意購買聯邦幣，而聯邦幣不論到任何地方都一樣很容易脫手，即使是誇張的大筆金額，交易過程也不會留下紀錄，只要好好做出檯面帳就行了，而這項服務又只需要付出同等於一位會計師月薪的錢，就可以獲得銀行的會計專員指導與幫助，實在是太便利了。」

「沒錯，還有炒作物價也是一個很大的問題，」弗蘭茲接口說道。希洛愣了一下，驚訝地問道：

「炒作物價？嗯，我知道因爲先前股災的關係，使得現在通膨率很高，不過這跟洗錢有關係嗎？」

弗蘭茲搖搖頭，說道：

「噢，不是在說那個。實際上，我認爲洗錢的行爲在這整個體系當中已經不重要了！我是說，因爲各地匯率不同，藉由操作匯率、炒作某些特定地區的物價等等，熱錢很容易就能夠從一個地區快速轉換到另外一個地區，這些熱錢都是來無影去無蹤的，再加上透過與聯邦幣之間的轉換，要追查來源或是去向幾乎不可能。就我知道的部分，光是克萊爾集團就有百分之七十左右的獲利是來自於熱錢炒作，而如果你要問這究竟是熱錢炒作還是洗錢？根本是無法回答的問題，也已經沒有去特意分辨的必要了。這當然不是只有捷魯歐而已！就結果來說，你們看，只要是被這些投機者盯住、然後一窩蜂湧去炒作過的地區，哪一個不是熱錢一撤走之後就立刻爆發出嚴重的金融危機？較大型的企業還有當地法律保障，至少是穿了一層保護衣，但是直接暴露在外的都是誰？不就平民百姓與中小企業嗎？劇烈的物價波動與嚴重的通貨膨脹，都是自古以來一國政府腐敗無能的共通點啊！所以說我對這點眞的是很感嘆。」

「啊……那麼，」希洛沉思著問道：「如果要說有任何能夠根除這個問題的辦法，你們認爲會是什麼呢？」

「根除這個問題啊？」弗蘭茲說道：「這恐怕還眞的很難！」

「爲什麼？」希洛問道。弗蘭茲有些語結，一旁的喬瑟法沉吟著說道：

「這個嘛，因爲若要是眞的根除了，恐怕目前全球半數以上的金融企業都會倒閉吧？」

「嗯，我剛才也正是這麼想。」弗蘭茲應和道。

「爲什麼金融企業會倒閉？」希洛丈二摸不著頭腦地問道，不過轉念一想，又突然眼睛亮了起來：「這也就是說，確實是有解決方法的對吧？」

「是有，沒錯。」喬瑟法單刀直入地說道：「我能想得到的解決方法，大概就是全球單一貨幣制度吧。如果能夠推行全球單一貨幣制度來取代聯邦幣的關鍵貨幣體系，那就可以直接削除匯率的問題。如果全球只有單獨一種貨幣工具，那麼貨物的平準，也就能更全面的受到供需面的基本制衡。而單一貨幣也意味著免除進出口貨物的關稅，各地區間物價差距縮小，投機者也就較沒有機會專門鎖定某些地區來進行炒作了。這些都是影響很大的事情。」

「沒錯，而且我認為更重要的是，」弗蘭茲深感認同地說道：「全球單一貨幣和現行的聯邦幣作為關鍵貨幣的體系比較起來，絕對較能幫助平穩物價、減少通貨膨脹，而這對於許多落後地區，以及社會中下階層的民生生活，都是很大的保障。再來就是，廢除各地間的關稅與匯率而推行全球單一貨幣，這也將會使製造業得以避去匯率浮動以及高昂的關稅成本這兩樣顧慮，而能受到大幅的助益。我們都知道製造業的興盛對於整體經濟來說，絕對是帶動景氣的主要力量的！」

「弗蘭茲……」

弗蘭茲罕見地態度振奮，言詞也強硬了起來。希洛聽得有些訝異，他很少見過弗蘭茲如此激動的模樣，希洛的情緒因此也跟著震盪了起來。他突然想起了將近三分之一個世紀前，自己與弗蘭茲在年少的輕狂當中，一起決心共闖天下時的那份初衷。從那時起，三十年過去了，現在的自己在聯合黨中已坐穩了席位，而弗蘭茲也已經是製藥業界中的龍頭角色，然而曾幾何時，人事變遷，自己竟已很久沒有感受到當初對於從政理念的熱切與渴望了！希洛心裡想到，所謂相由心生，腐化由人的心中開始，那麼自己現在的容貌，想必然是面目可憎吧？思及此，希洛不由得深深嘆了口氣，覺得自己眞是愧對了弗蘭茲，愧對了這位至今仍保有著如往昔般清澈眼神的老友啊！

喬瑟法敏銳地注意到了希洛的神態轉變，他適時地收起酒杯，讓侍者端上了一壺清茶醒酒。弗蘭茲也理解喬瑟法的意思，他伸出厚實的手掌，拍了拍希洛肩膀，嘆了口氣說道：

「唉唉，不談這個了，不談這個。談了也沒用，心裡頭抑鬱而已。這也不是聯邦政府能夠解決的事情。」

「嗯，是啊，」喬瑟法應和嘆道：「雖然大家都知道只要推行了全球單一貨幣，就能夠有效地杜絕掉大部分的腐敗弊端，但是啊，問題就在於，有這個規模與能力的聯合黨，也已經和這些弊端牽扯太深了，噢不，正確來講應該說，聯合黨本身就是這些弊端的第一號現象吧！而人民勝利黨也好不到那兒去，再說他們也沒那個規模就是了。」

希洛靜靜地喝了口清茶，喬瑟法所說的話不知爲何就像是誠懇的尖針一樣，精準而不偏不倚地句句刺入他的心底深處。希洛皺眉思忖，他當然明白自己在聯合黨裡的處境——不論坐上多高的席位，他也都只不過是這個金權黨團的傀儡罷了！而且還不是唯一的、不可或缺的傀儡，而只是眾多傀儡當中的其一。一想到這兒，那股感到自己愧對於弗蘭茲、愧對於自己從政初衷的強烈不安，又再度湧現。希洛突然覺得很疲倦，他向喬瑟法笑稱大概是醉了，說想早點回去休息，明日還有一整天的公務等著他處理呢！喬瑟法很體諒地立即起身送客，弗蘭茲本來想送希洛回去，不過希洛卻搖了搖手拒絕了，喬瑟法見狀，便讓自己的司機開車送希洛回去。

聚餐之後，平淡無事地過了幾個星期；終於一日清晨，喬瑟法正與老友傑諾瓦一同享用早點的時候，接到了希洛親自打來的電話。希洛告知喬瑟法他已經決定脫離聯合黨而另創新政黨的事情，並且提出說道，這個新政黨未來的執政目標，就是希望能夠朝向全球單一貨幣的制度來努力。喬瑟法聽了，立刻報以熱切的回應，表態將會全力支持這個新政黨以及希洛的政策。一旁正在吃起士貝果的傑諾瓦聽見喬瑟法與希洛的談話，忍不住噗的一聲笑了出來，把熱騰騰的乳狀起士噴溢到了繡著華麗圖紋的昂貴桌巾上。

待喬瑟法講完電話，傑諾瓦忍不住揶揄說道：

「我眞想聽聽你和弗蘭茲當時到底對這傢伙都說了些什麼！」

「我是沒多說什麼，」喬瑟法笑道：「大都是弗蘭茲在工作。不過總之，以結果來說，這不是很好嗎？完全符合我們的預期。」

「嗯，還不行啊，可別樂觀的太早，喬。」傑諾瓦拿起餐巾擦擦嘴，喝了一口黑咖啡，意味深長地看著喬瑟法，說道：

「你知道接下來的會是什麼，喬。我們眞的……還不見得一定就會贏。」

「我當然知道。」

喬瑟法罕見地露出銳利的威嚴神色，嘴角邊隱藏著一絲惡意的笑靨。他離開餐桌，轉身走進後頭的小型吧抬，從酒櫃中抽出一支綠色的瘦長酒瓶，走回來的時候，臉上又換回了一向柔和的好看神態。他打開酒瓶，給自己跟傑諾瓦都斟了一杯，然後舉起酒杯，神色輕鬆，但語調低沉地說道：

「乾杯！」

「哦，乾杯！」傑諾瓦也克制地笑了起來，回敬說道。

兩人將杯中的PERNOD利口酒一飲而盡，混合著薄荷與山椒的嗆辣辛味刺激著舌頭與腦筋。他們知道往後至少十年內，都必須時刻警覺，時刻清醒。因爲，舞台上的序幕，已經揭開了。

第五章　牙縫與舌尖

西元二一二七年九月，希洛・道夫下令由班楠・杜普林組成委員會，率領聯邦內各一等都市央行總裁，以及另外五名獨立學者，以一年的時間，針對全球各經濟區域的財經與貨幣狀況進行調查研究；並且需以此研究為基礎，進一步擬出能作為聯邦政府推行單一貨幣的進程規劃報告。而這份「班楠報告」，也將在完成之後交由聯邦及各地財經委員會檢視，然後成為二一二九年三月由各地元首親自出席，於聯邦首都捷魯歐進行交涉與討論的聯邦高峰會議的基礎。

班楠・杜普林年輕謙遜，外貌圓滑而略為肥胖。他出身於財經家庭，父母都是知名的股市理財名人，時常出現在捷魯歐都會電視台的金融節目上，兩人均是電視台的王牌名嘴，稱得上是家喻戶曉的公眾人物。班楠自幼耳濡目染，自然而然習得父母遺傳的一嘴長才，與學院教育的一肚子好學識。受到家庭教育的影響，班楠深知人脈的重要性，他十五歲的時候，主動向父母要求讓他轉學至捷魯歐知名的貴族學校「威佛中學」就讀。聰穎機伶的班楠一進入威佛中學之後，果然如魚得水，很快地便與當時的名人同學如讓梅葉、凱恩斯等人結成死黨，並深獲這群權貴子弟友人的信任。他與這群貴族子弟一同畢業，接著又一起進入學費與入學成績都同樣令人敬畏的聖達爾達大學，班楠始終都很熱衷於擔任學生會的幹部，主要的用意，當然就是能與這群貴族朋友如影隨形，培養出濃厚的革命情感。直到快畢業之前，這群同儕當中大多數人都決定繼承家族的衣缽，或者朝向政治圈來發展。只有班楠有不同的規劃，他決定捨棄追求顯而易見的權勢，反而比其他人更多花了幾年的時間閉門造車，在財經研究的領域上，走向了學術界的登高之路。

時值哈德威執政的聯邦全盛時期，受到政策薰陶的影響，當時的整個社會，包括經濟領域的學術界，幾乎都可說是沉溺在一股濃重的非理性亢奮之中——沒有人想要研究「金融」以外的事物。同時，更有許多具有相當地位的經濟學者異口同聲地提出了「金流本位」理論，來歌頌哈德威政府的英明。他們說道：金流就是世界經濟的動脈！而哈德威的政策，就是藉由掌握金流來作爲調控全球經濟的工具；由此可證，哈德威政府眞是一個太賢明、太有效能的政府了！

毫無疑問的，當時經濟學界中的顯學，自然是金流本位論一派。然而問題是，到底什麼叫做「金流本位」呢？支持這一派的學者們信仰著一個最基本的教義，就是「政府以掌握大量的金流，來做爲支撐貨幣的工具」。而這是什麼意思？用個簡單一點的方式來解說，就是以錢的數量，來支撐錢本身的價值。這簡直就是只有天才才會懂得的邏輯！如果以常人的邏輯來思考，貨幣的數量愈多，那麼貨幣本身的價值必然下降，也就是貶值。但奇妙的是，在當時支撐著這個完全違反正常邏輯的「金流本位論」的，不是其他，而就是捷魯歐那個時期經濟表現上的實際情況。由於哈德威推行的「首都擴建計畫」，巨大的熱錢連續數年由全球各地綿綿不絕地集中至捷魯歐，使得捷魯歐經濟、股市、物資等全數長期飆漲，聯邦幣也維持著高不可攀的超強勢貨幣形象。因此在那「輝煌的十年」當中，幾乎所有的經濟學者們都陶陶然地認爲，人類啊！終於在被時代廢棄的金本位制、與油元時期之後，爲「貨幣」的未來，找到了一種天才式的解決方案！那就是——用「掌握金流的權力」，來作爲一個強勢貨幣最有力的支撐基礎！

好巧不巧，班楠是個明眼人。在當時一片「金流至上」的歡呼聲中，班楠卻偏偏特立獨行地提出了「物流至上」的主張，來做爲他的博士論文主題。班楠平時很少直話直說，他比較傾向於順應著別人的喜好來附和。而這回他不但提出了自己的創見，更表示將會以這樣的概念來進行博士論文的研究主題。班楠原本是每個教授都想爭取的人氣學生，然而當他展現出了如此的自我野心之後，隨即遭來所有教授的白眼。一開始，教授們紛紛理智而著急地勸告他，向他曉以大義，同時也難掩疑惑之情，不理解班楠這樣天資聰穎的學生，怎麼可能會不明白「金流」才是眞正的關鍵？幾經爭論，班楠仍固執己見，教授們耐性有限，無不慨然拂袖。不能爲自己的聲譽帶來助益的學生，棄之也罷。

十年之後證明，班楠當時的自信，絕非毫無根據的年少輕狂。班楠的父母都是「玩錢人」，因此他從一開始就看得很清楚，以錢滾錢、以錢賺錢，聰明人都認爲這是最聰明的獲利方法，巨大的暴利令人心頭飄然，但是實際上，卻只是一幢幢漂浮於虛幻之中的海市蜃樓。「錢」並不是資產，而是用來換取資產的工具。班楠認爲，眞正重要的，並不是「錢」流入「誰的手中」，而是「資源」被擋在「誰的地盤」裡。貨幣終究是一種虛擬的概念產物，是人類經濟發展衍生而出的輔助工具，就跟賭盤裡使用的彩色籌碼是一樣的東西，絕非造就經濟的原始動力。而經濟發展所需要的原始動力，拆穿來講，實在也不多，事實上就只有兩樣而已：一是糧食，另一，則是能源。而必須是建立在這兩項需求都已經被完全滿足的狀況下，經濟的樣貌才會逐漸顯露出其他型態的可能性；好比「貨幣」便是其中一種。而若從本質面來看，貨幣既不能吃（非糧食），也不會產生熱能（亦非能源），它只是類似於數學函數般的虛擬工具而已。因此，不同於大多數人對於金錢的慾望，班楠並不信任貨幣。

班楠深知貨幣的虛無，猶如他深知「金流本位論」的絕頂荒謬。貨幣的有效與否，並不像一般人認知的那般是建立於與物資的對應之上，而是不穩定地依附於人與人之間的信賴程度上。這樣有如鵪鶉蛋般脆弱不可依賴之物，又豈能是推動全球經濟的動脈呢？「信賴」推動不了任何東西。眞正促使經濟發展的，唯有「需求」，以及建立於需求之上的龐大利益。

班楠的理論在捷魯歐股災之後大受歡迎，他本人也因此受到金融界以外的企業界賞識，以學者的身分，先後被聘任爲好幾間頂級企業的顧問；其中當然也包括普利馬物流。可想而知，喬瑟法非常中意班楠，實際上班楠所提出的「物流本位」理論，正是刺激了喬瑟法產生貨幣革命構想的靈感來源。不僅因爲這實在是太正確了，同時也因爲這實在是對他太有利了！普利馬物流全額贊助班楠正在進行的論文研究，決心要讓他成爲一位有價值的文丐。班楠也很機敏，並且這個概念原本也就是他所提出、認同的至理，班楠深知自己是何其的幸運。他花了兩年的時間，將原本只是幾篇粗略草案的「物流本位」理論，完成爲一部嚴謹愼密的宏觀巨著，加上普利馬物流的贊助加持，一時間風起雲湧，大有樹立學說之氣勢。

《物流本位論》的出版讓班楠獲得了空前的成功，他以相對於「金流本位」的概念，提出了「掌控物流的權力」才是眞正適合做爲支撐一種貨幣的基礎。因此，班楠理所當然也支持全球單一貨幣制，並且大力倡導消弭關稅；因爲這些都是有助於加強掌控全球物流的關鍵要素。班楠在《物流本位論》中信誓旦旦地說道：

「一種貨幣，一個物流系統。這才是眞正達成和平善治的最佳手段。」

他的學說激勵了許多對未來文明充滿野心的人，也感動了無數對人生懷抱期望的政客。《物流本位論》被世界和平黨奉爲圭臬，幾乎一半的黨綱都是依照這部學說而擬定。從這個立場來看，即使這年只有三十八歲的班楠．杜普林被破格擢昇任命爲「班楠委員會」的負責人（看哪！就連委員會的名稱都已經直接以班楠命名了！），也就不是什麼太值得驚奇的事情了。

班楠奉命率領委員會在一年內完成推行全由單一貨幣的詳細章程，委員會的組成消息才剛一公布，班楠便先聲奪人，率先提出了他認爲合適的方針，說道：

「與其要求各地自己去達成規定中的均一進步，不如彈性的針對每個經濟區不同的現狀與條件，去制定確實能幫助它們達成要求的經濟規劃。」

由於當時委員會中有許多人傾向於希望依照過去的「歐元模式」來規劃這次新世界貨幣的章

程，班楠很擔心這些人的氣焰會導致整個研究報告的進度遲緩；「歐元模式」在過去雖然成功了，但它只適用於歐洲地區，如果擴大推行，或是放在其他地區使用，那麼必然遭致失敗。並且班楠擔心的不只如此。除了委員會中部分傾向於仿效歐元式的勢力之外，他們還得要確保另外一項更大的風險與壓力，那就是近在眼前的「聯邦幣」這個慘烈的前車之鑑。

說來諷刺，聯邦幣在西元二〇九五年發行之時，原本的定義就是要做為世界貨幣之用的。然而當時的全球局勢仍不穩定，地區間零星的戰亂尚未止息，加上推行時的手段操之過急，根本什麼準備都沒有做，就這麼直接的發行了，會失敗也是理所當然之事。聯邦幣轟轟烈烈地發行的之後，非但各都市間的關稅壁壘沒有消失，反倒使聯邦幣淪為了一種便利的洗錢工具。而如今，除了少數如捷魯歐這樣直接使用聯邦幣做為通用貨幣的地區之外，在世界上大部分的地方，聯邦幣與其說是貨幣，其實它更像是一種商品。而這樣的現象，毫無疑問的是讓直接使用聯邦幣的捷魯歐等地區，背負了不平等的風險——因為聯邦幣頻頻被當成商品般炒作，而使得使用聯邦幣生活的人民，時常需要承受巨幅的物價波動。

就是為了要避免聯邦幣的可笑失敗再度發生，班楠強烈的認為應當要加強整個推行過程中的「侵入性」。侵入，指的是這種新的貨幣必須能夠深入各地區的經濟生活，形成緊密的結合；要讓它成為「唯一的貨幣」，而非可選擇的商品性質貨幣。

班楠的考量很簡單，只要由聯邦政府出面組成一個類似「全球貨幣基金」（Global Monetary

Fund，GMF）這樣的組織，賦予其權力，在以「達成足以加入全球單一貨幣聯盟的經濟條件」爲前提下，對每一個經濟區域進行評估，幫助它們擬定趕上要求的發展計畫，然後，貸款給他們，強制落實發展。如此一來，透過這個「全球貨幣基金」組織的運作，聯邦政府便得以將觸爪牢牢地伸入這些受到「發展計畫」幫助的地區，同時透過強制性的落實建設，一方面可以強而有力地爲即將發行的世界貨幣打開通路；更重要的，是可望爲世界貨幣發行之後的「一個物流系統」，鋪下穩固的基石。

這個組織「全球貨幣基金」的方案，很快地獲得了委員會中的五位獨立學者的齊聲推崇，然而，這卻並不是什麼眞正值得高興的事情。因爲只要把這五名學者的過去履歷攤開來一看，他們號稱「中立」的立場便會即刻破滅，顯現出眞正的原形——沁迪克，克萊爾集團前總裁。費洛里，捷魯歐私人銀行（隸屬於梅耶洛夫企業）前執行長。洛維特，北聯金控投資部門前執行長。拉維爾，捷魯歐市政府前秘書長。瑞那林登，貝魯特投資公司前經濟分析師。這五人在委員會正式組成之前的幾個星期中紛紛離職，並且幾乎是立刻被大學學府聘任爲教職人員，轉眼成爲了學者的身份。然後，他們收到來自政府的請求，於是辭去教職，加入班楠委員會。把話講得白一點，他們根本不是什麼獨立學者，這個世界上哪來的獨立學者?他們就是被派來爲班楠護航的頂尖打手。

很明顯地，班楠從一開始就並不打算讓學會內充滿討論的聲音，他與他的五位學者打手們很快地表決通過了這項組織「全球貨幣基金」的方案，決定了往後一年內委員會中的央行總裁們的工作，就是交出各地詳細的經濟現況與發展報告，供以未來由這個「全球貨幣基金」組織對各區域擬定發展計畫時的參考之用。

如此蠻橫的做法，當然引起了嚴重的反彈，對於委員會中的各地央行總裁來說，這是多麼無法忍受的屈辱！他們奉命參與班楠委員會，背負了國家的期望與民族的榮譽，必須要一肩扛起護衛應有權益的責任。雖然他們大多也從不期待由班楠這樣一個年輕氣盛、不知民間疾苦的得勢者所領導的委員，會有可能給基層百姓帶來多大的受益與保障，然而卻也沒有料到事況竟會在這麼短的時間內，大壞至此。其中反對得最強烈的是曼格勒市的央行總裁盧森篤，他毫不猶豫地在會議中嚴正抨擊班楠的全球貨幣基金方案，並且態度尖銳地當面指著班楠的臉質問，說他腦中的這個全球貨幣基金組織，究竟又和二十世紀後半葉時期美利堅合眾國那惡名昭彰的「國際貨幣基金」（International Monetary Fund, IMF）有什麼差別？以建設為名，強迫弱國接受貸款、接受他們安排的經濟計畫，用意則在於藉由這筆貸款使弱國（對美國）積欠下大筆國債，好讓美國得以大搖大擺地剝削該國的資源；尤其是石油、或是鑽石、鈳鉭鐵等貴重礦產。用個當時某些明白內情的美國人自己的說法：

「強迫弱國接受貸款、接受美國安排的經濟計畫，這些計畫的目的就是為了要從取走該國境內的礦產，最多的案例是石油。因此ＩＭＦ總是喜歡為這些被剝削國安排浩大的工程計畫，重點是，貸款給弱國的錢雖然等同是由美國出，但接下這些浩大工程案的，當然也是美國企業，因此這些貸款出去的天價金額，實際上根本沒有離開過華爾街，美國一點損失也沒有。而接受貸款與經濟計畫的被剝削國，則毫無翻身餘地的被迫揹上了天文數字的國債。」

而當然，這些發展計畫中的各種浩大工程完全是爲了美國的利益而興建，被剝削國的人民自是不可能從中獲得任何幫助；更因爲原本的生計被這些「發展計畫」給徹底摧毀了，他們通常會變得愈來愈窮困，陷入萬劫不復的赤貧當中。令人髮指的是，這其實也就是美國的目的之一，他們就是要這些被剝削國無法翻身。而如果弱國不肯低頭妥協，則將該國領導人冠上各種不名譽的罪行，發動政變、或施以經濟封鎖做爲威脅。想也知道，假如眞的給予弱國實質上的發展幫助，一旦弱國變得富裕且強盛了，美國人還有可能繼續從這些地區獲取天然資源的暴利嗎？當然不可能！畢竟站在剝削者的立場，對於被剝削地區的政治統治上，只有著兩種不同的狀況：一種，要使它腐敗而安定；另一種，則要使它保持殘暴的動亂。而就橫跨二十世紀後半葉與二十一世紀前期的美國帝國主義而言，前者如盛產石油的埃及與沙烏地阿拉伯，後者，則如盛產黃金、鑽石、與鈳鉭鐵礦的非洲國家剛果。

美國帝國主義對於美國以外的世界上其他地區的剝削，雖然在進入二十一世紀之後因國力的停滯與衰退而逐漸沒落，然而繼而起之的強權如中國，卻是一點兒也不惶多讓；由於沒有形象上的包袱，他們以更直接的手法奪取所需之物。時至今日，盧森篤言情激烈地在委員會中破口大罵，不敢相信班楠居然會這麼理所當然地提出像「全球貨幣基金」這種沒水準的計畫。盧森篤拍案怒道：

「這種東西！很明顯地一看就知道是金權帝國主義的象徵！怎麼會提出這種東西來？而且居

然還莫名其妙地通過了！到底是誰讓它通過的？我們什麼時候有表決過了？你們當這個委員會是什麼！」

高齡六十、白髮蒼蒼的盧森篤激動到差點兒沒把拳頭往班楠長滿面皰的臉上揮去，然而他的怒目直言也爲委員會內的氣氛帶來了劇烈的轉變。經過盧森篤的抗議，羅徹斯特市的代表遊梭也明確表態了反對立場。對於班楠來說，盧森篤的怒罵只不過是個過氣老頭子的要面子，其實不太需要過於顧慮。但是羅徹斯特市的遊梭就不同了，不僅因爲遊梭是個名氣享譽世界的經濟學者，同時他也是個十分冷靜的城府之人，雖是學者出身，卻很懂得政治運作。班楠心裡有些顧忌遊梭，他擔心遊梭的表態會使委員會內部產生意見分裂，讓不必要的麻煩增多。爲了防堵反對勢力集結，班楠決定改變委員會的開會頻率與方式，從原本的每個月開一次會，每次開會時間長達兩天，改爲每星期開一次會，每次開會時間減爲五小時，而且禁止透過視訊連線參與會議，必須親自到場。這項更改的意圖非常明顯，就是要讓這些委員們疲於奔命，到了會場之後也沒什麼時間說話，只能依照制式的流程進行會議；而制式的流程，指的就是「交上他們帶來的書面報告」罷了。

班楠是委員會的領導人，他都這麼決定了，其他人也只得配合。一開始幾週，狀況似乎很不錯，這些光是要來回他們的家鄉與捷魯歐之間的央行總裁們各個風塵僕僕、面露疲態，連相互之間的交談也大幅減少了。班楠感覺到權力的滋味，心中眞是得意極了，說起話來也變得更加尖酸刻薄，神情跋扈得有些可笑。他在開頭的幾個月中完全主導了委員會的進度與方向，一種感到自己無所不能的優越情緒油然而生。班楠也很喜歡面對媒體，那讓他覺得自己備受注目，是個推動時代的巨星！

到了第四個月的時候，情勢卻出現了一些微妙的變化。班楠開始感覺到，以盧森篤及遊梭爲中心的反對勢力逐漸變得凝聚了起來。一次會議的休息時間，班楠露出擔心的神色，低聲對旁邊的費洛里說道：

「你不覺得奇怪嗎？我刻意讓他們這樣奔波，最近他們看起來卻不像以前那樣蒼老，爲什麼他們好像都精神很好的樣子？出了什麼問題？」

費洛里聽了有些不可思議地一挑眉毛，說道：

「你不知道嗎？他們在捷魯歐港附近租了一棟大型別墅，大家都直接住在那兒，沒有回國去。」

班楠一驚，說道：「那他們的報告資料哪兒來的？莫非都是憑空瞎掰的？」

費洛里愣了一下，隨後居然噗的一聲笑了出來，說道：

「你在說什麼啊？班楠！如果我們這邊不能開視訊會議的話，那他們就跟自己國家那邊用視訊聯絡不就行了？你該不會還眞的沒想到吧？」

「哦，這可不好！這樣很糟糕，他們反而有更多時間聚集了。」

班楠喃喃地說道，眉頭皺得跟山溝一樣，眼睛也露出了不滿的凶光。他想盡辦法就是不要讓這些人有時間聚集在一起，沒想到要小聰明卻促成了反效果。班楠感到有些懊悔，但也不可能再去規定這些來自世界各地的委員們必須每週「親自」往返捷魯歐，那樣連他自己都覺得說不過去了。

雖然班楠確實犯下了愚蠢的失誤，不過他的憂慮卻是相當正確的。幾週之後，反對全球貨幣基金方案的人愈來愈多，他們從原本忍耐噤聲、或是作壁上觀的態度轉為明確的表態，而其中又以東沙王國的央行總裁夏姆寧影響為最大。東沙王國是個農業國家，科技落後但幅員廣大，出產全世界百分之三十的糧食作物與百分之四十的生物燃油，有著世界糧倉、以及全球油庫的雙金美稱。因此夏姆寧的反對事關重大，即使是聯邦首都捷魯歐，也必須要靠著東沙王國的作物出口，才能養活自己的人民，沒有東沙王國，全世界會有一半以上的人口餓肚子。要知道在二十二世紀的今天，珍貴的適耕土地就如百年前的石油一樣，是舉足輕重的資源重地。

有了東沙王國撐腰，委員會內部立刻陷入了劇烈的爭論，站在班楠這邊的除了他的五位學者之外，只有少數與捷魯歐政治關係密切的都市，就連鳩擇市的央行總裁史坦威也含蓄的舉了反對票。這讓班楠很震驚，他以為鳩擇市也是自己陣線的人，畢竟在北聯金控都已經投入世界聯合黨的狀況下，在利益的槓桿上，鳩擇市難道還有其他任何的選擇嗎？同樣來自鳩擇市的學者洛維特與鳩擇市的這位央行總裁史坦威，曾是一同在貝魯特投資公司打拼過的老戰友，史坦威出生於政治世家，他的父親正是鳩擇市備受愛戴的首任市長史泰因。史坦威是個性格正直的人，一如他的父親，不喜歡拐彎沒角的作風。他常說道，一個人如果閉上眼睛時能夠感受到良心的溫度，那麼便很難能夠違背良心做事，那會使人煎熬而痛苦不已。史坦威私下對洛維特說道：

「你明白的，洛維特。政治的立場上我當然知道自己應該爲班楠護航，不過你一定也明白，我反對的不只有全球貨幣基金方案而已，現在這整個委員會都是一個錯誤，全部都照著錯誤的方式在進行，這樣即使最後做了什麼結論，交出了什麼鳥報告，在之後的落實上也只會導致失敗而已！你必須要想想辦法，至少要讓委員會能夠以一個正常合理的方式來運作，不然這些都只會是一場昂貴的政治笑話！」

洛維特老成持重，他十分認同史坦威的意見。現在委員會中最大的錯誤並不在於班楠提出的全球貨幣基金的方案，而在於班楠其實並不想讓這個委員會正常運作的思考模式。這樣即使最後能使全球貨幣基金方案安全的完成，然而若內部的狀況不幸流傳了出去，被媒體宣揚了開來，那麼這份報告便會立刻失去公信力。而照目前的情況來看，班楠的惡霸行逕與委員會內的激烈爭執，「不被」媒體得知的機率是微乎其微。因此洛維特和費洛里討論過後，決定勸誘班楠退讓，應盡快使委員會重新回到理性運作的路線上才行。因爲唯有如此，他們才能夠有效率地剷除反對派勢力。

班楠在兩人的勸哄下，知道自己搞壞了事情，於是有點難堪地應允了羅徹斯特市的遊梭與曼格勒市的盧森篤提出的第一項要求，也就是使委員會回歸原本的議會模式。這一點每個人都樂於同意。而至於另外一項，也就是反對全球貨幣基金方案的部分，則決定將於回歸正常議會模式之後再行決議。就這樣囉囉唆唆的耗了半年，再怎麼遲鈍的人都看清了班楠的斤兩，洛維特於是決定不再因職權的顧慮而任由班楠胡搞，他告訴沁迪克與費洛里，要讓委員會能夠如期完成任務，恐怕必須由他們來想辦法除掉反對全球貨幣基金方案的勢力才行了。費洛里似笑非笑地說道：

「洛維特，你又憑什麼認爲我們能夠做到呢？」

洛維特定定的看著費洛里，沁迪克則是摸了摸花白的鬍子沒有說話，低頭沉思著什麼。洛維特說道：

「我指的當然不是從這些委員身上下手。而我知道世界和平黨有這個能力。」

「哦，我想我了解你的意思。」費洛里氣定神閒地說道。這個時候沁迪克卻顯得有些不太情願，他低聲說道：

「世界和平黨的事情就讓世界和平黨去做吧，我不想插手，我是聯合黨員。」

「老沁，」費洛里笑道：「現在是說這話的時候嗎？如果你都不想插手，那麼克萊爾集團恐怕以後會很慘。你也不想想爲什麼人家洛維特要插手？世界和平黨當然有這個能力，不過聯合黨這方面的人才不是更爲出類拔萃嗎？」

「我眞的認爲這個時候兩黨應該要合作！」洛維特說道：「總之先把這事搞定再說。聯合黨在這方面確實比較有規模，還有經驗，而世界和平黨則掌握了現在最多的資源。」

沁迪克雖不情願，但知道自己是騎虎難下，也只得硬著頭皮應允了，三人之間於是達成了協議。由於委員會回歸到一個月一次的議會模式，這些滯留在捷魯歐海濱別墅中的委員們終於得以各自回國，好好的準備下一次的會議內容。班楠陷入了情緒的低潮期，性格變得有些灰暗，他也發現了洛維特、費洛里以及沁迪克在自己視線以外的行動，知道他們多半是在替自己捅的簍子收尾，便益發自暴自棄了。

二一二八年二月，班楠委員會回歸正常會期之後的第一次開會，會議中不免充滿了明朗的氣氛，與主席班楠的黑暗情緒形成了對比。盧森篤與遊梭也十分興致高昂，他們想必已經充分的準備妥當，要與班楠的全球貨幣基金方案進行一場咄咄逼人的激烈辯論。備戰的氣氛緊張高昂，夾雜著一絲複雜的不安。正要開始進行討論的時候，東沙王國的代表夏姆寧突然站了起來，走到發言台上，率先唸了一份聲明稿，聲調冷淡地說道：

日前我國政府基於全球宏觀的局勢、以及國內經濟發展考量，決定支持委員會主席班楠・杜普林之全球貨幣基金方案，以為全球經濟福祉墊下一塊不可或缺的墊腳石。

話一說完，只見遊梭與盧森篤等人全都驚訝的倏然站起，張大嘴巴不可置信地看著夏姆寧。遊梭下意識地搖著頭，說道：

「不可能的！為什麼？不可能的！夏姆寧，你這是……」

「我國政府有我國政府的考量，」夏姆寧走回議席上，低調地說道：「我沒辦法回答你什麼，抱歉了，遊梭。」

比起遊梭的詫異之情，盧森篤反而顯得意外地沉默，他的表情冷靜，似乎早已預知會有這樣的狀況發生。遊梭與許多反對派的委員都感覺到自己被背叛了，會議的氣氛變得有些激憤。盧森篤則罕見地露出痛苦而掙扎的神態，他閉上眼睛，沉思了好一會兒，終於在一次討論的間隔當中，按捺著情緒站起身來，緊閉著嘴巴收拾起自己的公事包，一聲不吭地離開了會議廳。

遊梭察覺不對勁，跟在後頭追了出來，抓住正要離開的盧森篤說道：

「你要去哪兒！盧森篤？會議還沒開完啊！」

盧森篤面露疲憊神色，搖搖頭，說道：

「遊梭，我得辭職了。」

「辭職？」遊梭一時反應不過來，說道：「辭什麼職？為什麼要辭職？你被威脅了嗎？他們也威脅你了嗎？」

盧森篤沉默了一會兒，拉住遊梭的手，低聲說道：

「我接到了電話。從曼格勒政府高層打來的電話，要我在委員會贊成全球貨幣基金的方案。若不答應他們就會立刻撤換央行總裁。我沒辦法贊成全球貨幣基金方案，你知道的，那太離譜了！這裡面有很多我們所不知道的檯面下的力量在運作，就算我們反對，也只是徒勞無功。遊梭，我很遺憾。不過我也要奉勸你一句，不要再做下去了，這對你的安全比較有保障。」

遊梭瞪著眼睛，他完全明白盧森篤話中涵義，因為在過去的一個月中，羅徹斯特的政治也並不平靜。遊梭目送著盧森篤垂老的背影離開，意氣消散，老人的步履也顯得蹣跚。遊梭胸中波湧，盡是苦澀，但與夏姆寧跟盧森篤比較起來，遊梭依然熱血滾滾，義憤填膺。他在心中衡量了自己的人身安全與良心的價值；對於遊梭來說，這實在是沒什麼好掙扎的。於是他決定忽略威脅、忽略盧森篤的警告，也忽略自身的安全。

接下來整整兩日的會議，在遊梭全力運作的動員下，逐漸朝向良知與理念的方向跨出步伐。會議中討論了各種更爲理想的進度與方針，氣氛熱烈、效率卓越，形同已將全球貨幣基金的方案決議廢棄。班楠從頭到尾都在主席台上坐冷板凳，神情像是個深宮的怨婦。最重要的，是遊梭也同時進行媒體作戰，透過在羅徹斯特的智囊團向全球媒體散發委員會內的最新討論與消息，讓全世界都知道他們正在做什麼。遊梭認爲媒體的大篇幅討論不但能夠成爲會議內容的保障，使其在輿論的壓力下不至被檯面下的暗流操縱而變質，同時或許也能夠成爲他們這派委員的護身符。遊梭這一仗打得漂亮，全賴於羅徹斯特政府的傾全力相助。會議內容難得的透明化，也成功引起全球輿論的一時之熱。兩日會議結束後，遊梭人都還沒有來得及離開捷魯歐，行程就已經被排滿了各式各樣的媒體訪問。而當他風光地對媒體招著手，微笑地搭上了歸鄉的班機之時，便也注定了他傳奇般令人唏噓悼念的一生。

遊梭搭乘的班機在飛往羅徹斯特的途中遭遇了令人費疑的機械故障，在一段崎嶇的山地上空飛離航線，然後從航管局的雷達中消失。這班客機在三萬英尺的高空中莫名解體，空難現場的機體殘骸散落範圍長達兩公里，機上無人生還。空難的消息震驚全球，然而媒體報導的方向，大多遭到過濾，將焦點集中於耐人費思的機械故障問題上。全球的記者都跑去訪問航空公司、飛機製造商、以及負責機體維修維護的老實技工。而死亡的乘客名單在媒體上被公開的第一時間裡，班楠委員會也立刻召開了記者會，由主席班楠親自出面，語帶哽咽地在記者會中對遊梭歌功頌德了一番，並且以「化悲憤爲力量」作爲結論，表示一定不會辜負遊梭在委員會中的努力，將在未來的六個月期限當中竭盡全力，完成聯邦政府與社會大眾同樣期待的願望。

就這樣，儘管有再多知道內情的人士不斷向媒體暗示這場空難的不尋常之處，委員會仍然因爲遊梭的這次不幸事故，而取回了主導權。之後的每一場會議，便沒有一次允許記者入內採訪，也不再深入討論全球貨幣基金方案以外的事務。遊梭遭遇的離奇空難雖在羅徹斯特國內掀起了一波波的反動遊行，然而該國政府新上任的央行總裁布魯士，卻是在委員會中最大力爲全球貨幣基金方案拉票、說好話兒的人。

西元二一二八年九月，班楠委員會正式交出了一份經過精密規劃的「班楠報告」，上呈給聯邦政府與各地財經委員會審視。這份報告顯然的是仿效一九八九年的狄羅斯委員會爲推動歐元而提出的報告模式，共分爲三章。在班楠報告中，第一章主要對全球單一貨幣與單一物流系統的概念做了概略介紹，並且強調這將是全球經濟共同體在發展上理所當然的趨勢；第二章詳細分析了全球單一貨幣與單一物流系統到了最終階段時可能造成的各種影響，包括成立全球央行之後金融產業可能遭遇的萎縮等情況；第三章則提出了全球經濟爲建立全球單一貨幣與單一物流系統的理想效能，其各經濟區域本身應該達成的狀況，並建議了藉由組成全球貨幣基金組織來統籌調控各區間經濟狀態的方案。同時，報告中也別開生面地為這個新的世界貨幣取名為「和平幣」，而為求推行時破釜沉舟的決心，更訂出了時間表，建議應於二一三〇年之前組成全球貨幣基金組織，並於二一三八年底前成立全球央行。

這份無處不彰顯出世界和平黨執政野心的報告其實在各地引起了不小的爭議，然而在二一二九年三月的全球元首高峰會議之前，這些爭議都並不會被太過於認真的看待。卸下委員會主席的職責之後，班楠情緒低迷了好一陣子，遊梭的死亡對他造成了心理上未曾感受過的陰影，他發現自己無法自力掙脫。班楠選擇在二一二九年元月時去了羅徹斯特一趟，他在遊梭的墓前，意外地遇上了繼任遊梭的羅徹斯特央行總裁布魯士。班楠瞠目結舌，感到有些羞赧，一時之間連最基本的招呼語都說不太出來了。布魯士看見班楠，先是愣了一下，顯得有些驚訝，接著看見班楠笨拙的神態，便禮貌地微笑了起來。布魯士走到班楠身邊，拍拍他的肩膀，搖搖頭說道：

「錯不在你，委員長先生。」

「噢，是嗎。」班楠沉默了一會兒，無奈地聳聳肩，低聲說道：「不論如何，就我所知，報導上所寫的那些機械故障並不會引起一架飛機在空中解體。」

「但你也無能為力，不是嗎。」

布魯士意味深長地說完，便大步地離開墓園，留下班楠一個人站在遊梭的墓前。班楠若有所思，呆立了許久，直到天色漸暗，四周飄下細小的雪片，低溫凍傷了他的手指，他才逐漸回神，抬眼環顧四周。然而胸中的窒悶並未使班楠變得冷靜，他反而感到更加的混亂。從空中落下的雪片在班楠熱騰騰的臉上溶化，讓他覺得皮膚實在過於疼痛了，才吸著鼻水，晃著身體離開。

兩個月後，元首高峰會議將於捷魯歐城隆重召開。到了那個時候，就不會有人還惦念著遊梭了。

第六章　度量衡之隙

回到鳩擇市，還來不及和妻子卓若卡見面，米斯帝便直奔貝士基特的住處，滂沱的大雨像要淹沒鳩擇市似的注滿了紐賽納運河，也淋得米斯帝一身濕漉。米斯帝全身滴著水來到貝士基特家門口，給管家路德迎了進去，貝士基特正在和瑞那林登講電話。瑞那林登在今年一月的時候被召去希洛．道夫的幕僚團隊中，替文森特工作，文森特很受希洛重用，他甚至有權主導希洛政府的用人策略。米斯帝擦乾身上的雨水，換上管家給他的乾毛衣，坐在沙發上喝了幾口熱咖啡，一邊聽著貝士基特與瑞那林登的對話，同時稍微休息一下。

根據兩個月前，也就是西元二一二九年三月，在全球元首高峰會議中所簽訂的捷魯歐條約，聯邦內各都市政府均同意以「和平、妥善」的方式朝向全球單一貨幣體系發展。元首高峰會議進行的非常順利，這意味著所有的討論，均由聯邦政府主導進行。米斯帝當時以會議助理的身分全程見證了會議議程，他在那兒也遇見了中學時期的舊識，班楠．杜普林。班楠是以學者的身分參與會議，頗受人敬重，而作爲會議討論基礎的班楠報告，也是備受讚譽，班楠顯然已是經濟學者中的首席人物了。然而，班楠在元首高峰會議上看起來卻不大開朗，眉宇之間有著一種難以形容的隱晦心思，雖非故作沉重，但這樣的憂愁神態卻使得班楠的那張圓臉看上去有些像是個心術不正之人。

儘管同是威佛中學的學生，不過米斯帝與班楠兩人並不熟稔，兩人在威佛中學以外的境遇與發展，亦大不相同。不同於班楠出身於名嘴之家，米斯帝則來自貧困的底層環境，雙親離異且早逝，之後曾被一位較爲富裕的商人收養而短暫進入威佛中學就讀，然而世事多變，米斯帝在威佛中學只待了一個學期，很快地又輟學了。他在艱苦的環境中輾轉流離，數年之後幸運碰上貝魯特投資公司的培育計畫，才得以來到鳩擇市，不但完成了學業，更進入首屈一指的金融企業貝魯特公司工作。而和米斯帝同樣出身於貝魯特公司的文森特、瑞那林登等人，也都是受到培育計畫的恩惠，才得以在北聯金控龐大的體系與激烈的競爭中，獲得重用。

貝魯特公司的培育計畫行之有年，但始終很少被外界談論與知曉。這個計畫的起點，大約是在西元二〇九八年前後，裴斯・柏爾剛幫助鳩擇市政府從梅耶洛夫企業手中買回都市主權後沒多久，由於裴斯在買下鳩擇市股權的過程當中，首度直接地體認到了當時社會上嚴重的貧富差距，而這樣的貧富壁壘所造成的利益壟斷、社會立場對立等問題也嚴重影響著都市的發展。裴斯一方面擔憂，另一方面也同時從中看見了機會。於是他靈機一動，利用鳩擇市政府的權力與資源，以貝魯特公司的名義成立了一個專門執行培育計畫的學會組織，稱之爲「聶黑流道夫學會」。

聶黑流道夫學會的培育計畫最特別的地方，在於它與一般認知的菁英培訓方針徹底相反，並非選擇自幼受到良好保護與教育而展現出優秀才能的菁英學子，而是專門針對社會最底層、極貧的環境之中，根本沒有機會得到良好教養的青少年族群，來設計的長程教育與回饋計畫。加入計畫的學員都是經過學會導師的嚴格篩選，生性駑鈍的、沒有強烈企圖心的、環境稍微穩定甚或優渥的，都別想聽說到聶黑流道夫學會的名聲，更遑論被納入培育計畫的名單了。

聶黑流道夫學會在成立初期，只在鳩擇市的貧民區中挑選學員，當時負責學會整體運作的首任學會導師，就是如今北聯金控中最資深的第一大將洛維特。洛維特也是米斯帝與文森特等人在學會中受教育期間的啓蒙導師，是在整個北聯金控的體系之中備受敬愛的人物。洛維特從一開始就認爲，若想要眞正挖掘出底層社會的覺醒力量，就必須製造學會組織與底層環境之間的共鳴，產生強固的連結，緊密結合，進而形成牢不可破的共識與目標。唯有如此，培育計畫的意義才算是達成；意義達成了，學會的存在才有其必要性。而不只單是高掛著慈善家的花俏旗幟，在眾人的掌聲與媒體的鏡頭面前做做好看的樣子而已。

然而，一介大企業要能夠去與底層社會產生共鳴，說起來好像很簡單，實際上卻幾乎是不可能的任務。如果立場不夠犀利，態度不具充足的侵略性，在充滿絕望的底層環境中，是看不見「條理」的。漆黑一片，毫無條理的世界，不論能有再多的資源投入，都一樣無法得到回響。因爲，在毫無條理的黑暗世界中，獵人與獵物，都必須藏匿形跡。因此，這種狀況對於聶黑流道夫學會來說，就連要找到合適投資的「目標學員」都很困難。洛維特苦思對策，經過裴斯的首肯，他開始了一連串被認爲是高危險性的學會拓展活動。洛維特知道，若想在底層環境中找出肉眼難見的條理，就不能用社會的眼睛來視物，因爲底層環境不存在於社會的常理規範之中。因此，聶黑流道夫學會，必須是一個「不見光」的組織。

要知道，在一個沒有中產階級的社會裡，頂層是企業盤據，底層則是幫派割據。貧富對立嚴重，兩者之間猶如世仇。要找出底層社會的條理，最容易的方法就是先找到橫流於當地的幫派組織。不過有個問題是，儘管幫派份子滿街都是，他們卻不是適於合作的對象。幫派份子是飢餓狼群，他們在這片赤貧荒野之中群聚捕獵，以確保生存的優勢。狼群社會組織嚴密，警覺又排外，絕無可能從中見縫插針，幫派份子亦是。聶黑流道夫學會要找的「標的」並不是這種待在嚴密組織中的人狼，而是不幸脫離了組織、命在旦夕的落單孤狼。而這種落單孤狼出現最多的地方，就是少年監獄。

洛維特透過鳩擇市政府的協助，爲聶黑流道夫學會建立了一套運作標準。他們從各所少年監獄中挑選合適的投資標的，爲這些學員制定長達十年上下的長程教育方案，將他們從各個方面，徹徹底底訓練成爲金融界的一支黑鷹部隊。而這些「底層來的少年們」也印證了裴斯最初的猜測，他們不但優秀冷血，對於學會與柏爾家族，更是無可比擬的忠心耿耿！這無疑是那些藉由正常管道而嶄露頭角的菁英們，所不具有的珍貴特質。實驗的案例成功，洛維特隨後更將聶黑流道夫學會的觸角擴展伸至鄰近的其他都市，以及首都捷魯歐。而米斯帝與文森特等人，就正是來自於捷魯歐少年監獄的優秀學員。

由於聶黑流道夫學會是一個「不見光」的組織，因此它能夠毫無痕跡地抹去學員們不光彩的過去，給予他們新的人生。而由學會出身的學員們在進入北聯金控的體系之中工作後，永遠都能夠獲得較其他員工更大的授權與重用，讓他們時常走路生風，羨煞旁人。聶黑流道夫學會的培育計畫確實嘉惠了許多原本人生不具希望的人，然而若眞要問這整套系統是否眞的有助於解決貧富對立的社會問題？那麼答案毫無疑問是沒有的。所有的助益只屬於個案，並不牽涉整體族群。聶黑流道夫學會確實將被社會如廢棄物般排出的底層少年，藉由培育計畫「運送」到上層社會之中去，而這些學會成員也確實地成爲了北聯金控體系中的主流生力軍；他們在知識上確實覺醒了，但是強烈的忠貞意識，也使得他們更容易與良知脫節。

米斯帝前一晚沒有睡好，坐在貝士基特家的沙發上，不自主地打起瞌睡來。貝士基特講完電話，伸手叫醒米斯帝，語帶亢奮地說道：

「喬定了！米斯帝！我們兩個都確定進入全球貨幣基金的人事名單了！」

米斯帝驚醒，停頓了兩秒，說道：

「文森特安排的？什麼位置呢？」

「什麼位置還不確定，」貝士基特說道：「不過確信是已經納入了，正式的人事名單大約下個星期會公布，在那之前你可以回家好好休息個幾天。」

「你要把公司交給約瑟夫管理嗎？」米斯帝問道。

「沒錯。」貝士基特說道：「捷魯歐那邊不親自去盯著我實在不放心。何況在這個階段，全球貨幣基金的影響將會是所有機構中最大的。萬一他們眞提出了要在施行發展計畫的地區採取凍結期貨市場的做法，我們還眞得想個辦法防止才行！」

「事實上，確實有那樣的提案出現！」米斯帝說道：「梅耶洛夫養的那幫學者不可小覷，他們很會在政壇裡鑽縫隙！不過所幸目前這方面的論調都還沒成氣候，只要我們往後嚴密地監控住全球貨幣基金的內部發展，他們短期內應該就不會做到那個地步。」

「米斯帝，你知道，我最擔心的，」貝士基特皺著眉頭說道：「是事實上像是『凍結期貨市場』這樣的做法，對於調控以物流爲本位的經濟發展，確實是大有好處！因此在推行全球單一貨幣之前的調整階段，以宏觀的角度來說，立場上我們很難完全穩當地站得住腳！這才是我最擔憂的。因爲局勢很明顯的終究會走向這一條路！」

「我不知道，貝士基特！」米斯帝面露茫然神色，說道：「物流本位制度和我們過去和現在所接觸到的世界完全是不同的規則，它脫離了市場機制，噢不，應該說是摒棄了市場機制，而走向全面干預、並且是計畫性干預的方向。噢！我眞的不知道這樣下去會怎樣，我不敢確定。而且老實說，我也不覺得樂觀。我甚至不覺得我們能有辦法阻止他們，你了解我的意思嗎？貝士基特？我是說，即使深入這個體制之內而得以插手發展的過程，恐怕頂多也只能儘可能地拖延時間，而無法眞正避免掉最後的損害。」

「這就是我先前說的大洗盤啊！米斯帝！」貝士基特語調顯得有些滄桑，往沙發背上躺了進去，說道：

「我們知道，金流本位與自由市場的就是會讓全球的資源集中到少數人的手裡，而往後的物流本位制，則是會讓這些已經集中在社會頂層的大量資源，藉由政治權力而更加地集中至更少數人的手上！而我們就是其中計畫要被鏟除的對象。畢竟金融業其實就是金流本位的產物，如果人們決定不再採取金流本位，那麼失去了權力的金融業，根本就一無是處了。」

米斯帝沉默了一會兒，說道：

「所以你也覺得沒法兒阻止？」

貝士基特嘆了口氣，搖搖頭，用力抿了抿嘴，說道：

「要能夠洗盤之後還得以保身，我看只有往全球央行、或是世界發展銀行這部分去搶，其他都很難。」

「全球央行比較無利可圖，」米斯帝沉思著說道：「世界發展銀行這方面比較可行。不過不論走那一條路，我們最終都得和梅耶洛夫的人進行正面對決，因爲他們絕對不會放掉全球貨幣基金這塊肥肉。而這兩種機構的性質，以目的性來說確實重複很大。我怕到最後搞不好會變成金流與物流的對決，以趨勢與規模性來說，我們勝率都實在不樂觀哪！」

「金融業當然會爲自己生存的權利做出激烈的搏鬥！」貝士基特說道：「以往我們有政治力當後盾，但是現在的希洛政府卻擺明是往物流本位靠……嘖，結果還是要靠政治運作來決勝負嗎！」

「你很厭惡這一部分吧！」米斯帝苦笑道：「以前不清楚還不覺得，我現在可眞是超級厭惡了！政客們都很可笑。」

「唉，我明白！」貝士基特無奈地說道：「你吃過飯了沒有？米斯帝？」

「還沒，卓若卡說晚上會準備，所以我得回家吃才行。」

米斯帝笑著聳聳肩，貝士基特也放鬆地笑了起來，喝了口茶水，說道：

「你太太也眞是個不簡單的人物，我時常閱讀她的報導，總是分析得很透徹！就連現在大部份人都還丈二摸不著頭腦的金融業情勢也都瞭若指掌。或許你可以回家問問看卓若卡有沒有什麼高見可以提供給我們沒有！對於我們金融業的未來這一點！」

「哈哈呵呵呵！」米斯帝大笑道：「哦哦，我會問的！我會問她看看，搞不好眞的會有什麼意外的突破也說不定！」

「哈哈，那就拜託你了！」貝士基特笑道：「好吧，那麼今天就先這樣好了，你回去休息個幾天，有進一步消息我再通知你。前陣子也眞辛苦你了！」

「唉，別說我！」米斯帝說道：「我才眞該慚愧哪！看到文森特在那邊的運作，我眞慚愧！」

「文森特那邊啊，」貝士基特說道：「現在瑞那林登下去幫他了，他們應該會很好。不過米斯帝，你話也別說太早，我們兩個人的苦難接下來才正要開始啊！我還靠你多關照了！」

「哈哈哈哈哈，會的！當然會的！」米斯帝大笑著說道。兩人彼此打氣了一番，由於外頭雨勢不停，貝士基特才讓自己的司機送米斯帝回去。

米斯帝的住處是貝魯特投資公司提供的員工宿舍，和一般公寓比較起來，貝魯特公司的員工住宿大樓算是高級住宅了，不過卓若卡婚前本是個富家千金，兩人決定結婚的時候，米斯帝原本打算另覓住所，希望讓卓若卡住得更舒服些。不過他的這番好意卻毫不留情地被卓若卡拒絕了。新聞記者出身的卓若卡個頭嬌小，看似個美嬌娘，但卻是個事業心很重的人。儘管兩人收入頗有餘裕，能夠負擔起更好的生活環境，但她卻認為與其住進更豪華的屋子，還不如就近住在貝魯特公司的員工公寓來得交通便利。卓若卡為了米斯帝而捨棄家世背景，年輕時奢華的生活已看得膩了，並不覺得希罕。卓若卡當時毫不猶豫地這麼一決定，米斯帝自是感動至極。如今兩人結髮近十載，依然情深如昔，不減反增。

一回到家，撲面而來的就是一股燉肉香氣，米斯帝本已飢腸轆轆，又餓又累，這時一聞到滿屋子肉香，忍不住哦了一聲。他一方面想先洗個澡提振精神，另一方面又想直接撲上餐桌大口吃飯，頓時陷入了一陣本能與理智交戰的煎熬。卓若卡在廚房聽見米斯帝開門回來的聲音，趕緊放下鍋瓢，擦了擦手，高興地迎了出來。出來後一見到米斯帝滿臉煎熬的表情，便立刻明白了他的心思，於是笑著下命令說道：

「我給你弄碗熱湯，喝過之後先去洗澡。」

「噢噢！太好了！沒問題！」米斯帝如獲救兵，丟開西裝與公事包，開心地擁抱了妻子。

晚餐時間，卓若卡做了玉米燉肉、蘋果牛肉烤派，橙醬肉片，以及番茄肉丁濃湯。滿滿一桌肉，看得米斯帝胃口大開，索性撇開禮儀顧忌狼吞虎嚥了起來。見米斯帝吃得盡興，卓若卡也笑得開心，兩人津津有味地互相訴說著因工作而分離的這段期間中的經歷。米斯帝一邊咬著香酥的烤派，一邊說到自己將與貝士基特加入全球貨幣基金中工作的事情，卓若卡聽著點點頭，說道：

「嗯，總之貝魯特公司是個不論如何都會做出正確決定的頭家，是吧？」

「噢，這個嘛……」米斯帝愁眉苦臉了起來，說道：「現在大家都覺得不敢確定了。我們都覺得我們好像不小心走入了別人的陷阱，現在變得只能求自保，連脫身都有困難，眞是始料未及啊！」

「嗯，我了解，」卓若卡淡淡地說道：「你們這回從一開始就低估了整個情勢的動能。」

「唉，確實如此！」米斯帝嘆道，他實在是不想在吃飯時間談這個，不過即使思考著工作的事情，也絲毫並不減損卓若卡美味的廚藝。他一連挖了好幾大口橙醬肉片，酸孜孜地用力擠了一下眼睛，說道：

「噢我的天！這個眞好吃！我從來沒吃過這麼好吃的東西！」

「我知道你喜歡柳橙！」卓若卡開心地說道：「以前我小時候最討厭柳橙了，只覺得酸不溜丟的，後來知道你喜歡吃，不知不覺的也跟著改觀了。這次想說柳橙配牛肉的話應該會不錯，就試著做做看，結果好吃眞是太好了。」

「嗯嗯，噗！」米斯帝突然笑了起來，說道：「酸不溜丟！噗！卓若卡，難得聽你居然用捷魯歐腔講話！」

「嫁雞隨雞啊！有什麼辦法！」卓若卡說道：「還不都是被你傳染的！對了，米斯帝……」

「嗯？」米斯帝應道，喝了一大口濃湯後才抬起頭來。卓若卡沉吟了一會兒，說道：

「最近我一直在想一件事情，你要聽嗎？」

「哦！當然要！」米斯帝拉高眉毛，說道：「什麼事？」

卓若卡眼睛定定的看著米斯帝，說道：

「事實上從很久以前我就有這樣的想法了，不過一直沒有遇到合適的時機。最近我突然覺得現在不做更待何時……」

「那到底是什麼事呢？」米斯帝問道。卓若卡說道：

「米斯帝，你還記不記得，十二年前，我第一次當主筆報導的新聞事件？」

米斯帝頓然神色一凜，說道：

「吉奧姊的自焚事件嗎？還有後來的請願自殺潮？」

「沒錯，」卓若卡說道：「當時吉奧・烏林克女士有一個兒子，叫做法伊，今年十三歲了，我和捷魯歐那邊的社工局聯絡過，我希望能夠領養這個孩子。」

「噢！卓若卡！」

米斯帝感到相當震驚，他從沒想到卓若卡居然長時期都考慮著這樣的事情，他自己也從沒想到過。雖然吉奧・烏林克曾是米斯帝幼年時即認識的玩伴之一，西元二一一八年時因爲承受不了因哈德威政府錯誤政策造成社會底層巨大的貧困壓力，而選擇在總理府大門口前自焚，當場不治死亡。吉奧以激烈的手段表達無言反抗的做法，引起當時底層貧民的強烈共鳴，結果造成一股前所未見、令人聳然色變的「請願自殺」風潮。這整個事件是當時剛以記者身分踏入新聞界的卓若卡，首次主筆報導的重大案件；而卓若卡與米斯帝兩人也因爲這一系列報導的緣故，才得以因緣際會發展出進一步相知相惜之情，可說是兩人生命的重大連結點。吉奧・烏林克事件影響卓若卡很深，也是在報導過吉奧・烏林克與請願自殺風潮等的重大社會案件之後，卓若卡才找到了自己的眞心，堅定地捨棄雄厚的家世財富，而選擇與米斯帝共度人生。米斯帝與卓若卡並未育子，現在聽到卓若卡希望領養吉奧・烏林克的兒子一事，米斯帝自然是非常震撼。卓若卡見米斯帝久久沒有回話，於是低聲問道：

「你不贊同嗎？米斯帝？」

「噢不！」米斯帝幾乎是高聲尖叫了起來，激動地說道：「我怎麼可能不贊同？卓若卡！我只是眞的……噢！很驚訝！我非常贊同、非常贊同的呀卓若卡！」

「眞的？」卓若卡顯然很高興，說道：「太好了！我也覺得你應該會同意。其實呢，上星期，我和法伊已經通過電話了，他還只是個孩子，不過一定吃了不少苦！烏林克女士的事情似乎也都知道……唉，如果你贊同的話，米斯帝，那麼我就盡快完成領養手續了喔！」

「當然！當然！」米斯帝連番點頭，似乎欲言又止地停頓了一下。卓若卡不放心地問道：

「怎麼了？你是眞的同意吧？米斯帝？」

「這什麼話？」米斯帝頓時回神，說道：「我當然同意！而且是太高興了，眞的！卓若卡，你總是令我驚訝！」

「我很期待法伊的到來！米斯帝！」卓若卡欣慰地說道：「我連房間都已經幫他準備好了呢！希望他會喜歡！」

米斯帝太過於震驚，他突然意識到自己將會有個兒子，有一個完整的家庭！儘管他們夫妻與這個兒子並沒有血緣，但是米斯帝一點兒也不介意，他自己也是在關係複雜的家庭中出生的，明白血緣與感情是否深厚完全是兩碼子事兒。最重要的是，他就要有個兒子了！而且是將他們夫妻命運連結在一起的吉奧‧烏林克的兒子！

腦子完全塞滿了兒子的事情，一時之間，米斯帝竟然一點兒也不煩惱金融業的未來了。而意識到這一點的瞬間，米斯帝全身一陣戰慄，他摀住胸口張開嘴，驀然領悟了這初次體驗的奇特感覺。米斯帝心中失笑，心想道，這莫非就是所謂的……因愛家而產生的幸福感嗎？噢，家庭、家庭！多麼奇妙的一個詞彙。像是個盛滿水的玻璃容器一樣，令人端著看著，喜悅得不知如何是好。想更深入的抱入懷中，卻又怕水會溢出來；於是小心翼翼地擺上桌台，卻又依戀得一刻鐘也不捨得放手離開。喜愛到心痛，甚至會無法呼吸，但又莫名其妙地因這痛苦的感受而歡欣雀躍，什麼也抵擋不了這奇特至極的濃郁心情。即使幾乎是兩天沒睡了，米斯帝躺到床上，卻翻來覆去睡不著。在領悟了家庭的神奇之後，心中卻又接著感到一股急於犯作的焦急與煩躁，像是噬肉細菌般地在米斯帝的體內囂張作祟。米斯帝再度苦惱了起來，胃腹深處變得莫名的悲傷；他知道，一定又有什麼東西不對了。

安穩的呼吸氣息在身旁起伏著，卓若卡似乎已經熟睡了。米斯帝掙扎了好一會兒，雖然不想吵醒卓若卡，不過此刻的他極需有人可以說話。米斯帝猶豫著翻身側躺，面向著熟睡的卓若卡，輕聲喚道：

「親愛的，你睡著了嗎？」

卓若卡並沒有把眼睛睜開，但是卻很清醒的回答說道：

「還沒，因爲我知道你還沒睡著。」

「噢，抱歉！」米斯帝滿懷歉意，嘆息地說道：「我並不想吵醒你。只是，卓若卡，我不知道爲什麼，感到心裡焦躁。」

「哦？」卓若卡睜開眼睛，溫柔地問道：「不知道原因？難道是因爲領養法伊的事情嗎？」

「啊，這個嘛……」米斯帝想了一下，說道：「這個，不是這方面的事情，其實應該說是跟工作比較有關吧？」

「工作？」卓若卡撐起手臂，趴在枕頭上說道：「全球貨幣基金嗎？」

「哦，不是，你曉得的卓若卡，」米斯帝苦笑了起來，說道：「全球貨幣基金只不過是一種手段而已！感覺上好像，自從這些開始了之後，我們就變成一直被迫採取防禦措施的狀態！你明白的，我是說……」

「自從貝士基特決定加入世界和平黨之後以來？」卓若卡露出一個遊刃有餘的笑容說道。米斯帝聽了精神一振，連忙點頭說道：

「沒錯！就是這個！卓若卡，你明白我們現在的狀況嗎？我老實跟你說，我們甚至不知道敵人在哪！連敵人是誰都不知道，但是狀況就這樣一直來、一直來，這眞是糟透了！我進入貝魯特公司工作了十幾年，這還是頭一次遇上這麼不妙的狀況！而且更糟的是，你知道嗎卓若卡？我們根本沒有好的想法可以用來解決現正遭逢的這種劣勢！老實說，我想我是有點嚇壞了。」

「嗯，你們不曉得敵人是誰。」

卓若卡看似沉思地重複了一次米斯帝的語句。米斯帝嘆了口氣，緊接著說道：

「是的，這幾年下來幾乎都是如此。我們就像是接獲重症病患的急診室醫生一樣，只能搶盡全力挽救病患垂危的生命，忙得團團轉，根本沒有時間思考病因！當然也就無法對症下藥。問題是，時間再這樣拖下去，患者的命早晚不保。最後贏的人會是誰？我眞的不敢想像！噢不，不是不敢想像，而是……眞不願意把那樣猜測的結果用嘴巴給說出來！那太恐怖了。不論如何，贏的絕對不會是老百姓，永遠都不會是老百姓。然而也不太可能是北聯金控，你知道我一向都很樂觀的，卓若卡！但是這回，我眞的覺得金融業快玩完了。」

「噢，那很好，」卓若卡嘴角瓢起一絲笑意，輕鬆地說道：「現在就理解到這一點，那麼你就可以在金融業眞正垮台之前來寫一本書，書名就叫做……『金融之死』好了，如何？搞不好可以趁機大賣。」

「唉，卓若卡，別取笑我了！」米斯帝苦著臉埋怨說道：「我要說的是，其實原本，苦惱歸苦惱，但卻也沒什麼別的感覺。不過今天，你一說要領養吉奧姊的兒子，叫什麼……法伊？對，法伊！我一聽就愣住了，好像肚子上給挨了一拳似的！我差點忘記了某些東西，卓若卡！某些……連結著你跟我、連結著過去和現在的那個東西！」

「嗯，我知道，我能體會。」卓若卡靜靜地點點頭說道。

兩人靜脈地凝視著對方好一會兒，米斯帝臉上帶著猶疑的神色，伸出手，輕撫著卓若卡的臉，低聲問道：

「請你老實告訴我，親愛的！我是不是……衝過頭了呢？」

卓若卡溫柔但有些詼諧地笑了起來，說道：

「如果是以社會地位來判斷的話，那麼顯然還並沒有。」

「噗！」

米斯帝失聲笑了起來，半晌才繼續說道：

「沒錯，我的工作不需要良心，就如你以前所說的，我們這種被學會訓練出來的人，都只不過是替主子賣命的經濟殺手罷了。雖然主子是個好主子，但是看門狗就是看門狗。不過啊，卓若卡，當你提到我們將會有個兒子的時候，當我一想到，我們會成爲一個眞正完整的家庭的時候，我突然覺得，自己必須變成一個更好的人才行！我不希望當法伊來到這裡之後，問說，爸爸是做什麼的呢？而我的心裡首先閃過的卻是『經濟殺手』這個詞彙。」

「嗯，那樣確實很落伍。」卓若卡低聲笑道：「我很高興你是眞心希望法伊來到這個家中，米斯帝。」

米斯帝抬起眼睛，與卓若卡兩人相視而笑。卓若卡溫柔地往前輕吻了米斯帝的眉心，然後說道：

「不過，你要我提示你事實嗎？有關你們所面臨的那個『敵人』。」

米斯帝深深地嘆了一口氣，說道：

「其實也不用了吧？除了普利馬物流之外還有什麼呢？或者應該說是喬瑟法·梅耶洛夫？」

卓若卡笑了一下，搖搖頭，說道：

「以現在的情勢來說，金融業已經沒有某個特定的敵人了，而是整個環境都即將與之爲敵。你知道爲什麼普利馬物流能夠掌握住如此牢固的權勢嗎？米斯帝？」

「物流，因爲他們控制了政治資源嗎？」米斯帝困惑地回答道。卓若卡說道：

「政治資源？這是其一沒錯。不過，金融業過去也曾全權掌握過政治資源，但是卻沒有一次能夠達成像這次物流本位這樣穩定的權勢，而總是極不安定，常需承受經濟波動的風險；每當一旦發展到一個程度，隨之而來的就是泡沫崩盤與大規模的金融危機。這又是爲什麼呢？」

「當然是因爲他們掌握的是物資啊！不像金錢只是虛擬的商業工具，風險自然比較小。」米斯帝說道。卓若卡聽了，下意識地抓抓頭髮，說道：

「原來你還眞的不懂？還是你現在是在裝傻？」

「我裝傻做啥啊？」米斯帝也撐起上半身，有點激動的說道：「那不然你倒說說看眞正的原因究竟是什麼啊？」

卓若卡在床鋪上坐挺身子，整理了一下思緒，然後說道：

「現在的物流本位會如此大權在握，並不是從最近這幾年才開始的。普利馬物流之所以能夠發展得這麼龐大，並非由於他們掌握了物產資源，而是因爲他們是路霸的緣故。物流產業，說得好聽，二十幾年前只在捷魯歐地區直營的普利馬物流確實是物流產業，運輸貨物，互通有無。但是當它們開始向外發展的時候，並不是如一般大眾所想像的『從某地購買某物然後銷售至其他地區』這麼原始。普利馬物流的全球物流系統，經營的重點其實完全在於開發『航線網』。說得簡單一點，也就是砸下大筆成本用於建造專用鐵路，或是買斷某些熱門海、空運航線等等，如果你加入它們的體系，那麼就可以以較低廉的成本價格使用普利馬的全球運輸航線。換句話說，所謂的全球物流系統，這個『系統』指的並不是他們下頭這些產地與市場之間的商業關聯，而是指全球運輸航線的軟、硬體所有權。喬瑟法從二十幾年前就已經開始幹這事兒了，他會找來希洛・道夫，這樣將物流的權力顯像毫不隱藏地映上檯面，可見私底下已是全盤準備妥當。你們現在才開始警覺，確實爲時已晚。」

卓若卡的說法印證了米斯帝先前對物流本位的看法，米斯帝知道自己的觀點無誤後，反倒很難過，沮喪地說道：

「那麼照這樣說來，十年之後，全球的資源與權力便都會更加集中到更少數人的手上了，不是嗎？社會底部的貧困階層將會過得比金流本位時期更加辛苦，這就是我最擔心的。如果說，我最初投入金融界的目的，就是渴望能在奪取權力之後，能夠使社會資源以較爲平均的方式來分配的話，那麼，我不就是已經注定失敗了嗎！這樣下去，我們還能拿什麼來保護我們的孩子？」

「我知道，」卓若卡輕聲說道：「我明白，米斯帝，沒有人喜歡這樣。但是至少！至少我們『還沒』失敗，是吧？」

「我們……不應該打算向現實投降嗎？」米斯帝苦澀地笑道。卓若卡聽了，挑起一邊的眉毛，故作高傲模樣地說道：

「我可不！我還想要保護我們的孩子哪！千萬別小看母性的本能了！」

米斯帝捧腹大笑，心裡有種令人懷念的踏實感，不知不覺間，終於稍微心情安穩了一些。他與卓若卡相擁而眠，腦中不自覺地思考起卓若卡先前說的「寫本經濟預告書」的想法。米斯帝閉上酸澀的眼睛，意識沉沉地恍惚睡去，他是認眞的思考這事兒，但還沒拿得定主意。畢竟，知道了眞相比無知更辛苦，理解了眞實較庸愚更沉重；知識與資訊的公正公開，也必然會比封鎖或是操弄性宣導更加令世界動亂。因爲，沒有人喜歡遭受不公平；更沒有人甘願遭受他人的欺壓與剝削。只不過，不幸的是，人們所處的整個文明世界啊，就是這麼一回事。

中篇　時代的印記

第七章　白色矯正器

米斯帝撕開輕薄的餐巾紙頭，把一張分爲較薄的兩張使用，很節省地擦了擦剛吃完湯麵後的嘴邊油漬。儘管酒足飯飽，米斯帝的神情卻並未因此而顯得放鬆，反倒是沉重地凝視著會議室內牆上掛著的世界地圖。這張地圖是以一副超大尺寸的電子相框來顯示的，可以特別針對每個地區做出千倍以上的放大查看，細密到連每一條街角巷弄，都能顯示得一清二楚。自從米斯帝進入全球貨幣基金，在這間會議室中開過第一次會議之後，就深深被這張電子地圖給吸引迷住了，從那之後，他幾乎每天都在這兒吃中飯。這張電子地圖最吸引米斯帝之處，在於能夠隨意切換成重疊顯示的地形地圖、水文地圖、天然礦產資源地圖，甚至是每個經濟區域的文化特徵、政經現況等形式的人文地圖，在每個大型都市以及名勝地區之處，還附帶了當地拍攝的影音寫眞；資料詳盡，眞是看不完、也看不膩。米斯帝很是癡迷，看得心神領會，這張超級地圖告訴了他許多過去所無法理解的事物。在地圖上看來，世界眞是無可言喻的多樣且美麗！而就是爲了要掠奪這些令人垂涎的美麗資源，人類的文明因此也無處不顯示出令人屏息的生命力。

「人類的文明史，就是一部物資的掠奪史啊！」

最近米斯帝終於也能夠更透徹的理解班楠所提出的「物流本位」的原理、與來由了。

同樣的，較物流本位更廣泛地爲人所知的「金流本位」制度，雖也是近二十年來哈德威時代以降，才正式產生的名稱，不過就本質上而言，亦是由來已久。與物流本位如出一轍，在漫長的歷史當中時隱時現，留下了悠久的印記。

名勝天下的金流本位制度，當然並不是突然之間就無中生有的，它有個前身，叫做「全球準備金制度」。這個全球準備金制度，幾乎主宰了整個二十世紀的全球經濟、與政治型態，它確立了當時的國際強權，美國，並且有效率地穩固了這個強權的獨大地位。然而，水能載舟，亦能覆舟；不論是全球準備金制度，還是更高一階的金流本位制度，都同樣是一種金融花招，一種鮮少人知悉眞相的利誘騙局。

米斯帝與貝士基特一年前一起進入全球貨幣基金內部工作，原本貝士基特的打算是爲了能夠就近監視、以及干預基金會的決策方向，以確保金融業以及北聯一派的利益。然而自從加入之後至今一年多的時間裡，愈是深入了解事實、愈是廣泛地看見全盤的規模，儘管貝士基特仍舊非常努力地試圖影響整個基金會的決策觀點，米斯帝卻逐漸感到不安。但是這種不安，與進入基金會之前對於金融業前景的那種不安，卻又大不相同。畢竟在尚未進入全球貨幣基金之前，說老實話，米斯帝其實並不是百分之百瞭解所謂的物流本位制度，也其實並無法想像世界和平黨所意圖推行的全球單一貨幣，也就是「和平幣」，實際上在全球經濟體系當中所代表的更深一層的、眞正意義。他們知道會有大洗盤，但卻並不曉得這洗盤的規模究竟會大到什麼程度。他們知道金融界這次反應確實慢了好幾拍，不過也並不認爲整個情勢已到了回天乏術的地步。因此他們不安，是急著想要處理問題，試圖救命止血，正如貝士基特這一年當中在全球貨幣基金內積極爭取金融界的保障、與北聯一派在政治上的利益等等行爲。貝士基特是個不懂得放棄的人，米斯帝很明白這位老戰友的固執性格。然而，隨著參與基金會內部的決策事務，每日醒來，米斯帝只感到壓迫在胸口上的那股不安，又逐漸升高到了更深一層的地步！他感到自己被世界的情勢所透視，任何徒具野心的一舉一動，都顯得無力且多餘。米斯帝罕見地覺得恐懼，他並不是個容易恐懼的人，所以米斯帝知道，這眞的很反常。

所有的不安與恐懼都困擾著米斯帝，直到他看見了這張地圖，並且對其中富涵的資訊上了癮。米斯帝知道，答案就在這裡！就在這張地圖弔詭般的笑容之中！米斯帝覺得腦袋裡一片亂哄哄的，根本無法安靜下來靜心思考。全球貨幣基金與其說是個經濟部門，不如說是個政治機構，待在這種環境裡面，一天二十四小時大部分都必須處理著烏煙瘴氣的勾心鬥角遊戲，很容易使人精神消耗殆盡。米斯帝只有午餐的時間稍微能夠獲得自由，雖然短短一小時的時間也很難使心靈平靜，但已是彌足珍貴了。

坐在會議室裡的牛皮沙發上，看著牆上的地圖，米斯帝思索起過去在矗黑流道夫學會中啓蒙導師洛維特爲他們所上的基礎經濟課程。如果要深入的探討現在最嚴重的問題，也就是當聯邦全面推行物流本位制度之後的金融業命運，就必須徹底的理解物流本位制度的本質。而要徹底理解物流本位制度，就不得不談金流本位制度。米斯帝印象深刻，記得他在矗黑流道夫學會中受教育的頭一年，有一次導師洛維特爲學生們解釋全球貿易的順差與逆差概念時，用著濃重的口音與憂鬱的眉毛，很有氣魄地說道：

「我們知道，物資的流動，就是物流。金錢的流動，就叫做金流。好了，現在我們來舉個最簡單的例子。米斯帝，你站起來。」

正坐在位置上低頭偷吃奶油餐包的米斯帝嚇了一跳，趕緊把餐包藏到身後，刷的一聲倏地站好。洛維特招招手，示意米斯帝上台到他身邊，說道：

「過來，米斯帝，現在我要用這張一百元鈔票，跟你買你手上的奶油麵包。」

洛維特說著，一邊從褲子口袋中抽出一張一百元的鈔票，展示給大家看。米斯帝愣了一下，只得乖乖地拿著才剛咬了兩口的餐包走上前去，彆扭的模樣惹得席間同學一陣竊笑。洛維特大方地將剛才展示過的那張百元鈔票遞給米斯帝，同時伸手接過米斯帝咬了兩口的麵包。米斯帝不可置信地拿著百元大鈔呆立著，洛維特用鈔票換成了麵包，向學生們展示著米斯帝的麵包，說道：

「大家看到了嗎？這就叫做一手交錢，一手交貨！」洛維特指著自己付給米斯帝的百元鈔票，說道：

「金流！」

接著又指指米斯帝賣給他的那個咬過的奶油餐包，說道：

「物流！」

然後雙手比了一個對換的手勢，說道：

「金流與物流就是正一與負一這樣的關係，流量相等、流向相反，形成穩固的對流系統。而我今天付錢跟米斯帝買麵包，對我而言，這就是貿易逆差，物資流入我手中，而金錢流入米斯帝的手中。相反的，對於米斯帝來說，他把麵包賣給我而賺入一百元，這就叫做貿易順差，他賣掉了物資，賺到了錢。所以，物流的箭頭朝向我，金流的箭頭朝向米斯帝，這樣的狀況對我而言是貿易逆差，對米斯帝而言是貿易順差。這樣大家懂了嗎？好的，米斯帝，你可以回座了。」

「呃……」米斯帝有些不情願，他手上拿著一百元鈔票，麵包則被導師洛維特拿走了。如果換在其他地方，米斯帝一定會高興得跳腳，但是在生活作息管教嚴格的學會裡頭，就算你有一千元也沒地方花啊！米斯帝苦惱地看著他的奶油餐包，躊躇了一會兒，壯起膽子向洛維特說道：

「老師，我不要一百元，可不可以還我麵包？」

洛維特聽了神祕的一笑，說道：「爲什麼呢？我想這對你而言應該是很划算的交易啊！」

米斯帝扁了扁嘴，說道：「但是……我在這邊也沒地方可以花這一百元啊？」

米斯帝原本以爲洛維特應該會說個兩句責備他，像是不應該在上課時間偷吃麵包之類的。不過沒料到，洛維特不但沒生氣，反而很高興地說道：

「沒錯！說的很好，米斯帝！」

「咦？」米斯帝一頭霧水，只聽洛維特意氣昂揚地繼續說道：

「大家發現了嗎？爲什麼米斯帝不想要這一百元而寧可想要這塊麵包呢？沒錯，因爲你們在學會內根本沒有地方可以花這些錢。而這代表著什麼意義？如果是在外面逛街的時候，一百元的錢可以換到相等價值的物資，至少是四個到五個的麵包。金流與物流等價交換，這些錢就確實具有著面額上頭的價值。也就是說，錢的價值是因爲能換到實質物資而存在的。而當處在一個手上的錢不能夠換到物資的環境裡時，這些錢就一點價值也沒有了！對於住在學會內的你們而言，這張一百元鈔票毫無用處，比不上這塊已經被米斯帝咬過兩口的麵包！你說的很好，米斯帝，來，麵包還你，一百元還我，請回座。」

米斯帝膽戰心驚地拿回奶油餐包，三步併兩步地趕緊跳回座位坐好。洛維特揚聲說道：

「我要告訴大家的是，金流與物流之所以能夠相互對應，形成穩固的對流關係，這都是因爲基本上，每一種貨幣背後代表的，都必須是一個市場。好的，現在我們再進一步來講。如果今天，假設這間教室就是全世界，而現在身在這間教室裡的我們每一個人，代表的就是一個國家，或者稱之爲一個經濟體。我們知道每個經濟體裡面一定有兩個什麼東西？對，就是供給與需求。好了，現在我們每個人都是一個經濟體，每個人的左手是供給，右手是需求。你們每個人身上都掛著自己的名片，對吧！把名片拿下來，這就是你們每個國家的貨幣。好了，現在我們要來進行一場『全球國際貿易』！大家可以用你們自己的『貨幣』，去交換其他國家人擁有的東西。」

米斯帝猶豫了一下，因爲每個人名片都只有一張，如果只能換一樣東西的話，那還眞得謹愼選擇才行哪！正在考慮的當口，坐在後面的瑞那林登拍拍米斯帝肩膀，說要用「瑞那林登幣」買米斯帝身上的外套。米斯帝想了一想覺得很不划算而拒絕了，瑞那林登接著說道：

「算了，貿易總得有個開頭。那我的手套賣你一張『米斯帝幣』好了。」

米斯帝很高興的答應了，把自己的名片遞給瑞那林登，拿到了瑞那林登的手套。瑞那林登手上拿著兩張名片，突然說道：

「米斯帝！我用比剛才兩倍的價錢跟你買你的外套！怎麼樣？很划算吧？」

米斯帝嘿了一聲，想說反正是課堂遊戲，於是便脫下外套賣給了瑞那林登。接著米斯帝又用手中的兩張名片跟文森特買了圍巾。教室裡鬧哄哄的沸騰了好一陣子，待每個人都進行過交易了之後，洛維特拍手示意大家安靜回座，叫學生們依序發表自己的交易過程與最後所得。米斯帝檢視了一下自己手上的東西，突然發現自己只是用外套換成了手套與圍巾而已，好像不但沒有特別划算反而還吃虧了，因而顯得有些沮喪。然而令米斯帝更沮喪的是，自己的外套最後竟然被瑞那林登用七張名片的價格賣給了約瑟夫。在大家順序發表自己的交易結果時，洛維特同時也在黑板上畫出了表格，統計出每個人手上的名片數量。

「在交易開始之前，我們總共有二十個人，也就是總共有二十張名片對吧！那麼現在，你們之中有些人一張名片也沒有了，有些人卻拿著七張名片，有些人買到了想要的東西，有些人則被扒光了；這眞是一場混亂的交易！但是，當我們統計出交易過後的名片數量，卻還是二十張，在這間教室裡面的物資也是一樣，兩者都沒有變多也沒有變少！好的，現在回想一下剛才我們講的貿易順差與貿易逆差，那麼目前的狀況代表的是什麼意思呢？」

米斯帝還來不及深思長考，後頭的瑞那林登便已思路清晰地說道：

「全球貿易順差總和、與全球貿易逆差的總和……會相等，的意思嗎？」

「太棒了！答的相當好，瑞那林登！」洛維特驚喜地說道：「而且我們在剛才的全球貿易之中，還發現了一些非常有趣的事情！請問你，瑞那林登，你現在是全班最富有的人了，你是如何賺到這七張名片的呢？」

「我賣掉了米斯帝的外套，賣給約瑟夫。」瑞那林登回答道。洛維特點點頭，轉向約瑟夫問道：

「那麼約瑟夫，每個人一開始都只有一張名片，你是如何賺到另外六張而跟瑞那林登買下米斯帝的外套的呢？」

約瑟夫哦了一聲，拿起一張上頭畫著米字記號的便條紙展示給洛維特看，指指四周的同學說道：

「我做了『米斯帝外套債券』，他們都買了。我說只要我買下米斯帝的外套之後，用更高的價格賣出去，那麼中間賺的價差就大家平分。而且我是賺到七張名片，並不是六張。我自己的這張並沒有花掉，還在這裡。」

「太好了！約瑟夫，」洛維特說道：「看來我們的全球貿易已經從基本的金流與物流的對流系統中，衍生出了更進一步的金融行爲了！我剛剛說，在正常的情況下，每一種貨幣背後代表的都應該要是一個市場。而如果在並沒有市場存在的狀況下發行的貨幣，就叫做『金融商品』，例如剛剛約瑟夫發行的『米斯帝外套債券』。那麼接著我們又要問，金融商品與貨幣之間，究竟有什麼差別呢？來，約瑟夫，如果我剛才沒有喊停的話，你原本接下來打算繼續怎麼做？」

「怎麼做啊？」約瑟夫想了一下，挑起和洛維特一樣濃密的眉毛，說道：「既然我已經買到外套了，接下來當然就是想辦法用更高的價錢賣掉囉！啊，不過除了瑞那林登之外沒有人有更多的錢，所以恐怕在想要賣掉外套之前，得先花點功夫推廣債券就是了。只要能夠賣出更多的『米斯帝外套債券』，我就可以賺到更多的名片，然後實際上根本也不需要眞的賣掉米斯帝的外套，錢也好物資也好全部都在我手裡。」

「喂！你這不是騙子嗎？那我們手上的債券到底可以幹嘛？」其中一位買了「米斯帝外套債券」的同學忍不住發難問道。約瑟夫聳了聳肩，一派輕鬆的說道：

「你們可以把債券再賣給別人啊！沒聽過『連動債』這種東西喔？」

「這種東西哪有人要啊？不過就是張便條紙！」另一位吃了虧的同學抱怨說道。約瑟夫突然笑了起來，說道：

「我還不是隨便撕張便條紙下來你們就買了！」

「等、等一下！等一下啦，喂！你們！到底是把我的外套當成什麼了！」

米斯帝終於按捺不住脾氣站起來喊道，著急的模樣惹得全班又是一陣爆笑。思及至此，米斯帝自己也忍不住笑了出來，詭異的神態被正好走進會議室的貝士基特瞧個正著。貝士基特皺起眉頭，出聲說道：

「喂喂，你該不會是壓力太大精神錯亂了吧，米斯帝？」

「啥？」米斯帝回神，轉頭正好瞧見貝士基特用著狐疑的苦笑調侃著他，於是搖頭說道：

「噢，不是，我想起了小時候在學會裡上課時的事情。」

「哦，你還有閒功夫想那個啊？」貝士基特癱瘓般地坐到米斯帝旁邊，嘆道：「米斯帝，我下星期要被派到羅徹斯特市去作調查報告。」

「什麼調查報告？」米斯帝問道。貝士基特賞了米斯帝一個白眼，說道：

「還有什麼？就是發展計畫簽約之前的評估報告啊！」

「咦？怎麼會派你去做那個？」米斯帝有點吃驚地說道：「那種報告應該派我這種的人去吧？你又不是這行出身的！」

「這行？你是說經濟殺手嗎？」貝士基特嘆道：「唉，我是門口的野蠻人啊。」（注：經濟殺手，指專以不實的經濟評估報告等手段打擊或箝制一國經濟發展的文丐學者。門口的野蠻人，指專以大玩金融槓桿遊戲來進行企業併購行為的短線操作金融專家。）

貝士基特心裡很清楚上頭不派米斯帝而派他去羅徹斯特作評估報告的原因，實際上就是他們北聯一派的人在全球貨幣基金當中，全都被隔離在決策核心之外的緣故，並且核心內部存在著反對北聯人馬的勢力存在，更試圖將他們更加的隔離、更加的驅除外放。米斯帝沉默了一下，說道：

「貝士基特，其實，我剛剛在想關於全球準備金制度的事情。」

「全球準備金？」貝士基特問道：「全球準備金怎麼了嗎？」

「你說，等和平幣眞的變成全球單一貨幣的時候，還會有準備金的存在嗎？」米斯帝問道。貝士基特想也沒想就回答道：

「當然不會有了啊！又不是聯邦幣這種失敗的世界貨幣！」

「所以說，貝士基特，」米斯帝一邊沉思著，一邊小心翼翼地說道：「我總覺得心裡有一種錯亂的感覺，會不會我們從一開始應對這次危機的時候，就已經完全想錯方向了呢？沒錯，和平幣的性質不是世界貨幣，而是單一貨幣！它不是像聯邦幣這樣直接『加蓋』在全球準備金制度上的白手套機構，我們原本實在想得太簡單了！」

「白手套機構？」

貝士基特原本對米斯帝的話題沒什麼興致，不過當米斯帝一提到「白手套機構」這幾個字的時候，貝士基特只覺得腦筋被扭了一下，他無法忍受自己竟然有不懂的辭彙。貝士基特皺著眉頭問道：

「什麼意思？白手套機構？」

米斯帝嚴肅而飛快地整理了一下思緒，坐挺身子，指著牆上的世界地圖，認眞地說道：

「你瞧瞧這張地圖，貝士基特！你不覺得瞧見了什麼嗎？」

貝士基特半信半疑地把目光注視到牆上的世界地圖上，瞧了一會兒，搖搖頭說道：

「我不曉得，物流路線圖嗎？」

「呃……不是，」米斯帝趕緊接著說道：「我們剛剛在說，聯邦幣本質上的定義是加蓋於全球準備金制度之上的世界貨幣對吧？」

「是的。」貝士基特等待著米斯帝的解答。米斯帝說道：

「也就是說，目前爲止的金融業，都是以全球準備金制度爲基礎而發展的，沒錯吧！所以說，這個時候我們就必須要回想一下，全球準備金制度到底是個什麼東西？它是怎麼運作的？而其中的『準備金』又究竟是什麼？從哪裡來？掌握在誰的手裡？又有什麼作用？」

「準備金其實不就是所謂的外匯存底嗎？」貝士基特說道：「從事國際貿易的商人用出口商品賺進了外國貨幣，在二十世紀至二十一世紀頭二十年的那段時期，因爲國際貿易的計價幾乎都是使用美元，所以其他國家的出口商通常賺進的外幣也都是美元居多。商人賺進了外國貨幣之後，除了留下適足的部分繼續使用之外，其餘通常還是會到銀行去兌換成本國貨幣。而這些從事外幣兌換業務的銀行在積存了一定數量的外幣之後，也會將這些外幣去向中央銀行兌換爲本國貨幣，所以一個國家透過國際貿易賺入的外國貨幣，最終都會集中於各國的中央銀行。而由中央銀行所保管的外國貨幣，就叫做外匯存底，同時也是一個國家的外幣準備金。」

「沒錯！」米斯帝精神亢奮地接口說道：「然後我們現在又要想，爲什麼以前的國際貿易都是由美元計價的呢？因爲當時美元是關鍵貨幣，對吧？但是，一個國家的貨幣爲什麼會變成關鍵貨幣？當然是從它的國力強盛、國內經濟水準高、消費者購買力強，也就是它的市場強大的意思。當一個經濟體的市場壯大時，它的貨幣就會升值，如果能夠維持長時期的強大經濟能力，那麼它的貨幣就會進而成爲國際間的強勢貨幣。做爲一個強勢貨幣國，很容易就能夠利用政治力的介入，使他們的貨幣成爲『關鍵貨幣』，也就是在國際貿易上，觸角所及之處，商品均以該國貨幣計價。關鍵貨幣國的政府可以利用這種優勢，有效的主導國際市場，輕鬆地掌握住其他國家與地區在經濟發展上的生殺大權，更加確立自己本身的強國地位。乍看之下這眞是很理想的方式！然而問題是，如果再繼續往前進去想，接下來會變成什麼狀況呢？」

「嗯，就是所謂的關鍵貨幣國勢必會邁向終極的逆差國這一點嗎？」

貝士基特沉思說道：

「因爲當大部分的國際貿易都使用關鍵貨幣來計價的時候，其他國家透過貿易而賺入的外匯存底也就大部分都會是這種關鍵貨幣，因此很正常的，在各國的外幣準備金當中，關鍵貨幣所占的比率就會非常之高。而當世界各國對於特定某一個國家的貨幣需求增加時，該國貨幣就會升值。就關鍵貨幣國的國內情況而言，貨幣升值本來就不利於出口了，再加上考慮到關鍵貨幣國在國際市場上有絕對強勢的主導優勢，這種優勢會不斷地循環回饋給該國的經濟，使得關鍵貨幣國的經濟體如脫軌般地愈來愈龐大，就好比十九世紀的英國殖民帝國時期，以及二十世紀美國的世界霸權時期，之所以超級富強，靠的不是別的，而就是關鍵貨幣國在國際貿易中的主導優勢。這種主導市場的優勢說穿了，其實與物流本位有著完全相同的概念，它就是帝國主義。我記得一篇列寧在一九一六年寫的論述裡描述了當時奉行帝國主義的英國是『一，這個國家剝削全世界。二，它在世界市場上佔有壟斷地位。三，它擁有殖民地壟斷權。』而影響的後果則是『英國一部份無產階級已經資產階級化，以及無產階級們十分安然地享受英國的殖民地壟斷權和英國在世界市場上的壟斷權。』換句話說，在一個連無產階級都資產階級化的國家裡，還有誰會想要認真從事辛苦的基礎製造業工作呢？他們大可發展不需要辛苦勞動即可賺入大筆鈔票的金融行業，大玩金融槓桿來以錢賺錢……雖然我們好像也沒有資格批評這種行爲啦，不過這確實會使得關鍵貨幣國國內的製造業蕭條，基礎民生物資都變成從國外進口。原本的良性循環一旦超過了界線，就會演變成惡性循環，使關鍵貨幣國在過度富強之後，勢必成爲終極的逆差國，最後被天文數字的貿易逆差給徹底拖垮。」

「沒錯沒錯！所以說，」米斯帝說道：「就是爲了要避免落入關鍵貨幣會自我毀滅性質的命運，聯邦政府在二〇九五年發行聯邦幣的時候，才會轉而採用美國經濟學家史迪格里茲所提出的『世界鈔票』概念，而將聯邦幣設定爲世界貨幣的性質，對吧？」

「是沒錯，但是爲什麼你說世界貨幣是一種白手套機構呢？」貝士基特問道。

米斯帝說道：

「我們知道史迪格里茲所提出的世界鈔票概念，就是指在全球準備金制度上『加蓋』一層世界貨幣的體系。因爲大家都明白，全球準備金制度對於關鍵貨幣國、或是甚至只要是強勢貨幣國而言，都會帶來很大的風險，因爲全世界各國都會高度需求強勢的外國貨幣做爲外幣準備金，造成貨幣升值，使強勢貨幣國的出口產業衰退，進而邁向長期的貿易逆差之路，結果就是強勢貨幣國的債務愈積愈多，國家的經濟強度逐漸與幣值脫鉤，直到大家有一天不再信任這種貨幣時，幣值就會狂跌，強國的泡沫終成幻影。所以這些強勢貨幣國爲了減輕自己的風險，於是提出了『世界鈔票』理論，大力鼓吹世界貨幣的好處來說服世界各國一起推行這種只對強勢貨幣國有好處的制度。洛維特老師以前有跟我們說過，史迪格里茲最初提出了世界鈔票最大的兩項好處？你還記得是什麼嗎，貝士基特？」

「哦！那個啊，我記得！」貝士基特說道：「說是全球準備金制度會大量的埋藏掉全球經濟體裡的動力，進而造成全球總需求不足，說是眾多的開發中國家是多麼的需要這股動力，但是這些巨大的金流動力卻因爲準備金制度而被埋藏起來了，全球總需求因此無法追上全球的生產力，因此導致了脆弱的全球經濟，這是第一項。還有另外一個就是關鍵貨幣國的逆差問題，說數度危及全球的重大經濟危機之所以會一再發生，就是因爲關鍵貨幣國無可避免的貿易逆差。而世界貨幣的發行則可做爲彌補或是償付當中逆差的一道緩衝機制，在全球震盪時穩定局勢。我實在是看不出這其中有什麼問題可以被說成是白手套機構，米斯帝！」

「呵呵，如果它不是白手套機構的話，聯邦政府也不會採取這種制度了，貝士基特！」

米斯帝胸有成竹地說道：

「所謂在全球準備金制度上『加蓋』一層世界貨幣制度，它的意思是什麼？我們知道，在全球準備金制度裡面，各國透過貿易賺入的外國貨幣最終都會集中於各國的中央銀行，這個就是各國的準備金。而在全球準備金制度上面又多加了一層世界貨幣制度，也就是成立一個『世界央行』來發行世界貨幣，而各國央行則用手中的外幣準備金來和『世界央行』兌換成世界貨幣。因此，全球準備金制度不變，只是各國的準備金從各國央行的手中轉移到『世界央行』手中而已，各國央行則持有世界貨幣。然而，有一個非常大的問題是，基本上每一種貨幣背後代表的都是一個市場，這樣金流與物流之間才會形成穩固的對流系統，即使某些強勢貨幣國最終會出現巨大的貿易逆差，但是以全球經濟體來講，全球貿易順差總和與全球貿易逆差總和仍然相等，最基本的平衡並不會受到影響。然而在全球準備金制度上加蓋世界貨幣制度的狀況下，因爲『世界鈔票』這種貨幣代表的並不是一個市場，它是一個只負責發鈔票的機構！在沒有市場存在的狀況下發行的貨幣，就不是貨幣了，它是『金融商品』，其實跟用濫發國債券來償付貿易逆差的做法，在本質上並沒有太大的差別。兩者具有同樣的作用，但發行的是世界貨幣時，對關鍵貨幣國更加有利。因爲當你發行的是國債券，那麼國家還是必須要全權為自己的債務負責，就算擺明是不還了，名義上還是得背負巨大債務的臭名，威脅國內市場的風險轉嫁不掉，一樣會對貨幣造成崩盤的壓力。而若設立一個看似跟關鍵貨幣國『政治上無關』的機構來發行世界貨幣，同樣能夠彌補關鍵貨幣國龐大的貿易逆差，然而正因這種世界貨幣的背後並沒有一個市場來吸收由關鍵貨幣國轉嫁出去的風險，很自然的，這些風險就又會透過發行出去的世界貨幣，轉嫁給大量持有這種貨幣的全球各國。所以你說，這不是白手套機構是什麼？」

貝士基特聽得瞠目結舌，很是驚訝，表情猶如大夢初醒般地說道：

「這不也就是目前我們全球共和聯邦的實際情況嗎？聯邦內各地之間的貨幣系統仍為全球準備金制度，而各地都市的準備金最終都會被兌換、集中到聯邦央行手中，而這也就是金流本位理論的由來，因為聯邦政府實在是掌握著太多錢了！」

「嗯啊，只不過聯邦幣在辛西亞蓮執政時期被搞砸了。」米斯帝點頭說道。貝士基特聽了，思考了一會兒，頗為贊同地說道：

「說的也是，畢竟如果聯邦幣實際上是用來將捷魯歐地區的經濟風險轉嫁出去的金融商品的話，那麼它就會有一個至關緊要的禁忌，也就是不可在強勢貨幣國內普及。因為持有的愈多，所承受的風險與傷害就愈大。在賀菲斯鈞執政的時代，聯邦幣確實只存在於聯邦央行裡，捷魯歐地區原本使用的是捷魯歐本地的貨幣。但是辛西亞蓮上台之後，卻推行了更開放的市場與更自由的資金流動等政策，短短幾年間便使得聯邦幣在捷魯歐地區徹底取代了捷魯歐原本的本地貨幣，完全的普及而成爲民間的泛用貨幣了。而且，噗！米斯帝，我發現，這樣從頭到尾講了一圈，那個最一開始說的全球準備金制度會使開發中國家動力被埋藏起來，進而造成全球總需求不足的問題，根本並沒有解決嘛！連邊都沒有摸到！」

「噗！嘿啊，我就說吧！」米斯帝也笑了起來說道。

兩人笑了一陣，貝士基特彷彿又想到什麼關鍵的重點，突然一拍掌，神情激動但又刻意壓低語調地說道：

「啊！難怪！難怪班楠那傢伙的《物流本位論》會突然之間這麼受重用！我終於搞懂了！米斯帝！我終於搞懂了！」

「哦？爲什麼？」米斯帝問道。貝士基特像是發現新大陸般地興奮說道：

「因爲金流本位制度本來就是加倍巨大的全球準備金制度，加上聯邦幣又不幸被辛西亞蓮搞成了關鍵貨幣，跟捷魯歐地區的經濟命脈牽扯在一起了，所以它勢必也會秉循著最終必然會邁向自我毀滅的道路。而當聯邦幣與捷魯歐經濟體也幾乎是走到這個階段的時候，班楠的《物流本位論》裡面確實的點破了兩百年來人們所不理解的最根本的一個問題，那就是爲何金權帝國的統治，總是會接連不斷的導致經濟危機的降臨！我這樣說你有懂了嗎？米斯帝！因爲金權統治意味著巨大的金融槓桿作用，而這破壞了原本穩定的物流與金流的對流系統，於是貨幣與幣值逐漸脫鉤，最後貨幣泡沫化，幣值的狂貶引發嚴重的金融危機，結果導致經濟衰退。捷魯歐其實從十年前我們攻擊過聯邦幣，使問題更加快速惡化之後，就已經步入經濟衰退了！」

「嗯嗯嗯，我懂我懂，」米斯帝說道：「所以我一直在想，現在的世界和平黨，你不覺得他們是已經決心豁出去了嗎？」

「什麼意思？豁出去？」貝士基特不解問道。米斯帝說道：

「就是因爲捷魯歐已經步入經濟衰退，如今由世界和平黨執政的聯邦政府，爲了不使政權喪失全球霸權的威信，以及干預、主導全球經濟的影響力，我看他們是破釜沉舟地決定捨棄過去的金權帝國路線，改走『物流帝國』的路線了。講得好聽一點的話，這是治本，可以使全球貿易中的金流與物流再度回到穩定對應的平衡狀態；但若講的坦白一點，這完全就是捨棄了僞善的包裝，直接擺明了的帝國主義政策。將來恐怕除了捷魯歐、以及全球各地少數幾個特別富有的特級都市之外，其他的經濟區域都將會形同殖民地。而在這樣的趨勢下，過去風光主宰了全球經濟兩百年的金融、銀行業，必然將從第一線上退居而下，而成爲新霸主，也就是物流業的左右手吧？」

貝士基特沉吟了一會兒，低聲說道：

「唉，一個國家不需要兩位統治者啊！」

「嗯，但是，但是！」米斯帝也壓低聲音說道：「一個好的統治者，通常會喜歡有兩位意見相左的宰相來幫忙治國，是吧？」

貝士基特眼睛一亮，警覺的看了米斯帝一眼，瞬間反覆思考了米斯帝剛才的這句話，突然心裡一陣抽緊，嘴巴下意識地張了開來，心裡抓住了一個重點，說道：

「那麼我們能不能成爲……其中的一位，是這個意思嗎？」

米斯帝謹愼地點點頭，說道：

「你想想看，現在全球貨幣基金這樣透過強制的手段介入那些將會成爲經濟殖民地的地區，在未來這整個『物流帝國史』的發展過程當中，位在全球權力核心的三大金融勢力，也就是我們北聯、梅耶洛夫、以及聯合黨的克萊爾集團，我相信這三者之中，能夠存活到十年之後的只有兩家，你明白的，貝士基特！因爲政治利益的牽扯實在太深太廣了。所以來這裡之後我就一直在想，我們要直接去跟克萊爾集團爭奪利益，恐怕是沒有勝算的，因爲克萊爾可以主導聯合黨，但是我們卻沒有辦法主導世界和平黨！你懂我的意思嗎？貝士基特？」

「嗯，完全瞭解！」貝士基特一邊深思著點點頭，習慣性的用手掌摸著臉頰，語調緩慢地說道：

「除非我們能吃下梅耶洛夫企業，把普利馬物流變成自己人！不過，這幾乎是不可能的。梅耶洛夫企業的股權目前有百分之四十都在克萊爾集團手上，而且他們絕對也不會想要被我們吃！心理上一排斥，什麼就都不用談了。」

「但是，如果是合併呢？」米斯帝問道：「前陣子洛維特老師也告訴我說，我們除非能夠主導世界和平黨，不然光是像現在這樣徒做局部戰線是絕對沒有希望的。當然我也覺得要吃掉梅耶洛夫企業確實不太可能，但如果能夠讓他們自己主動願意與我們合併，合併之後成爲更壯大的『北梅集團』，類似這樣的情境呢？」

「可行性確實大很多。」貝士基特想了一想，說道：「我這幾天思考一下，要出發去羅徹斯特之前再告訴你回答。畢竟不論如何，即使我們要從這裡抽手，也得等我去羅徹斯特忙完事情之後才能行動。」

「對，我知道。」米斯帝沉穩地回答說道。

貝士基特感慨地拍拍米斯帝的肩膀，結束了兩人的午餐談話，正好趕在下午上班時間開始時回到各自的辦公位置上去。貝士基特走回位置上，看見桌上放了一張薄薄的信封袋，打開一看，正是下星期飛往羅徹斯特市的來回機票。看著機票，貝士基特心中五味雜陳，不自覺地想起了不久前才因空難過世的羅徹斯特市前任央行總裁遊梭，不知爲何突然感覺到自己在心境上和遊梭很是親近。貝士基特把機票收好，坐回位置上嘆了口氣，心中思考著米斯帝提出的與梅耶洛夫企業合併爲「北梅集團」的可能性。

憂慮的陰霾始終烏雲罩頂，最近這些日子，貝士基特常在思索的過程中感到些許的不祥預兆。他開始隱約覺得，不論在未來的情勢當中自己做出了什麼樣的決策與抉擇，整個北聯金控與鳩擇市，還有包括他自己的人生，都已經不太可能得以從這場散發著惡臭的災難之中全身而退，而再度回到過去那段總是志得意滿、意氣昂揚的時光了。

第八章　迴轉遊戲

想要一個長久可行的計畫，那麼凡事都得講求平衡的藝術。試想，若是國力相當的兩國交戰，僵滯個十年數十年也是常見之事，但若是三國鼎立，則在合理的僵滯期之後，必有一方將會贏家全得，成為下一個霸主。顯而易見地，對於北聯一派而言，這個霸主之位，絕對不會落在他們頭上。貝士基特心裡很清楚，曖昧不清的三角關係，絕非長久之計。

一切都在北聯金控決心放棄了搶當老大的念頭之後開始，時局的齒輪終於有效率的轉動，發出嗝嗝的聲響。憑著精心安排的元首高峰會議的成果，以及勢如破竹的全球貨幣基金正式誕生，希洛·道夫無驚無險地再一次贏得了總理選舉，於西元二一三一年連任為全球共和聯邦總理。貝士基特刻意趕在二一三〇年底前結束掉在羅徹斯特市的工作，回到捷魯歐之後便積極地安排了幾次飯局，主要宴請的對象都是與梅耶洛夫企業關係密切的政商名流，包括希洛·道夫身邊的弗蘭茲·巴爾頓、霍華·哈德威，以及直通希洛與喬瑟法之間的掮客費洛里，與實權愈坐愈大的捷魯歐市長讓梅葉等人。貝士基特也終於與他心中一直以來的假想敵喬瑟法見了面，與原先預期完全不同的是，和喬瑟法的這次會面，令貝士基特心生警惕，印象深刻。真實的喬瑟法毫無疑問的是個冷酷的嚴苛之人，他有著典型的梅耶洛夫家族遺傳，柔和的相貌上總是帶著一副好看的笑容，然而就是那副數十年如一日的好看笑容，使人幾乎無法看見他的眼睛，只能在那副冰冷的笑容之外徘徊，不得其門而入。一見到喬瑟法本人，貝士基特便立刻明白了過去那些八卦雜誌上的花邊新聞，全是假象。即使並非造假，那也僅代表了一個極小部分的喬瑟法，與眞正的喬瑟法有著雲泥之別，相去甚遠。而喬瑟法與讓梅葉在過去這幾年之間的密切結交，也使得貝士基特膽戰心驚，不過同時也更加確定了自己與北聯金控這次的策略轉變，可終於是轉對了方向。

除此之外，關於「北梅集團」的合併構想，也意外地進行的非常順利。由於喬瑟法也認爲該是全面擺脫及克萊爾集團的時候了，他在得知貝士基特對於北聯金控與梅耶洛夫企業的合併計畫之後，立刻私下進行了整體性的評估，很快地便使態度明朗化，大力贊同這項合併計畫。兩邊人馬在第一次針對北梅合併的討論會晤時便達成了高度共識。喬瑟法對於這個合併案也只提出了兩項前提條件：第一是整個合併過程必須完全保密！第二，則是當他們必須從克萊爾集團手上買回梅耶洛夫企業的股票時，務必使用「眞的錢」，不准使用垃圾債券。

「我不要我的公司變成廉價的賭品，」喬瑟法語氣堅定，但卻神態悠閒地說道：「你知道的，貝士基特，那種東西（指垃圾債券）從來都不符合所有人的利益，只有銀行與企業的管理高層除外。我不做羊頭狗肉的生意，我是個貨眞價實的屠夫。」

喬瑟法說話時眼睛裡總帶著一絲笑意，不過他的語氣冷冰冰的，完全是不折不扣的命令句。兩年前已過半百之齡的喬瑟法，橢圓型的額蛋臉上難免也顯出了過去不曾輕易顯露的威嚴感。貝士基特豪爽應允，同時也表示聽見喬瑟法居然會認為他們可能使用垃圾債券一事令人驚訝萬分。貝士基特稍微地露出不可置信的神情說道：

「若真如您所說，我們北聯金控是一群只懂得用金融手段竊取他人財物、而不懂得經營為何物的公司的話，那麼我真的認為，居然還會想要與我們進行合併的您也未免真是太奇怪了！」

貝士基特對於合併案提出的意見是，先讓喬瑟法以融資併購的方式從克萊爾集團手中完全取回梅耶洛夫企業的主控權，之後兩方（北聯金控與梅耶洛夫企業）再以對等的方式進行合併。所謂的融資併購（LBO），指的就是由企業高層的執行主管與他們金融界夥伴合作，利用抵押或是發行公司債向銀行借來巨額的資金，然後通常是以強迫性的方式，從公開股東的手中買下公司。而對於目前的梅耶洛夫企業來說，最大的公開股東當然就是克萊爾集團。喬瑟法要能夠對梅耶洛夫企業進行融資併購的先決條件，就是他們必須能夠先掌握住梅耶洛夫企業內部高層主管的意見。這並不是一件太容易的事情，主要的原因，不外乎是來自於克萊爾集團的干預。一般而言梅耶洛夫企業的執行長是依循過去的慣例，由內部投票產生的，然而受到克萊爾集團的融資控制之後，這個由企業內部投票產生的執行長仍必須經過克萊爾集團的審核與同意，他的職位才得以正式生效。這並不是成文規定，但克萊爾集團的強勢干預不僅對梅耶洛夫企業的內部風氣、更對決策方向產生了巨大的影響。其中最惡名昭彰的，毫無疑問就是克萊爾集團的前任總裁沁迪克了。現在人們所認識的沁迪克，是個老奸巨猾又容易暴怒的老年人。他的一生都為克萊爾集團工作，待在克萊爾的時間至今已經超過四十個年頭，自他上任總裁職位後，直到退休的那一天爲止，在任的期間成功的使克萊爾集團的經營規模快速擴張至原先的十倍以上，他非常以自己的年資與功績爲豪，時常滔滔不絕地掛在嘴邊，只要一有任何事情無法順著他的意，便會暴怒如雷地大聲斥喝手下，告訴他們：

「我過去隨便一件案子爲公司賺進的錢財都任你們一生揮霍也花不完！是兔崽子的就別想教唆我如何做你他媽的蠢生意！」

沁迪克的總裁脾氣很難不令人直覺地聯想到克萊爾集團的創始人金恩・拉塞佛德，這種幾乎就像是天性遺傳般的「權大暴躁」風氣，也根深蒂固地被認爲是克萊爾集團典型的企業形象。然而即使如此，權傾一時的沁迪克也有著卑微的過去。在沁迪克還沒當上總裁之前，也就是克萊爾集團的創始人金恩・拉塞佛德還在世、並且仍大權在握的時候，認識沁迪克的人都並不十分看中他。那時候的沁迪克，是個「凡事都只會點頭」的假笑乖乖牌，而爲了保持一副清潔好看的笑容，老菸槍的沁迪克甚至定期去做牙齒美白。在公司裡，沁迪克不但從不對任何人造成威脅，而且是個超能的好助手！因此雖然大家都沒把他看在眼裡，不過卻每個人都很喜歡他。在沁迪克還沒掌權之前，時常有較他資深的主管喜歡一邊親切地拍著沁迪克的肩膀，然後笑著對他說道：**等我升遷到哪個哪個職位的時候，我就任命你當什麼什麼職務，你說如何？**而想也知道，這其中的「什麼什麼職務」，通常指的都是那種很重要的副手的職位。

沁迪克一向非常善讀人心。在公司裡，他那猶如招牌般唯唯諾諾的假笑、與無人能與之匹敵的勞苦功高，終於在金恩．拉塞佛德開始思慮退休與接任人選的時期裡，顯現出無可比擬的優勢，成了他最大的利器。首先，金恩．拉塞佛德討厭太過於愛表現而無法顧全大局的人，於是當時沁迪克的許多位上司都因此喪失了資格。而克萊爾集團當中也有不少因爲家世背景與父母人情獲得高位的主管，這些人雖然表面上平時很受金恩．拉塞佛德的照顧，但也絕對不會是適合宜人選。沁迪克當時只是高階主管中少數較爲資淺的一員，一般而言，也不會有人想到他居然有著「一舉攻頂」的野心；就算眞的有人腦中閃過了這樣的念頭，恐怕也不會將沁迪克的勝率當成一回事兒來看待。沁迪克知道，自己距離接任克萊爾集團總裁一位，不論各方面來說都差了臨門一腳！而且是很大的一腳。金恩．拉塞佛德喜歡他的部下都像是兒孫們般聽話受教，同時又要顯現出足以領導群雄的超凡能力。而沁迪克直至此刻爲止，唯一還沒有讓金恩．拉塞佛德看到過的，正是他將如何運作一個組織的高明領導智慧。不過問題是，要能讓人看見你有這種智慧，還眞得靠一些機運，不是隨時想要展現，就能有機會讓你展現出來的。彷佛受到幸運之神的眷顧，在當時的克萊爾集團中，沁迪克就遭遇了這樣子的機會。

對於克萊爾集團而言，在金恩．拉塞佛德正式退休之前的這幾年，可以說是整個經營史中相當不順遂的一段時期，各種使公司內部具有決策勢力的兩派人馬一步步走向分裂的事件逐一襲來。而隨著金恩．拉塞佛德退休的年限逼近，原本檯面下暗潮洶湧的情勢，也愈繃愈緊，終於隱藏不住而爆發了開來。

沁迪克從他二十出頭的小夥子年紀就受到引薦，進入克萊爾集團中擔任主管助理的工作。當時引薦沁迪克的，是他的大舅父沁畢爾。沁畢爾與金恩・拉塞佛德系出同門，過去都是舊政府的官員。所謂舊政府，指的是全球共和聯邦政府的前身，奧延福拉克軍政府。像他們這樣來自於舊政府人脈體系的人馬，稱之為「直派」，意指開山元老、直來直往與軍事作風之意。而在直派之外，還有另一群來自於銀行、金融業的勢力，則稱之為「金派」。金派的人大多原本就是資深的銀行家、或者專業的金融理財人員，不同於直派粗枝大葉的軍閥風氣，他們多半穿著講究，說話文雅，喜歡安靜的休閒活動而不好荒誕的享樂行為，做起事來按部就班、一絲不苟；用句金恩・拉塞佛德的話來形容，就是「把自己黏在所有的行事曆上頭」。講白了，金派是典型的雅痞，高度專業的知識份子；而直派則比較類似喜好用魄力來撐場面的濫權軍閥。因此，難以避免的，兩派人馬都互相看彼此很不順眼，在公司內許多決策討論的場合上，雙方的衝突也日漸擴大。而在這樣尖銳對立的企業環境下，沁迪克雖然系出直派，他的乖乖牌脾氣也使他頗受直派上司的重用，但是在私底下，由於年齡相仿，沁迪克也與許多金派的同僚極為交好。

當時的克萊爾集團中每個人都知道，直派高階主管們的濫權行為，幾乎是無法無天！除了金恩・拉塞佛德本人之外，根本無人能管束他們。其中直派主管的老大哥，也就是沁迪克的直屬上司修雷，嘴邊最常掛著的一句名言就是：

「我們有我們自己的法律，其他的都是狗屁。」

修雷非常喜歡炫燿自己「瞞天過海」的眾多高明事蹟，他在晉升爲主管階層之前曾做過小會計，能夠看得懂基本的會計財報，因此他也很得意地教導沁迪克如何在財務報表上動些手腳，就能掩飾績效不彰的問題。在直派當權的克萊爾集團內，僞造財報來冒充業績以詐領獎金這種事情極爲普遍，大家都已經司空見慣了，耳濡目染之下，甚至也不認爲這麼做還有什麼不對。當時的情形就像是，由於幾乎每個人都作弊，因此若是有任何人堅持不願作弊的，反而會遭到旁人的栽贓與陷害。能夠進入克萊爾集團的人當然都不是傻瓜，他們個個都是以有著聰明絕頂的頭腦著稱。因此，入境隨俗，理所當然也就成了一種基本的禮節。

然而，世界上難免還是會有不懂禮節的傻瓜存在的。與沁迪克差不多同期進入克萊爾的同僚之中，有位名叫戈拉索瓦的財務分析師，由於他的工作就是必須以「正確的」財報數據做出「正確的」投資評估，因此以「正確的」行爲感到驕傲的戈拉索瓦，對於公司內直派主管不堪入目的僞造財報行爲，幾乎是毫不掩飾地表現出自己極度厭惡與不屑之情。想也知道，戈拉索瓦的人際關係自然猶如南極的冰層，誰也不會想要主動地去靠近他。戈拉索瓦一次基於「必要的」狀況下，直接地向金恩・拉塞佛德報告了某些直派主管僞造財報的行爲；畢竟他難免也必須爲自己時常「拿不到正確的數據」這樣的缺失，提出個有效的理由。金恩・拉塞佛德相當震怒，一連訊問了被戈拉索瓦點名的四名主管，並且二話不說，立刻就將他們通通都革職了。一時之間，僞帳風波（正確來說，應該是「僞帳被揭發」風波）轟動各部門，金恩・拉塞佛德開除了那四名主管之後，還下了命令叫稽核部的組員對各部門業績造假的事件進行徹底調查。直派掌管的各大部門人心惶惶，因爲凡是知情的人都明白，這並不是「還有多少假帳」的問題，而是到底還有哪一次的帳「沒有被動過手腳」。戈拉索瓦本來就不是個討喜的傢伙，更因爲這次的事件而樹敵無數。沒幾個月之後，他就遭人檢舉，指出戈拉索瓦個人的銀行戶頭裡出現了一筆爲數龐大的現金流動；而好巧不巧地，這筆資金的額目，又正好與當時他負責的一票投資案有著緊密的對價關係。經過兩年的訴訟，戈拉索瓦被捷魯歐最高法院以侵占公款、僞造文書、僞證罪等數項罪名，判處二十年有期徒刑。戈拉索瓦啷噹入獄，而在這次的訴訟中被他所牽連的一位名叫托勒米的金派執行主管，雖然從幸運地從官司中全身而退，沒有惹上牢獄之災，不過卻也理所當然的被公司開除了。托勒米與沁迪克的交情還算不錯，是公司中少數能說個幾句眞心話的朋友。沁迪克明白托勒米的無辜，對於幫不上好友的忙也感到有些難過，因此即使托勒米業已離職，沁迪克仍幫助托勒米執行了他的股票選擇權，讓他大撈了一票。

開除托勒米其實最一開始是修雷的意思，修雷是典型的批鬥者，對於剷除金派的勢力不遺餘力。不論是戈拉索瓦也好，托勒米也罷，凡異己者皆爲害蟲，能多殺一隻就是一隻，豈有可能讓一個人在被開除之後，還靠著股票選擇權大賺公司一筆錢的道理！修雷怒不可遏地拍著桌子大吼，沁迪克卻一臉平靜地回答說道：

「讓他執行股票選擇權是完全合法的事情，不讓他執行的話，反而是我們違法了！」

「你這是什麼鬼話！」修雷惱羞成怒地罵道：「這裡是克萊爾！我們有我們的做法！」

沁迪克搖了搖頭，沒有同意修雷的話。師徒之間的緊張情勢終於勃然變色，一夕爆發。與修雷的決裂，意味著沁迪克脫離了直派。但是他也幸運地立刻獲得了金派同僚一面倒的支持。沁迪克告訴支持他的同事們說道，現在情勢是不可能挽回的了！如果不能先發制人，那麼就會全盤皆輸。而要贏得這次的鬥爭，就必須要爭取到董事會的支持。他指示同僚們必須要向董事會暗中拉票，爭取到下一任的總裁任命！若非如此，克萊爾集團永遠都脫離不了直派的掌控。沁迪克從直派的小嘍囉搖身一變成爲金派的領導者，他們暗中活動了起來，以各種不明顯的方式開始有效率地拉攏董事會。

其中最重要的一位董事，就是金恩・拉塞佛德的兒子，也就是當時身爲執政黨領袖之一的聯合黨榮譽主席，賀菲斯鈞。賀菲斯鈞本身是個相當弱勢的人，不過他的意見對於金恩・拉塞佛德而言，比其他董事所說的話都更受重視。所幸，賀菲斯鈞和克萊爾集團內直派的主管並不是太親近，他本人也是個雅痞，沁迪克看準這點，投其所好，於是多次在許多場合中與賀菲斯鈞「不期而遇」，並且相談甚歡，然後更熱絡地介紹自己身邊同爲克萊爾主管的金派同事給賀菲斯鈞認識，邀請他參加他們定期舉辦的品酒聚會。賀菲斯鈞是個癡狂的酒迷，很快地就著了道，與沁迪克一幫人融成一片。他還感嘆地說道：

「我雖然身爲董事，但我一直以爲克萊爾集團內都只有我父親下頭那些商業流氓樣兒的人，沒想到還有你們這樣高雅的人在，眞是太令我感動了！我一定會在董事會大力支持你們的，時代在改變，克萊爾集團不能還是像以前那個樣兒！」

如沁迪克所預期的，賀菲斯鈞的支持成爲金派勢力在董事會中的一把利刃，大幅影響了金恩・拉塞佛德與整個董事會的看法。而一人之下萬人之上、當慣了老大哥的修雷，由於對董事會的意向推估太過於鬆懈，並沒有如沁迪克這般進行緊鑼密鼓的拉票行動，加上沁迪克有計畫地透過各種安全的管道，像是讓妻子主辦董事夫人聚會時的無意言談等，不斷向董事會揭發出直派主管過去十多年來罄竹難書的濫權行爲，使董事會對修雷大爲不滿。終於到了金恩・拉塞佛德退休前的一個月，他不但開除了修雷等一票濫權的直派主管，更向董事會公布了提名的總裁接任人選。歷時一年半的內部鬥爭，沁迪克幹掉了他的老長官，成爲董事會一面倒支持的總裁人選，順利接掌了克萊爾集團。

全面當家之後的沁迪克有如脫胎換骨，再也不是那個滿臉怕事假笑的吳下阿蒙。他終於顯露出狡獪刻薄的本性，大刀闊斧地進行了一場人事整治，徹底清除了直派的舊勢力，使克萊爾集團不再只是爲了支持聯合黨而存在的財團，反而開始逆向操縱聯合黨的政策走向。有了政治力的幫助，就沒有什麼什麼事情是無法掌控的了。克萊爾集團自此經營方向大變，成爲了眞正萬事利爲先的超級財團。而克萊爾集團的改變，無法避免的也改變了當時由哈德威執政的聯邦政府。從聯合黨的核心系統中崛起的哈德威本人，是二十二世紀以來不論各方評論都公認最「適任」的聯邦總理，他原本應當有著宏偉的善治願景。然而盡受各方愛戴的哈德威，卻在西元二一一九年卸任總理之後沉潛撰寫的自傳《執政論》中，感嘆地說道：

「**而到了最後，『政府』也只不過是個隸屬於頂層企業之下的公共事務部門。**」

顯然地，就連善治長才、並且貴爲全球元首的哈德威都有此感嘆，實在不難想像當時沒有公權力支撐的其他企業環境，會是個什麼樣的光景了。原本就深受克萊爾集團融資牽制的梅耶洛夫企業，更是猶如殖民地般毫無主權，凡事都得向克萊爾集團「請命」過後才能執行，使梅耶洛夫家族的元老董事們感到相當不爽。喬瑟法爲了改善梅耶洛夫企業惱人的主權問題，曾試圖從克萊爾集團手中搶回梅耶洛夫企業的總裁職位，他首先動用關係，使梅耶洛夫企業先虛設一個「副總裁」的職位，然後安排好友費洛里空降爲梅耶洛夫企業的副總裁。費洛里在業界中是個名氣響亮的政商掮客，他也曾經在克萊爾集團中任職超過四年的時間。喬瑟法認爲費洛里這樣的經歷有助於消弭沁迪克的戒心，而梅耶洛夫企業的董事會也非常喜歡這位說話圓滑又穩重、如氣象球般反應靈敏的費洛里。就這樣，費洛里擔任梅耶洛夫企業的副總裁兩年後，董事會很爽快地進行了提案與表決，決定任命費洛里晉升擔任梅耶洛夫企業的新總裁，而來自於克萊爾集團的前任總裁，則以績效不彰的理由不再續聘。

隔天，費洛里的任命案一到了沁迪克的手裡，事情立刻就產生了變化。沁迪克雖然知道費洛里曾在克萊爾集團工作的經歷，而且職位不低，待在克萊爾的四年中他都是績效第一的中階業務主管。然而，沁迪克還是對費洛里任職梅耶洛夫企業總裁一事感到反感，因為費洛里這個人親喬瑟法的立場實在是太鮮明了，他們兩人從大學的時候起就是一起辦社團的老朋友。沁迪克也很不喜歡喬瑟法，他知道喬瑟法表面上悶不吭聲，把自己搞得一副無心事業的紈絝子弟樣，暗地裡卻也是個狠手，一直等待著能夠奪回梅耶洛夫企業的時機。金恩・拉塞佛德是喬瑟法的親舅公，然而喬瑟法與沁迪克毫無交情，也沒有血緣關係，除了融資合作之外毫無瓜葛，也不是會互相欣賞的類型。沁迪克從一開始就對喬瑟法很不放心，他絕不會眼睜睜的平白放過費洛里的任命案。

因此，即使費洛里的任命案有著健全的法律基礎，沁迪克還是開始強制動員股東會針對費洛里任職梅耶洛夫企業總裁一事，投下不信任票。他一連親自打了好幾通電話直接怒斥梅耶洛夫的幾位主要股東，甚至拿出種種威脅，如大動作的抽資、或者故作仁慈樣地用著令人寒噤的語調說道：

「你知道的，我的老朋友，現在的情況是，其實我隨時都可以併購梅耶洛夫企業！」

當時還羽翼未豐的喬瑟法，沒有想到沁迪克的反應竟會如此激烈，包括他自己與多位梅耶洛夫企業的股東，甚至連幾位幫忙處理事情的法律顧問都遭到了沁迪克的電話恐嚇。喬瑟法一次在電話中和費洛里談論到沁迪克的時候，忍不住諷刺地說道：

「我的天哪！這老傢伙難道是處男嗎？他到底是欠缺了哪種營養！」

從那之後，「老處男」就成了梅耶洛夫企業主管之間，談論沁迪克時所專門使用的代號了。而在「老處男」的猛烈施壓下，最後費洛里知難而退，或者應該說是喬瑟法知難而退，讓費洛里離開梅耶洛夫企業，轉任子公司捷魯歐私人銀行的執行長。而「老處男」，則仍然惡霸地把持了梅耶洛夫企業的人事任命、與多數的決策權。

喬瑟法坦白地讓貝士基特知道梅耶洛夫企業內部有著這樣的困難，他要貝士基特「想想辦法」，並且還派出傑諾瓦去盯著貝士基特。這樣的舉動讓貝士基特感到有些不悅，因爲這根本就是將梅耶洛夫企業內部的燙手山芋丟給貝士基特去處理。對於北聯金控而言，他們不但得先借錢給梅耶洛夫企業，這筆融資在兩家合併之後還不見得全部拿得回來；而現在，連合併的實際進度都還沒個譜，還竟然得幫梅耶洛夫企業去處理他們內部人事上的棘手問題！這眞是太不合理了。喬瑟法的意思非常清楚，他不要自己淌混水，所以希望由北聯金控這一邊來扮黑臉。簡直就跟拿槍指著貝士基特的頭沒什麼兩樣！因爲喬瑟法知道，貝士基特是無論如何也想要得到梅耶洛夫企業。唯有與梅耶洛夫企業合併，他們才能保障北聯一派對於聯邦政府的影響力不會隨著物流本位的興起而衰微。所以，喬瑟法有籌碼，發球權，在他的手上。

被派去「盯著」貝士基特的傑諾瓦，當然也明白貝士基特心裡不舒服。爲了使進度順利的進行，他也「順便」對貝士基特進行了觀點上的誘導遊說。這並不困難，因爲貝士基特本來就非常了解事態的意義。喬瑟法非常希望能讓費洛里再度回到梅耶洛夫企業總裁的位置上，他很厭惡現任的梅耶洛夫企業總裁菲爾德。菲爾德是從克萊爾集團空降過來的馬屁蟲，他對梅耶洛夫企業做出每一個重大決策，全都是以圖利克萊爾集團爲目的。有時甚至不是圖利克萊爾集團，而是沁迪克個人。

傑諾瓦向貝士基特說明，如果讓菲爾德這樣的蛀蟲繼續待在梅耶洛夫企業裡，那接下來的每一步動作都會完完全全的被沁迪克所掌握，如此合併案就不可能成功，甚至最壞的狀況，就是克萊爾集團會再度增資，他們只需要非常少的增資，梅耶洛夫企業就會正式被併購了。傑諾瓦也告訴貝士基特，就是因爲喬瑟法本人沒有辦法去除掉菲爾德，不得之下才希望借重貝士基特之力的。這可以爲他們兩家未來的合併之路鋪下良好的合作基礎。

貝士基特沉吟著說道：

「我知道，我們其實需要比現在更爲穩固的基礎。但是要由我這樣的外人出手去拔除像菲爾德這樣的人，實在也太強人所難了！」

「一點也不難，我的朋友！」傑諾瓦高興地笑道：「就因爲您是外人才好出手，一切的動機都可以用『商業利益』來解釋，這才是最容易的路線啊！」

「問題是，你想想，傑諾瓦先生，」貝士基特說道：「我現在是北聯金控的總裁，北聯金控的總裁要去拔除梅耶洛夫企業的總裁這種事情，不覺得光聽都很荒謬嗎？北聯金控的總裁爲什麼要去拔除梅耶洛夫企業的總裁？你懂嗎！我一旦出手，克萊爾集團馬上就會知道我們心裡的算盤了！」

「呵呵呵哈哈！您眞是愛說笑！」傑諾瓦說道：「辦法不是多的是嗎？有誰不知道北聯金控常以贊助的方式栽培了多少優秀的政治人物呢？您未免也太見外了！太見外了，這樣不好呢！柏爾先生。」

傑諾瓦說起話來笑裡藏刀，他是職業的說客，經驗又比貝士基特老到許多，貝士基特根本說不過他。傑諾瓦回去之後，貝士基特在心裡暗自衡量了許久，然後打了電話給洛維特。洛維特也同意傑諾瓦的意見，他認爲這個時候如果不出手，極有可能就會喪失能夠與梅耶洛夫企業合併的良機，雖然即使出手也有風險，不過相對之下損失小了許多。洛維特說道：

「這事情只找富特・白森耶恐怕還使不上力，你得叫白森耶去找更上頭的人。」

「我明白了。」貝士基特說道。

掛上與洛維特的電話，貝士基特考慮了一會兒，終於還是打給了富特・白森耶。近幾年來白森耶在國會中聲勢漸入佳境，靠著雄厚的大嗓門與優秀的文膽而愈來愈活躍，白森耶的文膽，也就是當初米斯帝替他組的幕僚團隊中原始成員之一的克勞士，與米斯帝同樣是聶黑流道夫學會出來的人。富特・白森耶接了電話，一聽是貝士基特，聲調馬上高昂了起來，一開口就邀請貝士基特參加他規劃舉辦的慈善活動。貝士基特笑著應付了兩句，然後直接切入正題，說道：

「富特，我們需要有人去向梅耶洛夫企業施壓，但是必須保密，你有辦法嗎？」

白森耶聽了，沉默了一會兒，露出不太肯定的語調說道：

「你們是想換掉菲爾德，還是只要讓他聽話就行了？」

貝士基特也停頓了一下，在心裡猶豫了幾秒鐘，一邊思考著一邊說道：

「最好是能把菲爾德換掉，然後讓費洛里上去……」

「噢！噢噢！這是不可能的！太明顯了，貝士基特！」貝士基特話都還沒說完，白森耶就立刻打斷說道：「換成費洛里！你們是打算和梅耶洛夫合併嗎？那麼爲什麼不叫喬瑟法那人妖去找讓梅葉呢？他們那幫人最近關係挺好的，你知道的，讓梅葉和凱恩斯是什麼關係！」

「等等、等一下，富特！」貝士基特連忙打斷白森耶連珠砲般的意見，嚴肅地說道：「公司間的事情我不方便多說，我只問你一句，你剛剛提到凱恩斯，你有辦法去找凱恩斯談嗎？」

「我去找凱恩斯是沒問題，」白森耶說道：「不過要我去談這事兒，人家是高高在上的財政部長啊，他那脾氣恐怕不會答應。」

「我可以讓文森特跟你一起去，這樣如何？」貝士基特說道。

白森耶沉吟了一會兒，低聲說道：

「嗯，如果文森特有上級的指示……啊，你知道的貝士基特，上級不是指你，是說文森特現在的……」

「我知道，當然是說希洛・道夫。」貝士基特說道：「那麼我請文森特去找你，看看你們什麼時候去跟凱恩斯吃個飯？」

「這個我辦，這容易！」白森耶說道：「不過你還是得定個標準，貝士基特，要換成費洛里是不可能的。我認爲就連要換掉菲爾德都很困難，而且你明白，連我這麼老實的人都猜想到了，一旦動作起來，那肯定是會打草驚蛇，你們也不願意吧？」

「千萬不能打草驚蛇！」貝士基特說道：「所有的成敗都在於突襲！」

「是啊！」白森耶老神在在地說道：「所以依我看，就照最簡單的，只要讓菲爾德聽話就行了。只要最後的目的達成，你們什麼時候想換掉他都不是問題，重點還是在於執行的速度與效率，是吧？你同意嗎？」

「好吧！就這麼辦吧。」貝士基特平淡地說道，實際上這也是他心裡預想的結果。白森耶聽了很高興，像是鬆了一口氣，興高采烈地說道：

「沒問題，就這麼辦！放心，那傢伙很容易搞定的！我是說菲爾德。」

「那就拜託了！」

貝士基特也覺得鬆了一口氣，他知道白森耶是說了就會做的人。過了幾日，文森特從捷魯歐打了電話過來，告訴貝士基特他們已經和凱恩斯談過了。文森特帶來了好消息，但是他的情緒卻顯得很憂鬱。貝士基特問道：

「那麼凱恩斯的反應呢？」

「他答應會去向菲爾德施壓，」文森特說道：「但是貝士基特，我很擔心，不換掉菲爾德眞的很危險，爲什麼我們一定要走這種被別人控制的道路呢？想要吃下梅耶洛夫企業應該還有其他更好的辦法才對，你怎麼不先跟我商量？你曉得捷魯歐市政府正打算要出售獨立銀行的事情嗎？」

「獨立銀行規模很小，文森特，重點是，」貝士基特感到有些心煩意亂，說道：「現在事情都已經進行到這一步了，如果不讓白森耶把事情幹完，那傢伙絕對守不住祕密。我們就這樣吧，先這樣看著辦，看看接下來菲爾德會不會聽從喬瑟法的意思來和我們進行融資併購再說。萬一他真的不做，其實真的頭大的應該是喬瑟法。獨立銀行這邊我們可以當成備案來打算，但是要同時進行兩樁併購案不可能，太勉強了。」

「好吧，那麼現在的狀況就變成，」文森特說道：「我們還必須防範資訊會被洩漏，恐怕最後克萊爾集團會硬是要來分杯羹。」

「文森特，他們不會的。我說，菲爾德那傢伙應該不敢。」

貝士基特很大膽地下了定論，叫文森特不要杞人憂天。文森特嘴上應付，但掛上電話後心裡還是很擔憂，他感覺到貝士基特最近這幾年好像做事變得比較沒條理了，不像過去那樣總是嚴陣以待。前前後後考慮了一陣子，文森特決定採取防備計畫，將這整件事情告訴了現任貝魯特投資公司執行長的約瑟夫，要約瑟夫盯緊梅耶洛夫企業的融資案。

過了幾天，受到財政部長凱恩斯施壓的菲爾德，帶著有些漫不經心的態度聯絡上了貝士基特，梅耶洛夫企業終於正式進入融資併購的程序。貝士基特與菲爾德商量後決定了梅耶洛夫企業股價的新價格，由於喬瑟法堅持不能使用股票或是債券，因此菲爾德只能採用最保守的出價，只將梅耶洛夫企業原本的每股價格提高五元，並且與貝士基特商討了貸款事宜。菲爾德也告訴貝士基特，他必須開始私下通知董事會分析融資併購的提案，但還不會告訴他們新的價格。菲爾德是個有著粉紅色圓潤臉頰的中年人，他的態度柔軟，雖然看起來不怎麼勤快，但這慵懶的特質反而讓貝士基特覺得很有信心，便答應讓菲爾德照他的意思去做，並且還好心地提醒菲爾德要記得提早準備合併協議。一切事情似乎都進行的很順利，除了貝士基特有天洗澡的時候，突然摸到他的脖子上有塊花生米大小的腫瘤之外。這塊腫瘤其實很早之前就存在了，只不過先前腫塊比較小，像是隱藏在肌肉之間的纖維水囊，不怎麼引人注意，貝士基特和這顆小腫塊和平共處了三十多年。然而最近，始終很安分守己的腫塊卻突然明顯的變大了，硬度增加，使貝士基特的脖子左側看起來有些微凸。貝士基特感到不太安心，於是抽空到醫院做了檢查，醫生告訴他是普通的肌肉纖維瘤，沒有什麼大害，不喜歡的話可以開刀切除，不過不想開刀也不會有什麼影響。貝士基特聽了很是高興，放下了心中的大石頭。他心裡惦記著合併案的事情，實在不想在這個節骨眼兒上住院開刀，檢查結果也說沒問題，便將腫瘤的事情拋諸腦後，隨意擱置了。

隔天一早，貝士基特吃完早餐，正要回公司忙處理併購案的事情時，卻看到財經早報上頭條大剌剌的寫著：

克萊爾擬再度增資，梅耶洛夫家族經營傳統恐不保！

貝士基特心臟差點兒沒爆開，他怒喝著打電話給菲爾德，劈頭就問道：

「這是怎麼回事？你都對股東會說了些什麼！」

菲爾德似乎是被貝士基特罕見的怒吼給嚇了一跳，他抖著聲音，哀怨地說道：

「我只說了我該說的啊！我可沒有提及新的價格。貝士基特，這是理所當然的事情不是嗎？克萊爾本來就一直打算要增資，他們聽到我們要融資併購的消息，當然就會加快增資的腳步了，這不是原先就都知道的事了嗎？只要我們的融資案進行得比他們的增資案快速就可以了，而我們的進度是下星期就可以執行了，絕對是勝券在握的，我真不知道你是在生氣什麼！」

「太慢了！下星期太慢了！」

貝士基特怒吼了起來，接著，就在他生氣地發現身邊竟然沒有一個可以討論的人的時候，突然間雙眼一翻，顏面一陣痙攣。貝士基特身體不聽使喚地往側邊摔倒在地，他感到頭腦一陣昏眩，意識不情願地往下墜落，陷入了一片人生中空前的巨大黑暗。

第九章　旋轉的螺舞者

貝士基特從朦朧的吵雜聲中悠悠轉醒，四周忙碌的聲響逐漸從模糊中變得清晰，試著分辨了一會兒，知道自己人在醫院裡，並且躺在病床上，似乎是正在被急救。他感覺不到自己的四肢，不過眼睛卻能夠慢慢的睜開，嘴巴也稍微能夠蠕動著發出一些微弱的聲音。然而即使如此，四周的環境實在是太混亂了，根本沒有人想要停下來仔細聽他說話。

轉動眼珠向四周打量，貝士基特赫然發現自己是躺在一間一般急診病房裡，這讓他覺得有些吃驚，心裡感到不太高興。他認爲，至少是在鳩擇市，自己應當享有不同於一般民眾的基本禮遇！例如說至少是安排在安靜的單人病房中，獲得優先的照顧與診療等等。思及至此，貝士基特才接著意識到，四周如此人手混亂、忙碌不堪的原因，原來並不是出自於自己的身上，而是由於他身在一間十人共用的急診病房當中。幾分鐘前，貝士基特剛醒來的時候，他的身旁確實有兩位年輕的醫護人員在他身上摸摸弄弄，做了些基本的診療動作，不過現在早已不見蹤影。病房中穿梭著其他十來位醫護人員與情緒麻煩的病患家屬，將這間歇斯底里的急診病房襯托得更加烏煙瘴氣。貝士基特感覺到呼吸時空氣嚴重缺氧，病房中有種奇怪的氣味，說不上是藥水味還是某種消毒劑的味道，仔細分辨的話，其中還夾帶著一種濃重混雜的生物體味，微甜帶腥，有種腐臭的騷味；或許是某人的嘔吐物，也或許是某個病患失控流淌的帶菌體液。病房裡的空氣並不暢通，氣味像是徘徊的幽魂般對著貝士基特露出嘲笑的聲音，慘白顏色的病房燈光猶如幻影般浮動了起來，在狹隘的空間中迴響著。貝士基特抬眼往上頭一看，自己的床頭一旁吊了兩袋大大的廉價點滴袋，其中一袋是葡萄醣，另外一袋的標籤則被遮住了，看不見字。貝士基特已經完全清醒，他沉默了一會兒，覺得實在是受不了這間不像樣的病房，決定叫醫生給他換個清靜的地方。

貝士基特叫了幾聲，病房裡有許多護士，不過他的聲音太微弱，很難傳達到一公尺以外的地方。加上四周本來就吵雜，甚至有幾個患者家屬一言不合起了爭執，怒火陡升，當著眾人的面就開始叫嚣對罵了起來，說什麼也互不退讓。旁人看不過去而上前勸架，卻很爽快地啪的一聲就被揮了一巴掌；情況變得有些失控，驚動了外頭的醫護人員。貝士基特趁著正好有位實習醫生經過他身旁的時候大叫了一聲，實習醫生注意到他，終於走上前來關切一下情況。他看看貝士基特的病歷表，說道：

「您好，柏俺鹹生，現在感結怎麼樣呢？」

貝士基特愣了一下，心想，這是哪門子鄉音啊？

實習醫生見貝士基特不說話，以爲他沒有會意過來，便接著說道：

「您還好嗎？柏俺鹹生？這裡似醫院，我似實習醫師尼博。您似今天早上在家裡昏厥之後被緊急送醫的，有印象嗎？」

實習醫生尼博的粗鄙鄉音令貝士基特忍不住皺緊眉頭，他直覺地想點頭，卻發覺自己沒有辦法點頭，於是虛弱地說道：

「尼博醫師，請你幫我換個病房，請幫我換到安靜的單人病房，這裡實在太混亂了。還有，我要見我的主治醫師。我的主治醫師是誰？」

「噢！」尼博很天眞的噢了一聲，露出一種奇怪的神色說道：「您的主治醫師似榭爾納醫生，他已經下班了，人不在醫院裡喔，嘿嘿。」

貝士基特等了一會兒，他認爲尼博的話應該還沒有說完。然而尼博卻一臉假笑，嘿嘿兩聲之後便伸手把貝士基特的病歷掛了回去，轉身就要離開。貝士基特好不訝異，有些惱怒地提高了聲調說道：

「喂，這位醫師！我說我要換病房，你有聽見了嗎？」

尼博轉頭回來看向貝士基特，再度露出了那種奇怪的眼神，皺著眉頭說道：

「眞抱歉，柏俺鹹生，您今天就先在這邊休息吧！今天我們醫院的病房早就都已經客滿了，您現在要換病房也似沒地方可以換的。不用擔心，明天一早榭爾納醫生就會來看你的。」

無視於貝士基特的錯愕，尼博甩了一下捲成一團的毛絨短髮，瀟灑地往隔壁病房走去，他其實是負責隔壁病房的夜班醫生，只不過是由於方才這邊有病患家屬起了爭吵才走進來觀看情況的。

貝士基特再度被丟棄在怪味沖天的病房裡，明明是吵雜擁擠的狹小空間，然而貝士基特卻感覺到一陣空前的孤立。他覺得自己好像被錯扔進了一個不屬於正常世界的人渣垃圾桶，老鼠、蟑螂之輩都正忙得不亦樂乎，他們在病患的身周翻箱倒櫃，期望伺機獲得一頓腐肉大餐。貝士基特搞不懂的是，自己爲什麼會被扔進這個垃圾桶裡！早上在與菲爾德的電話中昏倒之後的事情，貝士基特根本無從知曉。他不知道自己是怎麼被送到醫院來的，也更無法理解像他這樣的大人物，是的，貝士基特在心裡強調：有頭有臉的大人物！像他這樣應當受人崇敬的身分地位，爲什麼居然會被丟在一間充滿穢物氣味的急診病房中呢？這些人難道不認得他嗎？不，不可能！貝士基特相當篤定，因爲兩年前，他的父親裴斯．柏爾就是在這間紐賽納醫院過世的。加上貝士基特在報章雜誌上的曝光率之高，至少在鳩擇市裡，不可能還有人不認得他。貝士基特心裡煩躁了起來，覺得四肢末端都有種不耐的搔癢感覺，很想動一動來紓解一下僵硬的不適感。突然間，貝士基特想起方才剛醒來時根本感覺不到自己的四肢的情況，心裡不由得抖了一下。有些恐懼地試著用力伸了一下雙腿，接著，從一陣麻痺的刺痛感當中，湧出了雙腿的存在。

「噢嗚！」

貝士基特忍不住叫了起來，這個感覺他可熟悉了。二十年前，他就是從這酸澀入骨的要命痛覺當中，咬著牙站起來的。如今，在這令人精神錯亂的人渣垃圾桶裡再度感受到這一股驚天動地的疼痛，反而讓貝士基特分外安心，猶如抓住了某種人生在世的現實。貝士基特從痛覺的層次表現上猜測到自己在醒來之前應該是被注射了止痛藥劑，藥劑令他的頭腦有些欣欣然。實際上，貝士基特持續服用巴爾頓製藥的海洛因止痛劑已經有二十年之久了，他從二十年前的那次墜機意外後，就必須終生與脊椎痛共同生活。二十年來貝士基特吃遍了各家廠牌的止痛藥，最後覺得還是只有巴爾頓製藥發售的海洛因止痛劑最有效。藥效一起來，貝士基特明顯感覺到心跳變得較爲緩慢，人也冷靜了，一股滿足的疲憊從腦門中不斷流出，溢滿了他的全身。手腳變得無力，接著呼吸也有些麻痺，但是胸口飄飄然，卻很舒服。不知是否感受到了貝士基特的知覺轉換，急診病房內原本擾人的患者家屬們魚貫離去，只留下安靜的病患獨享這充滿異味的夜晚。不久，醫護人員依照院方規定調整了室內的照明與溫度，成爲容易入睡的氣氛。貝士基特在昏暗的病房內努力睜大眼睛，然而依舊不敵睡魔，在藥效的愛撫下溫柔睡去。

深沉的睡夢，總是從兩個方向向人們襲來。猶如幻化於晨曦中出現的太陽，也似晦暗陰影中隱藏的月亮。它是金黃色的光芒，也是虛僞的黑影。貝士基特已經很久沒有駕駛飛機了，然而今晚，他是意氣風發的飛行員，是紐賽納河賽道飛行比賽的冠軍。他的邊緣540鮮豔得像是一架俏皮的玩具模型，在鳩擇市郊的廣闊空域裡時而浮游、時而加速翱翔。空氣的濃度有如海水般紮實，即使引擎停止，雙翼折損，貝士基特仍然能夠藉由死命地往下踢腿使自己保持在半空中。

「我絕對不會墜落！」

貝士基特在心裡無數次地如此說道，但是語調並不堅定，反而顯露出脆弱的惶恐。彷彿懷抱著惱人的不安，必須藉由不斷重複的語句來說服自己。貝士基特在反覆的夢境當中意識到了自己的恐懼，他脾氣一來，瞬間轉念想道：

「即使墜落了，我也仍是強人一等的貝士基特！」

瞬間，不知哪兒來的尖銳聲音打斷了貝士基特的漂游，一片震耳欲聾的黑影蒙上心頭，貝士基特頓時全身失去平衡，以仰躺之姿重重摔落地面，落地之後更不斷下沉……身體內外、四肢軀幹、乃至意識靈魂，全都遭受了不知名的力量綑綁，猶如被千萬隻地底的鬼手集體捉住，瘋狂地將他向下拖扯！貝士基特來不及脫逃，身體與意志都不聽使喚，他極力地同那些來自地底的力量對抗、掙扎著，肌肉因過度用力而開始了失控的顫抖，病床的鐵架也被搖晃得發出喀喀喀喀的聲響。貝士基特試圖使自己醒來，他發現了清醒的管道，於是奮力甩頭，大力左右搖晃身體，嘶吼著發出了不像樣的咆哮，直到把自己驚醒。當他確實地睜開眼睛，瞪著昏暗的病房天花板大口喘著氣時，才又再度回到現實，想起自己正躺在醫院的多人病房裡。如此誇張的咆哮當然也驚醒了病房內其他沉睡的病患，不過，卻沒有人多說什麼。過了一會兒，才有個老人的聲音從角落裡傳來說道：

「如果做了惡夢的話，就試著朝向左邊側睡吧。朝左側睡就比較不會做惡夢。」

貝士基特停頓了幾秒，突然意識到老人是在對自己說話。他餘悸猶存地又微喘了一陣子才稍微冷靜下來，緩慢地回答說道：

「那還眞是遺憾，我沒辦法翻身。」

「哦。」

老人簡單應了一聲，黑暗的角落又再度恢復沉寂。貝士基特仍然睜著眼睛向四處留意張望了一會兒，待情緒較爲平復，眼皮又變得沉重了起來，才又沉沉睡去。

翌日醒來，已經是早上九點多了。白亮的太陽光線從高處狹小的通風窗口照射進來，到了這個時間正好打在貝士基特的臉上。病房裡像是換了一整套場景似的，有著令人料想不到的朝氣。同時，不曉得是不是已經習慣了的緣故，貝士基特也沒再聞到前一晚那種令人窒息作嘔的氣味。

値班的護士見貝士基特醒來，便通知了醫生。隔了一會兒，一位相貌好看但卻神情冷漠的年輕醫師走了進來，渾身散發著一股有志難伸的抑鬱情懷。貝士基特一看他身上掛的名片，正是前一天那位口音奇怪的實習醫師尼博所說的榭爾納醫生。榭爾納醫生漫不經心地走到貝士基特身邊，隨手翻著病歷表，眼睛瞟著另外一張病床上的患者，一邊對貝士基特說道：

「柏爾先生，你中風了。但是情況並不嚴重，你可以不用太擔心中風的問題。不過呢，問題不在於中風，而是昨天早上你在家中昏厥倒地的時候，傷害到了頸椎。」

榭爾納醫生停頓下來，眼睛轉回貝士基特的臉上，彷佛是在確認他的反應。不過，貝士基特能有什麼反應？他根本聽得瞠目結舌，自己居然是中風了？這簡直不可置信，這種老人病怎麼可能發生在他的身上！榭爾納醫生繼續說道：

「我想你也知道，你的脊椎本來就有點問題，多處椎間盤嚴重突起，這次的意外使你頸椎部分的突起加倍嚴重，這個程度非動手術不可了，不然你以後什麼事情都別做，光痛就要你的命。你了解我的意思嗎，柏爾先生？」

「你說手術是……」

貝士基特簡直整個人都還在狀況外，榭爾納醫生便接著又說道：

「早上我和我們骨科醫師談過了，他剛好今天下午有個空檔，可以先幫你進行手術。只是常見的椎間盤突出部位切除手術而已，不是什麼大工程，你不用太擔心。」

「等、等一下，今天下午？」貝士基特有些驚嚇，榭爾納醫生竟然露出了不耐煩的神色，說道：

「是的。再拖下去也只會繼續惡化，懂了嗎！好了，那麼等一下會有人來幫你做準備，手術之前你只能喝流質的東西。」

榭爾納醫生用著像是交代學生要記得做垃圾分類似的語氣說完話，便無情地離開貝士基特，走到另外一位婦人的身邊開始問診。貝士基特錯愕至極，他滿腔不滿地對榭爾納醫生叫喚了幾聲，但卻沒人理會他。接著，實習醫師尼博從外頭走了進來，指揮了幾個醫護人員將貝士基特推離病房，送到手術準備室去待診了。

貝士基特被送離開病房之後，一個護士突然開口問道：

「喂喂，那個柏爾先生難道就是北聯金控的那個貝士基特・柏爾嗎？」

旁邊一個患者回答說道：

「世界上還有第二個貝士基特・柏爾嗎？」

「是喔，感覺眞差！」護士露出了一個不屑的表情，聳了聳肩說道。

榭爾納醫生聽見他們的對話，抬起頭制止了這名護士的行狀，護士掃興地閉上了嘴，低頭給負責的病患更換了新的尿袋。不過即使如此，患者與探病的家屬之間卻有志一同地帶著鄙夷的氣氛談論了起來。躺在角落因車禍而瘸腿的老人悶哼了一聲，搖搖頭說道：

「渣籽。」

然而，不論這些「局外人」對貝士基特的觀感如何，此時的貝士基特仍並不曉得，他四十年來誠如天之驕子的好運人生，正即將因爲這次的意外住院，而遽然生變。

醫院之外，北聯金控的每一間辦公室內，電話都瘋狂地響個不停。從昨日傍晚的記者會之後，整個鳩擇市的新聞界立刻陷入了一片狂熱的情緒。他們的眼神變得特異，生氣勃勃得有些異樣，相互交會的神情當中充滿著亢奮的張力，也會心有靈犀地對彼此堅定地點頭。繼三十年前買下鳩擇市，首創「企業併購政府」的正名先例之後，貝魯特投資公司又再度故技重施，以一筆天文數字的併購案震驚四座。雖然這次的併購對象並不是某個都市政府，而只是當今全球金融業三巨頭之一的梅耶洛夫企業；雖然這次的併購手段也並無創新之處，和過去同樣，都只不過是藉由發行鉅量的垃圾債券而進行的惡意併購；也雖然，這次驅使貝魯特投資公司狡獪出擊的幕後推手並不是裴斯・柏爾或者他的兒子貝士基特，而是一個非常受到重用的外人……總之，約瑟夫以迅雷不及掩耳的惡霸姿態，一腳踩進了梅耶洛夫企業家族經營的傳統，用垃圾債券一口氣收購了梅耶洛夫企業百分之五十八的股權。

約瑟夫的突擊令遭受損失的人暴怒跳腳，而其中跳得最大力的，當然就數喬瑟法了。他怎麼樣也完全沒有想到，梅耶洛夫企業的股東會裡面居然會有約瑟夫暗中派入的內線。約瑟夫早在二一三〇年底時，也就是米斯帝一開始向貝士基特提出「北梅集團」合併構想的時候，就已經盯上幾位梅耶洛夫企業的關鍵股東了。他有長達半年的準備期，各項條件都及早準備周全，只等一個合適的出手時機。從這方面來看，無怪乎他們能夠在克萊爾集團一大早公開發布擬向梅耶洛夫企業增資的當天下午，就立刻出手，從關鍵股東的手中取走梅耶洛夫企業的所有權。而更令約瑟夫竊笑的是，貝士基特居然正好就在這個緊要的關頭上突然中風，而且昏厥住院！由於當家的無法掌事兒，這會兒約瑟夫突擊梅耶洛夫企業的動機與名目，就意外地顯得浩然正大，無可厚非了。喬瑟法氣得橫眉豎目，拍著桌子在電話中怒斥著傑諾瓦，責問他爲何沒有盡到監控之實。然而突擊事件發生得突然，進展得太快，傑諾瓦也一時間理不清頭緒，難以清楚解釋。他只能在電話中盡量安撫喬瑟法，表示立刻會去找約瑟夫進行協商。

急著找約瑟夫說話的人，當然不只傑諾瓦。就在這一日，這位出身於聶黑流道夫學會的猶太生徒，儼然成了全球金融界的第一號人物。每個人都想找他說話，但是每個人都找不到他。併購的事實已定，約瑟夫在這個時候已經沒有必須回應外界疑問與請求的必要了，剩下的程序公司中自有專人處理。反倒是身爲主謀的他，最好先暫時人間蒸發一陣子，以免事情節外生枝。約瑟夫把事情往下交代清楚之後便休假一週，遠離鳩擇市與捷魯歐，帶著妻子與女兒到鄰近的微物市去度個短假。他感到志得意滿，彷彿人生從來沒有這麼美好過，就連一陣微風吹來，也能讓他醺然陶醉，嘆呼快哉。

到微物市度假，是約瑟夫的妻子莉亞的決定。這個以完備的先進醫療設施著名的醫學科技大城，有著視美容如命的貴婦們所無法抗拒的致命吸引力。憧憬頂級時尚的婦女之間流行著季節性的美容之旅，她們喜歡每兩三個月就來微物市小住一個星期，做些小整型、換張新的臉皮子，同時進行著使每個人都能得到自我滿足的社交聚會活動等。她們以計算每個人所挨的針筒與雷射手術的次數多寡來作爲相互比美的標準，以花費奢侈的人工美貌而自豪。約瑟夫的妻子莉亞正是其中的佼佼者，豐富的整形經歷使她在社交界享有美容女王的稱號，也幫助她獲得了一家熱門美容雜誌的美容顧問專欄工作，號稱爲「莉亞女王的時間」；而專欄作家的身分，則更使莉亞常在社交場合中扮演呼風喚雨的角色。

莉亞是個出名的享樂主義者，當然也極爲推薦約瑟夫應該要像她與他們的女兒一樣，在工作之餘好好的感受一下追求藝術生活之美才對。約瑟夫對妻子始終唯命是從，雖然他對投資工作的狂熱不在話下，但是吃苦長大的他，對嬌妻所倡導的奢華享樂主義，自是更加狂熱；尤其邁入中年之後，隨著職位的高陞與更年期的逼近，約瑟夫開始覺得，自己若不趁現在盡情享樂的話，那也未免太愧對人生，太說不過去了。

就在約瑟夫滯留於微物市度假的期間，找不到約瑟夫的傑諾瓦找上了包溫。由於貝士基特正因脊椎手術而住院，原本是北聯金控副總裁的包溫理所當然就成了代理總裁。貝魯特併購梅耶洛夫的整個計畫中，包溫當然有份，然而不只如此，只要是清楚內情的人都會明白，實際上包溫才算是眞正推動這樁惡意併購案的始作俑者之一。而貝魯特的總裁約瑟夫，只不過是剛好站在他這一邊而已。包溫接受了傑諾瓦的私下會面，他們興致高昂地約了時間，相談的地點卻並不是在會議室裡，而是鬧區的一間豪華酒吧；在脫衣舞娘艷色無邊的襯托之下，一同舉杯慶賀，讚美對方。酒過三巡，傑諾瓦說道：

「不過，這眞是意想不到的好運哪！貝士基特那傢伙居然會中風了，而且就在這個當口上！你知道，包溫，我找人看過他的相，那傢伙沒有老年運。」

「別這樣，老傑，」包溫神情含蓄地說道：「人有旦夕禍福，這種事情誰都說不準的，正事兒歸正事兒！商業利益歸商業利益，我好歹也是他們家提拔上來的。我是要他這個位置，沒錯！不過我不落井下石。這公私可得分明清楚。」

「唉，你也眞是個厚道人，」傑諾瓦笑著說道：「厚道而且精明！眞讓我不得不佩服自己看人的眼光了！你知道的，包溫，喬瑟法也是個厚道人，他是梅耶洛夫家的獨子，很重視所謂的家族傳統，將心比心，喬瑟法當然也很尊重你們北聯的柏爾家傳統，他認爲這種傳統都是必須擺在第一位的。可我認爲，貝士基特或許是有那麼幾分才華，不過若說咱們兩家合併後，還得由那樣的大少爺來當領頭，我可就不樂見了。像包溫你這樣苦上來的人，才是眞正能領導的人哪。而現在即使是在這樣的位置上，你還是對貝士基特如此仁慈，我眞是尊敬，眞佩服！」

傑諾瓦用著強調語氣一邊讚嘆著，一邊比著大拇指。事實上，在這次的併購案之前，包溫與傑諾瓦見面的次數屈指可數，幾乎是互不認識。然而奇妙的是，他們兩人之間有一種莫名相似的特質，猶如失散多年而偶然重逢的兄弟。假若仔細端詳，甚至會發現兩人連長相都有些相似。不過，這顯然並不是傑諾瓦親近包溫的主要原因。事實無須贅言，貝士基特很不喜歡傑諾瓦，認爲他狡獪如蛇，不可信任；而傑諾瓦實際上與貝士基特見過面後，更是打從心底感到厭惡，他批評貝士基特是個「狂妄托大」、「自以爲貴族」的「爆發戶渣籽」。這個世界上就是會有互相看不順眼的人，以及莫名其妙覺得一見投緣的人。想也知道，區區約瑟夫能有什麼能耐在梅耶洛夫企業的股東會中埋下暗線？這當然是傑諾瓦做的。喬瑟法尊重貝士基特，他只想除掉克萊爾集團的爪牙菲爾德，這個部分其實算是喬瑟法與克萊爾集團的沁迪克之間積怨的宿仇。然而，傑諾瓦想的比較不一樣，他想除掉菲爾德，更想除掉貝士基特。畢竟菲爾德雖然礙眼，但並不擋路；而貝士基特則是又礙眼又擋路。因此，若有什麼最方便的辦法，當然就是利用叫貝士基特除掉菲爾德的過程之中，製造個事端來除掉貝士基特。傑諾瓦於是看上了年齡只有四十出頭，但性格意外老成持重的包溫。包溫不知爲何也很欣賞表面上總是油嘴滑舌的傑諾瓦，他們之間年齡相差了十來歲之多，包溫笑稱彼此是忘年之交，而傑諾瓦則說，應該是忘事酒友才對。

微物市的度假飯店裡，正與妻子在按摩浴池裡享受精油水療的約瑟夫，在頭腦昏昏然的狀況下接到了文森特的電話。文森特語帶怒意，劈頭就問道：

「約瑟夫，你現在人在哪裡？」

約瑟夫不自覺地嚇了一跳，趕緊從浴池裡坐挺身子，想了一下才回應說道自己在微物市。文森特隱忍著怒意，刻意壓低聲音，冷靜地說道：

「你最好現在就立刻回鳩擇市去，你知道貝士基特動了脊椎手術了嗎？」

「什麼啊，我當然知道啊！」約瑟夫心有餘悸地回答說道，他正想繼續告訴文森特他有叫人送花去給住院中的貝士基特，然而話還沒出口（由於是謊話所以想得比較久了一點兒），文森特脾氣罕見地爆發了出來，怒喝說道：

「知道你還敢落跑？度什麼假！你違反他們的合併協定去惡意侵吞了梅耶洛夫企業，發了那麼一大堆的垃圾債券，之後你是要誰給你收拾？你還度假？度你個什麼假！我看你乾脆就這樣不要回去鳩擇市好了！我讓瑞那林登回去接貝魯特公司也可以。」

「等、等一下！文森特！」約瑟夫急道：「你是在生什麼氣啊？事情哪有那麼嚴重！我們這是大功告成啊！」

「告你個頭！」文森特怒道：「你是哪根腦筋不對？如果喬瑟法不願意和我們合作的話，吃下梅耶洛夫企業有什麼意義？這次的北梅合併案目的不在於梅耶洛夫企業的商業利益，而是爲了要與物流產業異界結盟。你搞清楚沒啊！」

「啥？搞什麼你，文森特，若不是我這邊及時出手，梅耶洛夫現在早就被克萊爾給吃了！還輪得到你在這邊說教嗎？」

約瑟夫也不服地抗辯了起來，不過他接著又沉默了一會兒，決定對文森特坦白。約瑟夫沉吟著說道：

「聽著，文森特！我知道你很忠誠，你似乎是眞的很喜歡貝士基特。但是老實說，我沒有辦法再像你那樣了，我厭倦了當條狗。我很抱歉，文森特。不過貝魯特公司是我的，由我決定。我買下了梅耶洛夫企業，這也由我決定。它不再是貝士基特的東西，我的人生也不再是貝士基特的所有物了。我有我自己的生活要過，別想！」

說完，文森特也停頓了一會兒，像是在考慮著什麼。見文森特沒開口，約瑟夫又再度強調了一次說道：

「我們不是狗！你明白的，文森特。像我們這樣子『爬著』上來的人，現在終於也能擁有自己的家庭。我女兒蕾亞正值成長期，有誰會願意錯過自己女兒的成長過程呢？不是我要吹噓，蕾亞她眞是傾國傾城！」

文森特嘆了口氣，不得不打斷約瑟夫說道：

「我明白，老約，我明白！不過我們現在說的不是這回事，不是我們『個人』的事情。我喜歡貝士基特，他是我的好朋友，不過我們現在討論的也不是貝士基特的事情。你應該要能理解，約瑟夫。梅耶洛夫企業必須要與北聯金控合併！必須，是必須！不論實際上掌管北聯金控或者梅耶洛夫企業的人是誰，這兩家『必須』要合併，而不是由貝魯特公司收購。」

約瑟夫靜靜地聽著，沒有回話。文森特彷彿也有些欲言又止，隔了半晌，才又繼續低調地說道：

「聽著，老約。我知道包溫的野心，也知道你嚮往的理想人生。如果你們眞決定了要背叛貝士基特，那麼我也幫不了他。但是我要你明白，這都不是我們『個人』的事情，你應該清楚，我們不過是待在時局之中。不論成就了什麼，我們也都只是浮木一根。無論如何，不能讓喬瑟法合作的意願跑掉。你們要怎麼做就怎麼做吧，貝士基特有他自己應當承受的人生，我不會管，也管不了。但是不管怎樣也都不能壞了大局！你同意我的意思嗎？約瑟夫？」

「當然……噢，當然！」

約瑟夫點點頭，接著便沉默不語，他感到心頭異常沉重。考慮了一會兒，約瑟夫重新振作了精神，打了電話給包溫，告訴包溫自己今天晚上就會回去鳩擇市。然後說道：

「咱們來把事情幹完吧，朋友。」

夜裡，窗外淅瀝瀝的橫掃著風雨。或許，這裡是一切的開始；反叛和意外，總是推使人們走上不同的道路。貝士基特剛從手術後的昏睡中甦醒，尖銳的劇痛穿透骨肉魂魄，猶如暗夜中咆哮的野蠻語言；野蠻、冷酷，毫無溫情。貝士基特生平第一次崩潰地嚎泣了起來，他知道，世上怕是沒有任何撫慰的沉寂，能夠取代滿懷希望時的獨特芬芳了。而那令人懷念的芬芳啊，似乎注定已離他遠去，恍若虛緲的晨煙，再也摸不著、再也抓不到了。不祥的預感在貝士基特的心中油然而生，使他變得纖細而膽怯。無節制的哀嚎喚來了值夜班的實習醫生，以及一針筒的麻醉鎮定劑，藥效很快地奪走了他的痛苦，連帶著夢想的碎片往暗夜之中潛伏而去。貝士基特就這樣昏睡了幾天，直到術後的劇痛逐漸減緩，並在復甦的過程當中，使他眞正認識到了何謂對生命的絕望。

一日醒來，貝士基特發現自己被更換了病房，躺在有特別照護的單人病房裡面。貝士基特愣了一下，眼珠往四周轉動，赫然看見衣著體面的包溫坐在他的病床旁邊。經過這段時間的病痛纏身，貝士基特已經很久無法打理自己的外貌了，他知道自己這會兒看起來必定很不像樣，這使貝士基特感到有些不悅而顯得尷尬。貝士基特疲憊地撐起一個笑容，說道：

「噢，嘿！我的老朋友，早安啊！」

包溫心思複雜地微笑了一下，輕聲問道：

「你感覺還好嗎？需要叫醫生過來嗎？」

「噢，不，不用，我已經不會痛了。」貝士基特露出一個無奈的笑容，說道：「不會再感覺到痛楚了。」

「我很抱歉。」包溫垂下眼睫，流露出難過的表情，嘆息地說道：「我……我有聽醫生說了。這眞是太驚人，也太遺憾了，貝士基特。」

「噢，不，包溫，你不用爲我感到遺憾。說眞的，我心裡都有譜，都有譜了。」貝士基特帶著一種微妙的情緒，挑起一邊眉毛，繼續說道：「所以呢，北梅合併成功了嗎？所有的問題……你知道，那些問題！哼哼，都搞定了嗎？」

「貝士基特……」

包溫的神情深沉而複雜，他考慮了一會兒，然後愼重、但平靜地說道：

「合併案已經完成了，原本梅耶洛夫企業內的克萊爾集團的勢力，也大部分都清除了。然後就是，我也占取了你的位置，貝士基特。」

「噢。」貝士基特聽了，卻顯得意外的平靜，彷彿這些事情都已經不重要了，而且完全與他無關。兩人沉默對視了一會兒，貝士基特抬高眉毛，平淡地問道：

「那麼，我現在還有剩下些什麼嗎？」

「你仍然是北聯金控的最大股東，貝士基特！」包溫神情肅穆地說道：「你可以在家裡安養，我保證你絕對會享有最好的醫療照護！」

「包溫，我想確認一件事情，」貝士基特眼睛突然張的很大，目光尖銳地說道：「在合併後的整個北梅集團中，我的佔股比例有比喬瑟法．梅耶洛夫高嗎？」

包溫愣了一下，然後低調的搖搖頭；貝士基特眼中的精光頓然消逝。他頹然地別過眼神，無力的低聲說道：

「夠了，我知道了。你回去吧，包溫。抱歉，我現在不想看到你，但是我就連轉頭都已經做不到了。所以請你離開吧。」

包溫看著病床上的貝士基特，本來還想多說些什麼，不過貝士基特又出聲說了一次：

「你走吧。」

包溫猶豫了一下，黯然地點點頭，離開了醫院病房。

貝士基特的頸椎手術並沒有成功，不但沒有成功，反而使他全身癱瘓。自從手術過後，貝士基特的脖子上就始終插管連接著呼吸機，貝士基特醒來後一看到那個，就知道完了。不會再有未來，也沒有光亮；不再有溫柔，也不會有悲悽的慈愛；總之，他的人生就是完了。貝士基特懷念過去，尤其是二十幾年前那段意氣風發時的光景，只要一閉上眼睛，幾乎就能瞬間回到那片有著廣闊音層回響的空域。然而那些劃過藍天的時刻，也逐漸隨著記憶中不息的沙塵而去，在無邊際的蔚藍空域中飛行，既無光榮也沒有名譽，引擎的噪音與機體的震動本身就是最令人滿足的獎賞。貝士基特突然發覺，其實早在二十幾年前，當他失去天空的那一刹那，他就已經失敗了。就算再如何藉由轉移注意力來欺騙自己，該崩落的東西終將崩落。畢竟，沒有目的的行動，不論言論上有著多麼冠冕堂皇的偉大思想，終究逃不過失敗的命運。

貝士基特的職場生涯已經正式宣告結束，和他一路一同打拼過來的包溫，則順利的爭取到整個北梅集團董事會的支持，被任命爲北梅集團的第一任總裁。而在傑諾瓦的牽線下，包溫與喬瑟法對彼此也都十分欣賞，每當決策上有意見相左之處，他們甚至時常直接熱線討論。於是，歷經暗濤洶湧的半年期間之後，西元二一三一年九月，一個足以驚動世界的超巨財團誕生了。由北聯金控與梅耶洛夫企業合併而成的「北梅集團」，在包溫與喬瑟法的合作領導下，徹底的與全球貨幣基金組織結合，成爲支撐全球共和聯邦邁向一個「統一的物流帝國」計畫背後的最大金權後盾。而一如羅徹斯特市已逝的前任央行總裁遊梭，貝士基特・柏爾這個名字，也將迅速地在時局的齒輪嗝嗝聲中，被人們遺忘。因爲，在「文明」的範疇裡，沒有偉大的個人，只有時代的烙印。

第十章　破釜之聲

「這兒有個百年諺語，我想各位也都聽過，」

會議室裡，人稱「隧道之神」的普萊德博士站在投影機的旁邊，對著底下十來位全球貨幣基金的高層主管說道：

「**如果你打算生小孩，希望孩子生活富裕，那麼最好牢牢地將非洲掌握在我們的手中。**各位，同意吧？」

普萊德博士環顧底下聽眾，有些人點點頭，有些人不懷好意地露出微笑。米斯帝與班楠也在其中，不過他們兩人都只是靜心聽著，沒有多做什麼情緒性的表態。在眾人的笑聲之中，普萊德博士也自娛地低頭笑了一下，然後打開第一張投影片，在布幕上顯示出一張畫了許多重要標記的世界地圖，繼續說道：

「今天，我要慎重地向各位介紹，這是個一旦執行了，就必然會完全改變世界經濟型態的一項空前的偉大工程！我將它稱之爲『全能蟲洞網』的隧道工程計畫。」

內容一切入主題，在座的每個人也都隨之正色。普萊德博士說道：

「首先，在進入正題之前，我要先告訴各位，爲什麼我要給它取上這個名字，也就是，爲什麼我要叫它『全能蟲洞網』！」

說到這裡，普萊德博士故作神祕地停頓了一下，確定每個人都正專心地聽他說話之後，才繼續說道：

「我們都知道，在太空中所謂的『蟲洞』，指的便是捷徑，一種終極的捷徑！藉由維度的扭曲而構成的夢幻通道。從好幾個世紀之前，人們就不斷地夢想著，若是我們能夠利用蟲洞的結構，或許就能夠輕鬆地完成時空之旅，不僅是過去與未來，甚至能在不同的星系之間快速穿梭。一開始，人們以爲蟲洞必然只存在於黑洞的背面，而黑洞只不過是宇宙中的獨特例外，因此難以尋找，無法進一步研究。然而，在二十一世紀初期，科學家們證實了黑洞在宇宙中的普遍性，甚至連我們的太陽系所在的銀河星系中央，在那個靠近人馬座A星附近的位置，整個銀河系也是仰賴著黑洞的引力而聚集運轉；於是我們知道，黑洞並非特例，而是一種常態性的存在。並且藉由這個時期的研究，人們也逐漸理解了蟲洞的本質，發現蟲洞並不一定必須存在於黑洞之後。只要有合適條件，甚至只是兩個以相反方向快速移動的質量場之間，蟲洞也有可能不因黑洞存在而自然產生，好比像是龍捲風的結構等等。因此，假如能夠有效地利用蟲洞，那麼以一秒鐘的時間穿越千年的光陰，或者用幾分鐘的時間往來於相隔數百億光年的星系之間，便都將是掌股之事了。所以毫無疑問的，蟲洞，就是終極的捷徑！」

普萊德博士用強烈的語調標示著「終極的」與「捷徑」一詞，然後他拿起桌上的茶杯，緩慢地喝了一口水，接著又用著高深莫測的表情說道：

「而今天，我們就是要開發『蟲洞』！然而各位可以安心，我們的蟲洞，絕對不是在杳無人煙的外太空，也不是技術上連八字都還沒一撇、那種天馬行空的時空旅遊工程。我們的蟲洞，就在地球上！遍佈著世界各地，讓我們能夠更有效率、更有保障地在各個地區之間穿梭。人們如此，而物資？當然更是如此！好的，現在，想必各位已經開始聽出其中的奧妙之處了，是吧？呵呵呵，沒錯，完全正確！正如你們現在心裡所猜想的，全能蟲洞網，就是終極的物流控管系統！」

一口氣說完這段話，普萊德博士露出一股神祕而得意的微笑。終極的物流控管系統！這幾個字在米斯帝腦中反覆迴盪著，他忍不住在心裡嘲笑著普萊德博士似乎過於愛用「終極的」這個詞彙。米斯帝不太喜歡這種太強制性質的形容，由於工作的關係，他比較偏好於柔軟且模稜兩可的語調與用詞。不過，一說到「龐大的經濟效益」與「終極的物流控管系統」這幾個詞彙之時，普萊德博士順利地引起了在場的全球貨幣基金高階主管們的興趣。他們開始露出狩獵者的神色，嘗試用精悍短小的眼睛測量起與獵物的致命間距；而這次的獵物，顯然是一張畫了複雜標記的世界地圖。就這樣，十幾個德高望重的學者們露出醜陋的姿態猛盯著它瞧，同時等待著普萊德博士的進一步解說。

普萊德博士又喝了一口茶水，從容不迫地從桌上拿起一支免洗筷，往布幕上的世界地圖中一戳，一手指出捷魯歐的位置，說道：

「捷魯歐眞是個好地方！眞的是好地方！你們知道爲什麼嗎？」

普萊德博士停頓了一下，見眾皆屏息，才繼續說道：

「瞧，我們位處於世界的正中央！北連歐洲，東往亞洲，西通非洲，光是從陸路就能夠連貫世界上最重要的三大經濟區域，再沒有其他地方比捷魯歐具有更強大的地緣優勢了！這也就是當初賀菲斯鈞組成全球共和聯邦時，爲何會捨棄其他已經高度開發的據點，而選擇在當時破敗不堪的捷魯歐地區白手起家的緣故。但是時至今日，我們也必須明白，由於五十年前北非大核爆所產生的輻射影響已顯著地衰退減弱，隨著北非地區的經濟活動再度復甦，目前捷魯歐所面臨的地緣狀況，也開始跟著有所改變。事實上，從捷魯歐通往歐洲的距離，與通往北非地區的距離幾乎是相等的，但是現在聯邦政府對於非洲的控制力卻幾乎等於零，除了半個世紀前北非核爆的輻射影響使得重建計畫延宕甚久之外，羅徹斯特的興起，也是一個重要的警訊！」

米斯帝聽得很認眞，他上個星期才剛從羅徹斯特回來，對於這個新興都市的競爭力有著深刻的了解。從地緣上來說，羅徹斯特的興起確實對於聯邦首都捷魯歐的經濟地位造成很大的威脅；它座落於紅海的北方，橫跨埃及地區與阿拉伯半島，擁有連接地中海與紅海的蘇伊士運河，不但經貿腹地廣大，更完全阻斷了捷魯歐由陸路進入非洲的控制權。過去曾有人說：如果非洲是條狗，埃及就是狗頭。那麼以現在的情況而言，毫無疑問的，羅徹斯特就是非洲的咽喉。

「我必須說，羅徹斯特象徵著龐大的經濟效益！」普萊德博士說道：「如果聯邦政權想要延續到下一個世紀，我們就必須全權掌控羅徹斯特，然而不只如此，更重要的，是通過羅徹斯特，進而控制整個非洲。如果不能控制非洲，你們明白，我的意思是，如果聯邦政府無法壟斷非洲的所有資源，那麼這個政權可說是岌岌可危。」

聽到這裡，米斯帝不得不觀看了一下氣氛的情勢，考慮了一會兒之後舉手打斷普萊德博士說道：

「不好意思，普萊德博士，我可以發言嗎？」

「噢！當然，請說。」普萊德博士客氣地答道。米斯帝稍微坐挺身子，輕咳兩聲清了清喉嚨，情緒嚴正地說道：

「我非常興奮能夠聽到您與我們有著一貫的相同看法，也就是我們必須控制非洲！爲了這個目的，近幾年來我們不斷地與羅徹斯特市政府打交道，並且在政治上已經奠下了不錯的基礎。是的，羅徹斯特市對我們非常重要，但是您一定也明白，能否控制羅徹斯特是一回事，然而想要進一步全面掌控非洲，那又是另一回事了。」

「沒錯，」班楠聽到這兒，也忍不住插話進來說道：「由於北非的復甦，捷魯歐對於大西洋對岸的南北美洲的控制力也相對減弱，根據日前調查的報告指出，包含北美的曼格勒市與南美的東沙王國在內，開始著手交涉、意圖大規模購買非洲土地的強權都市已不在少數，如果不能盡快以更強勢的力量統一非洲，恐怕很快的非洲就又會陷入被列強瓜分的局面，一旦非洲眞正被瓜分，聯邦政府也就大勢已去了。所以我認爲，重點並不在於掌控非洲，而是必須要全面的統一非洲！然而這卻異常困難，這是人類六千年歷史以來沒有任何一個帝國曾經成功過的事情！」

「我完全同意你，班楠！」米斯帝接續著說道：「現在我們都知道這一點，不只是掌控，而是必須全面統一非洲！但是，最大的問題也就出在這裡，有任何人試想過，除了目前仍無人居住的南極洲之外，爲什麼全球七大洲裡，唯有非洲不曾出現過統一、或是幾近於統一的局面？爲什麼唯有非洲始終高度分裂？即使過去不斷的有其他強權國家試圖將非洲以較大單位來分割整合，例如『蘇丹』政權的成立；然而這個領土廣闊的國家，實際上卻並不存在，它只會出現於西方國家所畫的世界地圖上。眞正在被稱做『蘇丹』的地區裡，是沒有『蘇丹』這個國家的。它的北部屬於阿拉伯世界，南部則完全不同，是原住民部族的天下。每個不同的地區都各自爲政，爲什麼就是無法統一呢？我在這裡必須向各位提醒，非洲不同於世界上任何其他地區，它雖然近在咫尺，卻比南極洲更加孤立，更令人難以深入理解。非洲是極端氣候與極端地形的集大成者，世界上沒有任何一個地方的地形與氣候變化比它更爲複雜。因此，我們可以說，非洲的分裂其來有自，如果不是開創了某些具有革命性的科技的話，要統一非洲，會比去征服南極洲更加困難。我們欠缺的並不是軍隊，也不是金錢，若要說有什麼不足夠的，那就是一項決定性的創新科技了！」

「完全正確！完全正確！太棒了！說的一點兒也沒錯！」

普萊德博士露出驚喜萬分的表情說道：

「這就是爲什麼我們需要『全能蟲洞網』的理由！崎嶇的地形、極端的分裂狀態，這些都必須要靠『全能蟲洞網』才能獲得解決。正如剛才兩位所說，要從『地表上』去連貫、統一非洲，幾乎是不可能的事情，它的分裂其來有自，一點兒也沒錯！正因如此，我才敢於提出『蟲洞隧道』的概念，因爲非洲實在是太重要了。太好了，既然已經說到這裡，那麼就請容我直接切入正題，向各位介紹我所說的『全能蟲洞網』究竟是什麼！」

普萊德博士從隨身電腦中點開一張隧道結構設計圖，開始像是講課般地正色說道：

「當我說出『隧道』兩個字的時候，我總是可以從人們的眼中看見一個相同的質疑。是的，在過去，我們一般認知的『隧道』，通常不會是經濟發展計畫中的最主力建設，歷史上爲數極少的幾條重要隧道建設，都只能算是特例案件。因爲隧道工程通常受到機具尺寸的限制，並且一直到本世紀初，我們都還在沿用上個世紀的隧道開鑿工具，也就是頂頭裝設著組合式開鑿轉盤的隧道挖掘機。這種機具在一百年前確實是革命性的創新機械，但時至今日，它已顯得老舊不當。剛才的兩位說的沒錯，以目前捷魯歐的政治實力，要控制羅徹斯特其實並不困難，但是如果要進一步統合非洲，那麼我們就需要更新的一項決定性科技。而我這次要告訴各位的是，我們就有著這樣的新科技！完全創新的革命性隧道工程技術！」

「哦哦！」

普萊德博士話還沒說完，會議室裡便已傳出一陣期待的驚嘆。米斯帝突然莫名地覺得有些不安，不自覺地回頭看了一下班楠，卻見班楠也嚴肅地板著臉，兩人視線正好對上，隔了一會兒才又各自轉開。普萊德博士繼續說道：

「我計畫中的蟲洞隧道，結構上至少必須要能夠達成三種功用。請各位想像一個巨大的地底隧道，隧道內部分爲三層，在這裡我們不用考慮尺寸的問題，因此我們假設每一層內部的空間都無比充足。最上面一層，我設計它是地下高速公路，供一般民眾駕駛轎車、搭乘客運、貨運卡車等車輛使用；由於結構位於隧道的最上層，只要經過任何鄉鎮地區之處皆可設計出口，使民眾能夠自由地使用隧道，達成更便利的短距離交通。接下來，隧道的中間層，我設計它能夠同時容納五百條並列的磁浮電車軌道，除了供給民眾更快速便利的客運服務之外，更主要的功能是貨運，任何固體礦產都能夠經由這些軌道快速運輸，因此可以想見的，它將會是全球貨運的中樞！然而儘管如此，整個蟲洞隧道的最上層和中間層總合而言所能夠達成的經濟效益，都仍然遠遠不如第三層的功能來得重要。我們可以說，蟲洞隧道實際上就是爲了第三層的結構而建造的，而上面兩層其實都只不過是附加價值罷了。好的！蟲洞隧道的第三層，只有專業人員能夠進出，它是裝設著各種天然資源的運輸管線的主動脈。油管、天然氣管、任何能以氣態或液態輸送的資源，都將經由這條蟲洞中有效率地分配到世界各地……噢，至少以目前來說是非洲各地的港口。所以事實上也就是說，只要掌握了非洲地底下的蟲洞隧道網，不用管它地表上複雜的氣候與各項條件，我們不只能夠掌握非洲，還能控制全球！這是無庸置疑的事實。美洲的船隻不需要繞過好望角或者進入地中海才能取得中東的資源，因爲遍佈非洲地底的蟲洞隧道網，同時也會直接連結至非洲各地沿岸，我們連港口一起包辦！

因此，在這之後，整個非洲的資源將會全部由我們控制、由我們取用、並且，由我們來進行分配。這將會是多麼龐大的權力！我想不須言明。捷魯歐並不是要去『爭取』或者『掠奪』這樣子的權力，而是我們丟失不得。」

普萊德博士稍做停頓，全場的氣氛一陣緊繃地寂靜。過了一會兒，其中一位主管柯爾發言問道：

「然而技術上的問題呢？依照您剛才的說法，隧道的中間層將會同時容納五百條磁浮軌道，我們假設一條軌道算三公尺寬好了，那麼五百條軌道就會有一千五百公尺，再加上週邊設計與機房設備等等，保守估計隧道的直徑將會是約爲兩千公尺，也就是兩公里。天哪！這聽起來像是天方夜譚！姑且不論成本，就工程技術上而言，您打算要如何去挖掘一個直徑爲兩公里的隧道網呢？」

「這是很好的問題，柯爾先生，」普萊德博士微笑著說道：「我必須要強調一件事情，就是請大家不要用一個『直徑兩公里的隧道』來理解蟲洞網；相反地，請用一個『相互連結的龐大地底社會』來理解這個建築案。過去三十年來，我們一直都深知唯有在建材上獲得新的突破，才有可能達成蟲洞網的技術需求。我們團隊歷經近十年的研發，終於成功地將原本用於太空殖民站的特殊接著塗料加以改良強化，製造出一種革命性的建築原料；我們稱它爲『碳原塑鋼』。碳原塑鋼這種材質，同時具有各種優異的性能，它的強度大於鋼材，同時保留著塑化材質的韌性，重量輕巧，可塑性高，可以製作成任何部件。完成品不受溫度與溼度的侷限與影響，耐熱抗寒，更重要的是成本低廉！並且幾乎不需要保養；簡直可以說是史上最夢幻的建築材料。我敢說，只要使用碳原塑鋼這種建材，人類可以征服任何地方！不僅限於非洲的地底而已，只要非洲蟲洞網能夠順利地成功，很快地我們就可以接著開挖南極洲地底的蟲洞網。一旦技術成熟，要從大西洋地底連通美洲、或者從印度洋底下挖通亞洲，也都是指日可待的事情。我預估，假設各方面條件都能順利配合的話，最快只要五十年內，一個實體連結全球各地的全能蟲洞網，基本上就能夠完成。」

「這麼神？碳原塑鋼這種材質！」主管柯爾顯得有些不可置信。普萊德博士笑著說道：

「是的，正因如此，碳原塑鋼的製造技術，目前被視為是聯邦政府的重大機密呢！」

「那麼目前負責開發與生產的廠商呢？是哪一間？」班楠皺著眉頭問道。

「目前是羅洛化學廠，」普萊德博士說道：「不過，當蟲洞網開挖之後如有大規模量產的需求，也有可能會再向其他工廠招標。」

「唉，用化合材質來蓋建築？總覺得感覺不太好呢……」主管柯爾嘆了口氣說道：「對土地的危害呢？有沒有測試過這一點？」

「碳原塑鋼雖然是化合材質，」普萊德博士老神在在地說道：「不過製成成品之後就不會再與其他物質起化學作用，這一點請絕對放心。畢竟我們也不希望塑鋼骨架打入地底之後還有可能會被其他物質給溶蝕掉，那樣也未免太不入流了。」

「呵呵呵呵哈哈……」

普萊德博士話說到最後時刻意做了個輕佻的表情，惹得全球貨幣基金的這些主管們一陣爆笑。隨後，會議就在這一陣爆笑過後的鬆散氣氛中草草結束了。米斯帝起身收拾東西，正要離開會議室打算獨自去吃午飯時，班楠卻從後頭緊跟了上來。他拉住米斯帝的手肘，一邊輕推著米斯帝的背，示意他繼續往前走，一邊低聲說道：

「米斯帝，你覺得如何？」

「什麼東西如何？」米斯帝悶悶的問道。班楠皺了一下眉頭，憂鬱地說道：

「方才說的那個隧道工程案，蟲洞全球……啊不對，全能蟲洞網？唉，我是說，我覺得很不安……」

「爲什麼？」米斯帝顯得有些驚訝，說道：「爲什麼你會覺得不安？這不是完全符合你的物流本位論的觀點嗎？我以爲你應該要很高興才是！」

「噢！天哪！米斯帝，」班楠激動地搖著頭說道：「去你的，我嚇死了！」

米斯帝意味深長地看了班楠一眼，心裡也有幾分複雜。暗自考量了一會兒，米斯帝罕見地用著有點想要息事寧人的語調說道：

「別挑剔了，班楠，在我看來，這不就是你想要追求的嗎。請問世界上有幾個經濟學者能有你這樣的機運？提出了學說，這個學說不僅受到重用，政府還願意砸大錢來『實踐』這個學說中的理論！我們在這兒的人裡，未來能像你這樣註定會名留青史人能有幾個？你還有什麼不滿足！」

班楠臉上露出了難堪的神色，米斯帝的話兒把他的嘴巴堵得死死的。他難過地低下頭，放開了緊跟著米斯帝的腳步，兩人之間很快地拉開了兩三步的距離。米斯帝也嘆了口氣，停下來回頭看看班楠，神情顯得有些疲倦，低聲說道：

「我很抱歉，班楠。但是我可不想聽你懺悔，你應該明白自己的立場。這些事情也不是懺悔就能解決的，如果你只是想要說個幾句漂亮話來自我滿足的話，去找別人吧，你的助理絕對比我美艷多了！」

班楠無奈地苦笑了起來，用力閉了一下眼睛，又繼續跨開步伐往前走。神情難受地說道：

「你知道我在害怕什麼，米斯帝。」

「是的，我想我知道。」

米斯帝體諒地並肩跟上，沉吟了一會兒，刻意壓低音量地說道：

「在我看來，這眞是個災難！但我知道他們會採行這個計畫，而且我們也都知道他們將會如何實行這個計畫！我們是經驗豐富啊。」

班楠鬱悶地搖了搖頭，說道：

「這個隧道將會是天大的禍害。我能預見的是，戰亂將會隨著蟲洞網而延伸。一開始或許是為了抵抗蟲洞網而揭竿，但是到最了最後都會變成要搶奪這個蟲洞網……聯邦政府與頂層的企業業者或許能從中撈到龐大的好處，不過非洲再也不會獲得和平。」

米斯帝嘲笑地輕哼了一聲，諷刺地說道：

「難道非洲曾經和平過嗎？哼哼，我是說，反正民眾都已經很習慣用窮困與戰亂來認知非洲了，它『必須』是個人間煉獄！不然的話，自以爲優越的夢想就會破滅。更重要的是，若非如此，我們豈能如此無顧忌地去剝削非洲寶貴的資源？畢竟連我們自己也都認爲『剝削』毫無疑問是一種犯罪的行爲，因此，要想在剝削他人的同時也能使自己脫罪，那麼就必須將對方塑造成一個比自己更加萬惡不赦的極大罪犯！唯有如此，剝削的行爲才能轉化爲一種正義的懲戒。這就像是說，我們剝削非洲，因爲非洲充滿罪惡！同時，我們並不是在『剝削』它，而是爲了我們這一方的正義，而必須『懲戒』它過於豐饒的原罪。」

「你還眞愛說笑，米斯帝！」班楠垂頭喪氣地說道：「唉，我覺得……自己眞像是個文丐。」

「什麼眞像是？你本來就是吧！」米斯帝挑起眉毛嗤之以鼻，說道：「算了吧，這個世界上從來就沒有什麼眞正高尚的事兒。你假若眞想扮演殉道英雄，那很抱歉，我可不奉陪。」

兩人一邊說著一邊走出了全球貨幣基金總部的大樓，正午的太陽光十分刺眼，米斯帝本能地用手遮著眼睛，左右張望了一下，說道：

「所以呢？你打算怎麼辦？」

班楠窘愧且有些茫然地看著米斯帝，突然覺得心裡很冷。他知道，自己的感受一點兒也不重要，不論想做什麼或者做了什麼，也已經無法改變任何事情。即使名留青史，也不會對未來產生什麼正面的助益，自己只不過是徹頭徹尾地被權勢者給利用了而已。除此之外，他的人生毫無價值；比不上一隻漂流於淺海灣流中的浮游生物。班楠勉強地擠出一絲客套的笑容，對米斯帝說道：

「抱歉，我並不打算和你一起吃午餐。」

「噢！那很好，我也不想跟一個大男人共進午餐，太幻滅了！」米斯帝笑著說道。班楠揮了揮手，往大樓的另外一頭走去。

米斯帝站在原地看著班楠走路的模樣好一會兒，突然心有所感。他出聲叫住班楠，若有所思地問道：

「你打算要退出嗎？」

班楠愣了一下，猶豫了幾秒，說道：「我認爲並不影響，不是嗎？」

米斯帝深吸了一口氣，收起心思正色說道：

「不要退出，班楠。不要在這個時候退出，這樣太不值得了。」

「哦？」

班楠顯得有些驚訝，他挑起眉毛說道：

「你會這麼說我還挺意外的！不過米斯帝，說認眞的，我的去留一點兒也不重要。重要的是，剛才普萊德博士說的那種原料，那種叫做『碳原塑鋼』的東西；如果它的性質眞如普萊德博士所說的那樣萬能，那麼你有沒有想過，蟲洞隧道網，未來可能不止存在於我們的腳底下？」

「什麼意思？」米斯帝不解。

班楠正要解釋，卻突然像是想到了某種其他的事由，臉色瞬間轉變，彷彿對自己先前的想法嗤之以鼻，於是用著無所謂的口氣說道：

「噢，我只是說，或許一個空前巨大的集權主義將會誕生，如此而已。」

米斯帝有些吃驚，他並不非常理解班楠的話中涵義。不過即使如此，面對著一個自己無法改變的事態而言，是不是能夠獲得理解，實際上也就並不重要了。甚至我們必須承認，很多時候，保持無知或許反而會是較好的選擇。獨自吃完午餐，米斯帝很快地又接到電話，果然又被叫回去開會。

一走進主管柯爾的辦公室，只看見一位丰姿綽約的陌生女士坐在深藍色的牛皮沙發上，輕聳香肩，對著米斯帝露出震懾人心的優雅微笑。米斯帝一時反應不過來而有些尷尬地頷首回禮時，主管柯爾正好看見他進來，於是開口叫住米斯帝，說道：

「米斯帝，這位是達克公司的雷納．伯格女士。」

雷納．伯格聞言起身，主動與米斯帝握手說道：

「你好，我是雷納．伯格。接下來要請你多指教了。」

「噢，請問……」米斯帝疑惑地向主管柯爾投出了一個尋求解答的眼光，柯爾點點頭，示意米斯帝拿張椅子坐下，接著說道：

「早上你也聽了普萊德博士的解說了吧，我們決定採行蟲洞網計畫。不過話雖如此，這個計畫其實本來就是聯邦政府六年多前就已經規劃的全盤性對外策略，捷魯歐要能維持世界霸權的地位，就靠這個蟲洞網了。但是，即使現在因爲碳原塑鋼的發明而使得蟲洞網在技術上變得可行，同時與過去的工程法相較，它的成本確實低廉許多；然而蟲洞網的規模過於巨大，以整體而言，我們不可能獨力負荷。所以，必須要讓蟲洞路線經過的每個地區政府，自己出資來建造他們地下路段的隧道工程才行。」

「噢，我完全了解，剛才我也就猜想我們可能需要這麼做，」米斯帝說道：「所以你是要我去搞定羅徹斯特市？」

「正是如此，」柯爾說道：「其他地方我們會分別派人處理，你只要負責搞定羅徹斯特市就可以了，而這位伯格女士這次會跟你一起搭檔。」

米斯帝禮貌地跟雷納・伯格點了點頭，不過他還是皺著眉頭說道：

「事實上，我現在的人手就已經非常足夠了，我們在羅徹斯特市已經鋪下了很好的運作基礎。並且，恕我孤陋寡聞，請問達克公司是做什麼的呢？」

雷納・伯格眼神流轉，露出性感的一笑，瞬間把米斯帝的神智搞得有些飄飄然。雷納・伯格用著曖昧的語調輕聲說道：

「達克是一間風險控管公司，我們受雇於聯邦政府，前來協助您完成這次的任務。您這次在羅徹斯特的工作非常重要，成功與否，將會影響接下來其他都市對於出資興建蟲洞網的先決觀感，因此我們的工作就是盡全力地協助您在羅徹斯特市能夠順利完成工作！」

「哦，眞是太感激了，我先在這裡謝謝您！」米斯帝邊說著心裡邊嗤笑了一聲，暗想這位伯格女士也未免將台詞背誦得太流暢了。這樣毫無演技可言的資淺說客眞能派得上用場嗎？米斯帝轉頭對主管柯爾說道：

「柯爾，我另外有話跟你說，可以出來一下嗎？」

柯爾一副若無其事的模樣與米斯帝走到辦公室外頭，然而才一關上門，神情就突然激動了起來。他用著極克制的音量怒斥米斯帝說道：

「你剛才那是在幹什麼？不要丟人現眼了，米斯帝！達克公司就是聯邦政府中央情報局的人頭公司，你該不會眞的連這個都不知道吧？連這都不曉得的話就別混了你！」

「什麼！」米斯帝大吃一驚，頓時心虛了起來。柯爾說道：

「你就乖乖做你的事情就對了，千萬不要得罪那位女士，什麼也都不要多問！多問多麻煩，我可不想惹上麻煩，你也絕對不會想，知道了嗎！」

米斯帝眼神一沉，說道：

「我明白了。」

相隔一個月之後，米斯帝再度被派往羅徹斯特。然而，這回與之前不同的是，米斯帝知道他這次的工作，將不再是爲了使羅徹斯特市能夠與捷魯歐和平地共存共榮；相反的，而是必須使它破敗，受到束縛、淪爲階下囚。米斯帝心中感觸良深，最近這陣子，他似乎開始意識到，自己搞不好骨子裡是個和平主義者也說不定。不過，感觸歸感觸，多愁善感對於事實的體現毫無助益，米斯帝強自壓下心中的猶豫。一方面，因爲他也沒有多餘的時間可以浪費；而另一方面，則是由於他明白自己的行爲，正受到來自「上頭」的嚴密監視的緣故。

這次相關於羅徹斯特的所有任務，雷納・伯格也與米斯帝同行。雷納無庸置疑地是個美麗的女人，即使年過半百，姿色與風韻卻都更勝年輕女子，總是洗鍊高雅，理智且性感。她的性感使米斯帝無法抗拒，但是知道雷納的工作多少與中情局有關，自然也就有些敬畏，無法放下戒心。此外，做爲一個說客，雷納・伯格確實極其優秀，不止對於遊說運作的事務相當閑熟，並總是能精準輕易地抓住他人的性格缺陷；就連酒量也很好。跟米斯帝相較起來，雷納是眞正高手中的高手。她也毫不隱藏地「運用」米斯帝，以及米斯帝先前在羅徹斯特奠定的人事基礎。兩人共事之初，米斯帝心裡一邊堤防著雷納，另一方面卻又很樂於爲她效勞；不知爲何，只要站在雷納的旁邊，米斯帝就會覺得自己彷彿置身於一種爆發著金色光芒的能量場中，感受不到腳尖的觸覺，地面也離他很遠。當兩人較爲熟稔之後，一次在來回捷魯歐的飛機上，米斯帝終於忍不住向雷納主動搭話問道：

「我眞是好奇，伯格女士。像你這樣的女性，怎麼會來從事這種工作？」

雷納抬起一雙媚眼，用著強勢但平靜的語調回應說道：

「怎麼了？你對我的做法有什麼意見嗎？」

「噢不是的！」米斯帝趕忙解釋說道：「我的意思是說，像你這樣一位如此迷人的女性，爲什麼會跑來幹我們這些男人幹的醜陋工作呢？」

「大概我也是個醜陋的男人吧。」雷納・伯格用著似笑非笑的口吻答道。米斯帝一愣，挑起眉毛，語帶保留地問道：

「呃，這是個笑話嗎？伯格『先生』？」

雷納・伯格笑了起來，眼角彎彎地朝上揚起，她的皺紋長得很好看，與年輕的肌膚相比，更加襯托了智慧的美感。每當臉上的皺紋因爲魅力的笑容而清晰顯現時，都會讓這位女性看來瞬間比平時更爲迷人。米斯帝在心裡坦承自己對於雷納很是著迷，但是他也了解這種盲目而喜孜孜的危險性。雷納・伯格笑著說道：

「嗯，如果要說這個話題的話，米斯帝，你認爲男性與女性之間最大的差異是什麼呢？」

「這個……是說哪一方面呢？」米斯帝苦惱地反問道。雷納沒有回答，只是露出了一個餘裕的笑容。米斯帝想不出來，很快地就舉了白旗投降。雷納笑著搖了搖頭，罕見地流露出人性化的神色，語帶感嘆地說道：

「最大的差異就是，女性追求豐足而平穩的生活，但是自古以來，男人啊！就是不懂得適可而止。如果從這個觀點而言，我恐怕毫無疑問的是個如男性般幼稚的人吧？不過，話說回來，若是從這一點來辨別的話，你倒是挺有女人味的呢，米斯帝！」

「咦！別取笑我了，伯格女士。」

米斯帝佯裝震驚地說道，心裡卻又被一陣神魂顛倒的麻癢虛榮給擊倒。這陣子，他很少想起妻子卓若卡，反倒是興奮地感覺到自己似乎逐漸與雷納．伯格稍稍拉近了距離。每當兩人之間偶爾產生了工作以外的閒談時，都讓米斯帝不可遏止地萌發狂喜，彷彿連心臟都會被吞噬了的強烈氣壓，如螺旋般從四面八方湧入、毫無秩序地擠壓著他的腹腔。只有偶爾從早晨的冷冽空氣中稍微甦醒時，米斯帝會想起全身癱瘓的老友貝士基特。他在自己的記事本上寫了備註，提醒自己工作告個段落之後，可得抽空回鳩擇市探望一下貝士基特。然而除此之外，米斯帝想不起鳩擇市還有任何其他的事物存在。他的腦袋已被羅徹斯特的工作、以及飽滿欲滴的雷納．伯格給毫不客氣地填滿，不剩太多空間，就連自己的名字與相貌，也都已經記不太清楚了。

這是米斯帝生平第一次遭逢的真正戀情，然而這份戀情也與羅徹斯特的未來緊密掛勾，將他的天真與無知，一併牽扯至命運的渾沌深處。

第十一章　驅不散的亡靈

外交，是只有強國才有的特權。弱國無外交，這個世界上，向來就只有「強國外交」可言。

然而，何謂「強國外交」？

如果從最根本的一面來看，有效的外交工具，僅有兩種：一是金錢，二是武力。如果一國的國力夠強盛，則可兩者並行，效果倍增；然而除此之外，別無他法。若是一個國家同時不具備兩種基本工具的時候，則不用多做奢想，只能乖乖當隻國際間待宰的羊。

而同時，以具備金錢與武力這兩種基本外交工具為前提，有效的外交策略，其實也只有一種，就叫做「強迫加入組織」。說得明白點，就是將企業結盟的卡特爾政策，運用到一國的對外政策上；在強國與強國之間形成一種「實行國際聯合的金融資本」的盟約組織，好來共同剝削其他未加入、或者尚未加入的地區。強迫加入組織，如果用比較不矯情的說法，其實就是「強迫服從壟斷者同盟」。畢竟說到底，帝國主義最深厚的經濟基礎，也就只有「壟斷」而已。

舉個例子來說吧。假設現在這裡有五個人正在玩撲克牌，分別是甲、乙、丙、丁、戊，我們可以想像每一個人分別代表著一個國家（或者我們可以視一個國家為一個經濟體）。然而，當遊戲開始之前，甲和乙之間就已經進行了私下協商，約定了他們兩國之間可以無條件互相交換牌底。這就是說，當輪到甲國出牌的時候，假如甲國缺少了它正好需要的梅花七，而乙國正好有梅花七，這時甲國就可以用黑桃三（或者其他任何一張牌）來跟乙國交換梅花七，如此一來甲國在該次的出牌中就不需要負擔缺少梅花七所產生的成本，例如增加摸牌次數（好比負擔較高的關稅成本等）或者放棄叫牌（喪失競爭機會）；而當輪到乙國出牌的時候，狀況也是一樣。於是，當頭一輪的遊戲開始後，丙國很快地就看出了「甲乙同盟」在整個牌局中所佔有的優勢，因此丙國立即向甲乙兩國表示它也希望加入這個同盟。這個時候！甲乙兩國在整個牌局之中的「特權」，就首次地顯現了出來——他們握有著決定是否要讓丙國加入同盟的權力。

天下沒有白吃的午餐，丙國想要加入「甲乙同盟」，就必須證明自己的加入，能夠爲「甲乙同盟」帶來更大的經濟效益才行。因此，我們可以假設丙國得以加入「甲乙同盟」的條件是，當丙國有換牌需求的時候，它必須以「兩張換一張」的條件來向甲乙兩國交換它想要的那一張牌。好的，現在，丙國成了「甲乙同盟」中的次級會員，而遊戲又繼續進行了兩輪，獨自奮戰的丁國於是開始輸得一踏糊塗。這個時候，甲國以老大哥的身分開始說話了，它對丁國說道：

「親愛的小老弟，我們知道你近年來經濟不振、民生困苦，這一點也不令人意外，因爲你不可能競爭得過我們龐大的同盟利益！不過你知道的，我們是富裕而仁慈的大國！現在，只要你願意用『五張換一張』以及『出讓同等出牌次數』爲條件，我們就讓你加入同盟，如何！」

面對這嚴苛的條件，丁國顯得不太高興。這時乙國接著說話了，它對甲國說道：

「大哥，您要人家出讓出牌次數這一點，確實有些嚴格了。我有一個構想，您聽聽如何。當丁國向我們換牌的時候，必須遵守『五張換一張』以及『出讓同等出牌次數』這兩項條件，但是我們就好人做到底，讓丁國能夠向我們『買回』自己的出牌次數，您認爲如何？」

甲國聽了想了一想，說道：

「這樣的德政當然很好，問題是你也知道丁國的財政窘困，它恐怕根本沒有能力跟我們買回出牌次數吧？」

「沒關係，」乙國說道：「因爲我們夠仁慈，所以我們會貸款給它，您說是吧？當然，這貸款不可能是無息的。如此一來，我們一方面能夠搜括丁國享有的機會，一方面坐收高利，同時更能夠幫助丁國重建他們的經濟景氣！有能又有德，我們眞是太偉大了！」

甲國聽了很高興，它轉身走向丁國，將兩隻巨大的手掌箝制般地放在丁國的肩膀上，說道：

「親愛的小老弟，我們就這麼辦吧！相信你一定會很高興地接受的，是吧！」

生性畏縮、個頭嬌小的丁國不敢違抗甲乙兩國，只得膽怯地點點頭。甲國看了很高興，於是立刻拿出一張梅花三遞到丁的手中，嗓門洪亮地說道：

「太好的，小老弟！我知道你現在極度欠缺梅花三，是吧！我這就給你梅花三，相信你一定會用你的黑桃二、紅心二、紅磚二、梅花二、以及黑桃A等五張牌來交換這張梅花三吧？你的素行良好，我非常信任你。」

乙國也立刻拿出一張廢紙，在上面寫了「你欠我一億元」遞給丁國，張著鼻孔說道：

「來，拿去吧！這讓你立刻能夠買回一次出牌機會，利息依照每月百分之十八的循環利息計算即可。什麼？你不想借錢嗎？這是什麼話！你不買回出牌機會，經濟不快點好起來，難道是要我們虧本跟你交換牌底嗎？居然如此不知感恩！你應該明白我們隨時都能從牌局中封殺你的，最好別敬酒不吃吃罰酒啊！」

丁國嚇壞了，爲了保存最後的活命機會，只能敞開大門任由甲乙同盟予取予求，並且累計欠下恐怖的債務。而對於甲乙兩國而言，這樣優惠的互助同盟條約，就是展現了大國風範的「大國外交」。

丁國的不平等遭遇，自然全都看在同樣競爭不過龐大同盟的戊國眼裡，於是，戊國把心一橫，決定不加入邪惡的「甲乙同盟」，它打算靠自己的力量奮戰。由於不需要向甲乙兩國繳納沉重的「加盟費」，以及能夠自主地決定自己想要的策略，經過一段時間之後，戊國逐漸靠著自己的力量開始小小地贏牌。這時甲國說話了，它一臉狐疑地提出了「善意的」疑問，對戊國說道：

「眞是奇怪，沒有我們的幫助，爲什麼你能夠贏牌呢？你的好牌都是從哪裡偷來的？噢！你這個走私犯！私自製造僞牌，你這個犯罪集團！」

戊國聽了很生氣，於是大聲說道：

「你們才是犯罪集團！我只不過是沒有聽從你們的詭計罷了！我只不過是不想變得跟丁國一樣

任你們魚肉罷了！真正的犯罪者、殺人者、強盜偷竊犯，是你們才對！」

乙國接著怒喝說道：「天哪！反了反了！你這個犯罪者居然膽敢攻擊象徵著正義的我們！你是恐怖分子、殺人狂！老大，我們絕對不能繼續這樣放縱恐怖主義猖獗下去了！身為國際強權的我們必須維護國際秩序！我們必須對戊國這樣的恐怖主義集團施予正義的懲戒！」

甲國痛心疾首地同意了，他們決定根除禍患，於是甲乙聯手痛毆了戊一頓，把它打得全身骨折、內臟破裂，然後奪走它手上的所有牌底，佔據它的出牌機會，將戊徹底趕出牌局。戊被冠上子虛烏有的罪犯之名，在甲乙同盟的壓迫下，丙丁兩國也不得不對戊實行了封殺政策，使戊只能窮困潦倒地流落他鄉，不得安居。

這就是外交。所謂的「強國外交」。

布魯士坐在辦公桌前，臉色顯得不太高興。他一邊搖著筆桿，臉上露出不以為然的表情，說道：

「這行不通的，米斯帝，我沒辦法到國會替你這案子說好話兒，這太強人所難了。」

「我知道這很困難！」米斯帝強調著說道：「但這就是新時代的開始，您一定明白蟲洞隧道對於羅徹斯特的重要性！我知道史波尼克議員也已經強力的贊成推動解除羅徹斯特的貨運路線與比例管制規定了，蟲洞隧道的工程是趨勢所指，是勢在必行的事情！如果您不贊成這項融資案，甚至去阻止它的話，恐怕也只會造成羅徹斯特人民的損失，巨大的損失！我敢保證！」

「但問題是，米斯帝，你知道這項融資案聽在我們的耳裡像是什麼嗎？」布魯士皺了一下眉頭，嘆了口氣，搖搖頭繼續說道：

「唉算了，喪權辱國，有什麼好說的！你們大可找一堆看鈔票揀話說的學者來宣揚任何政策的好處，但你要我們同意去向你們貸款購買和平幣，然後才能用這筆款項來建造羅徹斯特的這段工程，這實在是說不過去。我並不反對蟲洞隧道，你不要會錯意，但是一定得用和平幣貸款這一點，我沒辦法答應，這風險太大了！」

米斯帝挑起眉毛，一臉認眞地說道：

「但是史波尼克議員已經開始運作了！解除貨運路線與比例管制規定的法案大約兩個星期後就會通過，到時候不但會有大批的貨運業者失業或倒閉，交通較偏遠的鄉鎭縣市也會被貨運業遺棄，如果沒有立即進行蟲洞隧道的鋪設程序，羅徹斯特要如何重整這批爲數龐大的失落族群？這是爲了還給羅徹斯特人民生產力啊！」

「解除管制是小事！」布魯士揮揮手，不得不打斷米斯帝說道：「那都是小事！我不能同意你要求的融資案。」

米斯帝沉默了一會兒，說道：「是因爲用和平幣計價的部分嗎？」

「這種貨幣根本都還沒實際發行！」布魯士顯得激動了起來，他語調高昂，但卻刻意壓低音量說道：

「確實，當初我在委員會裡是代表羅徹斯特贊成了和平幣的發行與全球貨幣基金的成立方案，但我就老實告訴你好了，那是因爲遊梭事件的緣故。不過這次，我眞的沒辦法退讓，要我們拿血汗錢跟你們買這種根本還沒發行、實際上根本還不存在的貨幣，背負這種貨幣引起的高風險負債來進行如此大規模的地下工程……唉！我就直說好了，米斯帝！你們聯邦政府愛幹什麼就幹什麼，但不能頭一個就拿我們羅徹斯特開刀啊！」

布魯士直話直說，明顯的表達出強烈不滿。他對融資案的態度相當堅定，米斯帝摸摸鼻子，知道這回光用說的恐怕是說不動布魯士，只得打住，心裡開始思索著其他的遊說管道。

米斯帝回去告訴雷納・伯格這樁遊說行程最好重新設計，然而雷納一聽，卻立刻露出一個非常不以爲然的表情，說道：

「你是在裝傻嗎？還是你別有心思？」

「別有心思？」米斯帝聽了張大眼睛，有些訝異地說道：「我能有什麼其他心思呢？我知道你確實很精明，雷納，但是我絕對比你更加了解羅徹斯特！你必須明白，羅徹斯特的情況與捷魯歐不同，捷魯歐出身的政客都很擅長搞草根運動，這對於遊說者來說很有利，只要利用鼓動民間團體的意見表達來操控媒體及輿論，進而對政壇決策者施壓，然後再對遊說的目標灌點迷湯，滿足他們的虛榮心！我必須說，這套方法在捷魯歐之所以管用，是因爲不論是政客還是民眾，只要是捷魯歐人都很吃這一套，他們喜歡被當成新聞的話題，喜歡上電視接受訪問，喜歡受到注目，渴望出名……

他們都被媒體寵壞了！但是羅徹斯特不一樣，羅徹斯特人有著截然不同的民族性！我們必須至少尊重這一點！」

「噢，天哪！眞是無藥可救，」雷納毫不隱藏地露出不屑的神態說道：「你想搞文藝復興就請回捷魯歐去吧！聽好，米斯帝！我們並不是來『遊說』羅徹斯特簽署融資案，而是『告知』他們這件事情，請他們準備好來簽署融資案。」

米斯帝頓時啞口無言，嘴巴猶如缺氧的魚般一張一合地說不出話來。雷納見狀，挑起一雙弓形的粗眉，用著一貫富有女人味的語調順勢說教了起來，顏面冷峻地說道：

「再說，你剛才提到草根運動，我就順便告訴你吧。所謂草根運動，利用的並不是媒體跟輿論，媒體充其量不過是工具，輿論也不具有實質意義。所謂的草根，指的也並不是眞實的民眾，而是『家鄉的政治掮客』。爲什麼『家鄉的政治掮客』很重要？因爲所有的從政者都一樣，他們的職位受到改選的牽制，即使長年不在家鄉，也必須想盡辦法取悅家鄉的政治掮客。尤其是對於國會議員來說，有影響力的家鄉政治掮客，通常也就都是他們的最大競爭者。換句話說，所謂草根運動，要動員的並不是一般民眾，而是這些來自從政者選區的掮客。只要能夠動員這些傢伙，就等於是箝制住了政策決議的死穴。這才是草根遊說！而不是你方才說的那種家家酒遊戲。好了，總而言之，我已經安排好你明天下午去會見可納・庫魯夫，你只要人到場就行了。」

「可納・庫魯夫！現任羅徹斯特的市長？」米斯帝大驚，趕緊壓低聲音說道：「天哪！你是怎麼辦到的，雷納？你有什麼特殊的管道嗎？」

雷納冷笑了一聲，說道：

「沒有什麼特殊的管道，只有所謂特殊利益的管道罷了。」

米斯帝聽了很是緊張，沉吟了一會兒，忍不住問道：

「所以說，明天和可納・庫魯夫的會面，是要談判嗎？」

「談判？」

雷納誇張地笑了起來，說道：

「噢不，米斯帝，我們不做那種野蠻的事情！不是說了嗎，只是去盡到我們『告知』的義務而已。你可以不用這麼緊張，我都已經安排好了，明天你只要人到場，事情自然能夠順利的進展。」

隔日下午，米斯帝感覺自己像是被趕鴨子上架似的被送到羅徹斯特市政府門口，他抬頭仰望了一下天空，卻只看見市政府巨大雄偉的鵝黃色外牆，在太陽光的照射下，猶如奶油蛋黃般散發著油亮的質感，令人感到一陣空腹的窒息。米斯帝硬著頭皮走了進去，告訴接待人員自己與市長庫魯夫的預約會面。接待員是個臉頰極瘦，臉上蓄著小鬍子，身材卻高大挺拔的壯年，與其說是公務員，看起來倒更像是保全警衛。接待員面無表情地領著米斯帝走進會客室，告訴他請在這裡稍待一會兒，然後便轉身離去，留下米斯帝獨自一人。米斯帝愣了一下，沒有料想到自己會這樣就被丟在會客室裡，單獨一人，沒有奉茶、沒有寒喧、沒有任何招待，那位接待員離開的時候順手把會客室的門關上了，很顯然並不想多理會米斯帝。米斯帝再怎麼遲鈍，也明白地意識到自己似乎是不速之客。儘管心存疑惑，但也只能暫時耐下性子，坐在散發著灰塵味道的絨布沙發上，等待可納・庫魯夫的召見。

會客室的西面是一大片淺褐色玻璃的落地窗，米斯帝坐著的沙發正好面對著窗戶，太陽正好對齊了其中一條支柱，把光線分爲左右兩半。米斯帝腦袋空空的，他自己也對這個情況感道非常訝異，在這種重要的會面之前，自己甚至居然不知道待會兒的會面究竟要談些什麼。米斯帝暗自在腦中整理了一些說辭，不外乎是要如何說服可納・庫魯夫向全球貨幣基金貸款的好處等等，然而思索了一會兒，米斯帝嘆了口氣，在心裡對自己坦承，自己果眞不是個說謊的料。他知道或許應該抓住「推廣和平幣的利基」爲重點，也就是，愈早進入和平幣的市場，對於羅徹斯特的未來愈有利這一點。這一點確實是正確的立論，但問題是這卻跟融資案並沒有什麼太直接的利基關係。即使羅徹斯特不向全球貨幣基金貸款，米斯帝知道它們一樣有能力建設羅徹斯特的蟲洞路段。羅徹斯特市很有錢，整體而言，富裕的程度大約與鳩擇市不相上下，但是，它又同時有著多項比鳩擇市與捷魯歐都出色的統計數字，指出了羅徹斯特在貧富差距上的優異表現。好比說，全球最富有的百分之十的人口，依統計數據看來，大多集中於捷魯歐市與鳩擇市，這兩個都市的經濟力當然是無庸置疑；然而捷魯歐卻也有著全球最貧困的都市貧民區，米斯帝就是在那裡長大的。而鳩擇市在這方面的表現其實也好不到哪裡去，它雖然沒有全球最貧困的都市貧民區，但由於財團的政治權力從一開始就遠大於政府實權的緣故，以賦稅分級而言，鳩擇市的貧富懸殊程度甚至在捷魯歐之上。而反觀羅徹斯特，受到地緣關係的助益，羅徹斯特自然是個不容小覷的貿易強權，然而由於民族性使然，羅徹斯特始終奉行著「大政府」路線的政策。「大政府」的政策觀點在近代以來飽受批評，因爲它不僅妨礙了企業財團的權力擴張，同時自身也難以隱藏地洋溢著集權主義的氣味，一個不小心，就容易使社會蒙上恐怖的陰影。因此企業財團毫不手軟地贊助學術團體，讓他們大聲宣導「小而美政府」的各種好處，以及「大政府」對於人民的種種嚴重威脅。事實上，其目的不過就是爲了剷除大政府政策擋人財路的阻礙罷了。畢竟資本主義最基本的一個信條就是自由競爭，自由競爭聽起來好像是眞的很公平，不過講得坦白一點，其實也就是適者生存的意思。沒有任何規範的環境下，大者恆大、強者恆強，壟斷最多資源者爲永遠的贏家，而弱者則自然淘汰。放在人類的社會裡，其結果就是貧富壁壘；放在國際競爭的環境裡，就是無止盡剝削弱國的帝國殖民主義；而若放在人類與其他物種的生態競爭裡，則是人類之外的萬物快速滅絕。「壟斷」的意識，任何生物都有，那是爲求生存的原始本能，然而人類文明的壟斷行爲之所以發展過頭，恐怕是基於對先天條件的自卑而產生的恐懼吧！恐懼與恐懼交織而成的群體瘋狂，促使了文明的起步。米斯帝眨了一下眼睛，意識到自己思緒上的飄移，於是抬起頭望向落地窗外的夕陽光影。總之，羅徹斯特的貧富差距在政策的規範下控制得宜，和捷魯歐與鳩擇市相較起來，羅徹斯特人，是理性且冷靜的一群。米斯帝感到一陣疲憊與惶恐，他把自己搞得比先前更沒頭緒了，根本不知該如何才能說服羅徹斯特簽署融資案。

注意力一回到現實，米斯帝不由得嚇了一跳，發現太陽的位置已經沿著落地窗上的支柱下落到了地平線的邊緣，顏色也變得悶紅而暗沉。看看手錶，已經是傍晚時分！米斯帝趕緊起身整理了一下衣服，慌忙往會客室外頭走去。左右張望了好一會兒，卻見不著人，方才那位蓄著小鬍子的接待員也不在，米斯帝納悶地猜想會不會是已經下班離開了，於是趕忙循著門牌尋找可納・庫魯夫的辦公室。

可納・庫魯夫的辦公室就在會客室走廊的底端，米斯帝緊張地敲了敲門，試探性地輕咳了兩聲。然而過了一會兒仍不見回應，米斯帝只得用力再敲一次門，然後壯起膽子轉開門把，探頭入室，高聲說道：

「抱歉，我是全球貨幣基金的米斯帝，我和庫魯夫市長下午有個會面，我已經在會客室等待三個小時了……請問……」

話還沒說完，米斯帝自己停頓了下來，他看見布魯士也在可納・庫魯夫的辦公室裡。可納・庫魯夫則大剌剌地坐在辦公桌後頭，身體半倚著扶手，兩隻手抱在光禿的頭頂上，顯出一臉不悅。他是個精瘦的老人，神情凶狠地瞪了米斯帝一眼，卻沒有說話，搞得米斯帝進退兩難，直覺地瞄向布魯士以求解危。布魯士臉色也很難看，他沉吟了一下，冷漠地對米斯帝說道：

「我們正在討論事情，可以請你先離開一下嗎？」

「噢！」米斯帝有些訝異，也感到不快，說道：「那眞是不好意思，不過，我以爲我是來和庫魯夫市長見面會談的？我的助理告訴我今天……」

可納・庫魯夫相貌斯文，聲音卻異常宏亮。他突然誇張地大笑了起來，接著隨即臉色倏變，惡狠狠地說道：

「你的助理？」

「你的助理？是指雷納・伯格？」

「呃，是的，」米斯帝硬著頭皮說道：「庫魯夫先生，我希望能夠和您討論一下關於融資案的事情，此事攸關重大，想必您一定明白，這關係著羅徹斯特未來的發展潛……」

「你少在那邊跟我鬼扯屁！」

可納・庫魯夫猛然怒喝了起來，他的表情極為激憤，語調與音量卻極為壓抑，咬牙切齒地怒道：

「不要以為我不知道你們捷魯歐人的心思！也不要以為我不曉得你們都把我們羅徹斯特人當成什麼！我生長於羅徹斯特，二十歲到捷魯歐聖達爾達大學攻讀學位，你知道在那邊我發現了什麼嗎？聯邦政府將捷魯歐以外的地區全都視為殖民地！甚至在中學生的地理課本裡灌輸孩子們這樣的觀念！我告訴你，小鬼！我就是鄙視你們！鄙視你們這些沒有文化、沒有靈魂的傢伙！你們公然殺人，還把罪惡賴給別人。你回去告訴你的『助理』！只要我可納・庫魯夫活著一天，你們就不要肖想羅徹斯特會被你們收編！你剛剛說你叫什麼名字來著？」

「呃，米斯帝！」米斯帝一愣，趕緊挺直背脊說道。

「很好，米斯帝！」

可納·庫魯夫站起身來，兩隻手抱在胸前，一副君臨天下的模樣，用著宣讀聖旨般的口吻對米斯帝說道：

「你們就等著看議會的裁決吧！要在羅徹斯特做事，就得用我們羅徹斯特的方法。聽懂了嗎！聽懂的話你就可以回去了。」

米斯帝感到備受輕視，心裡極不舒坦，正想回嘴反駁時，布魯士卻突然站起身來，用手勢與神態示意米斯帝不要多言。布魯士一邊走向米斯帝，同時回頭對可納·庫魯夫說道：

「沒關係的，請您先等一下，我送他出去，待會兒回來。」

米斯帝被布魯士推出可納·庫魯夫的辦公室，他怒視著布魯士說道：

「請問一下這是什麼狀況？」

布魯士推著米斯帝走出市政府大廳，在大門口前停了下來，轉身對米斯帝低聲說道：

「米斯帝，我當你是朋友，才這麼對你說。你現在和那位雷納·伯格一起共事嗎？你們共事多久了？」

「雷納？噢，她是這次要幫助我推動融資案才被派來的，怎麼了嗎？」米斯帝反問道。布魯士沉思了一下，聲音壓得更低了，滿臉嚴肅地說道：

「如果不想惹上麻煩的話，勸你最好離開羅徹斯特，不要再管這件事情了。你罩不住的，米斯帝。」

「到底是什麼意思？布魯士？」米斯帝不甘地問道。布魯士搖搖頭，招了市政府的公務車過來送米斯帝回去。米斯帝上車臨走前，布魯士說道：

「我們的議會將會很快地全面否決融資案，然後，你就看著吧！接著馬上就會上演一場大戰。你能抽身的話，最好趕快抽身。」

布魯士說完，頭也不回地往市政府大門內走了進去。米斯帝聽得一頭霧水，但又滿心沉重。他被公務車送回全球貨幣基金的辦事處，心中千頭萬緒，有些不知所措，彷彿在自己所不知道的地方，某些詭譎的陰謀正暗濤洶湧。而且，這些陰謀，都與雷納有關。米斯帝感到自己沒有辦法違背雷納・伯格，她對米斯帝而言，有著一種莫名而強烈的吸引力，使米斯帝毫無根據地認爲自己必須信服她。

回到辦公室，米斯帝正想將下午會面的過程與結果告訴雷納，但是其他工作人員卻告訴米斯帝說雷納已經先離開辦公室了，連絡不上人。米斯帝坐在辦公室裡枯等了幾個鐘頭，猜想雷納可能先回去休息了，又或者已經從其他管道得知可納・庫魯夫的決定，而忙著處理緊急應對事務。米斯帝離開辦事處，無精打采地回到在自己羅徹斯特的住所，腦中不知爲何突然想起了妻子卓若卡來。

想起卓若卡的身影令米斯帝感到胸中一陣愧疚與羞赧，他下意識地拿起電話，想打通電話回去和卓若卡說說話兒，但是號碼撥了一半，卻頓時驚覺，自己竟已記不清楚家中電話號碼的後半段！這一驚嚇非同小可，米斯帝瞬間整個人清醒了過來，心臟如敲鑼打鼓般地喧鬧著。米斯帝放下電話，拿出皮夾中與卓若卡的夫妻合照，竟有種恍如隔世的感覺，這情緒令他一陣頭昏腦脹。他知道，自己恐怕是迷失了。認不得歸途，辨不清方位，就連自己所在之處，也都顯得飄忽若離。米斯帝一顆心不斷地往下沉，他覺得疲憊極了，意識恍惚之間，彷彿聽見幾年前自己與貝士基特一次聊天時的對話。米斯帝睡意朦朧，語意不清地喃喃說道：

「臭襪污垢……我們都是，臭襪子上的污垢。」

之後的幾天，米斯帝一直都沒機會與雷納多交談，然而從雷納忙進忙出、同時三四支電話接個不停的情況看來，可以確定雷納已經得知可納・庫魯夫堅決反對融資案的決定。但是即使如此，雷納也完全沒有要與米斯帝討論對策的意思，她本身就是個一人機構。米斯帝當然也並不打算聽從布魯士的意見從中抽身，他的意志清醒，心中一口悶氣難出，心想，反正人都已經攪和進來了，不如就把這場戲看到終幕吧！他決定這次把羅徹斯特的事情搞定了之後，要回去鳩擇市長住一段時間，好好地補償卓若卡與兒子法伊。心念已定，情緒也隨之沉著了下來，米斯帝向普萊德博士要了一份羅徹斯特路段的蟲洞隧道詳細規劃圖，以及施工預算的明細表。普萊德博士人不在捷魯歐，他德高望重，得以忙裡偷閒，趁著工作空檔跑回南美洲老家去度假了，由普萊德博士的助理代替他在全球貨幣基金總部值班，負責回應像米斯帝等人對蟲洞隧道所提出的問題與需求。普萊德的助理將米斯帝要求的文件都各寄了一份給羅徹斯特的辦事處，米斯帝仔細研究了這些資料之後，對照著融資案的內容做了一份詳盡的筆記。正考慮著要從哪一條管道先下手的時候，素未謀面的史波尼克議員，突然親自找上了米斯帝，說想要「爲蟲洞網工程盡點力」，熱誠的邀約米斯帝找他會面暢談。

史波尼克的辦事處裝潢得非常豪華，簡直猶如宮廷音樂廳似的，毫不隱瞞地顯現出這位羅徹斯特議員的鋪張性格。史波尼克在一間鋪了紅色絲絨地毯的會客室裡接待米斯帝，他將來自首都的米斯帝奉爲上賓，彷彿米斯帝身上帶著某種指標——能使史波尼克脫離本土範圍，而躍升國際舞台的指標。史波尼克用著幾乎要超出顏面範圍的笑容迎接米斯帝，劈頭就強烈地表示他絕對力挺全球貨幣基金的融資案。

「這是趨勢所指，但反對聲浪仍大，」史波尼克滔滔不絕地說道：「你知道他們爲什麼反對嗎？這是因爲多數的人，你知道，包括很多議員與大官們，大多數的人都還無法理解何謂『全球布局』的道理，你知道，他們活在羅徹斯特的世界裡，我們有著久遠的文化歷史，這確實教人沉醉。你知道我們現在需要的是什麼嗎？我認爲我們應該多宣傳蟲洞網，這些隧道會爲人民帶來的利益與前景，我們應該用宣傳蟲洞隧道的好處來掩蓋融資案駭人的金額數字！我對蟲洞網工程非常看好，只要你一聲令下，我的朋友！我絕對會爲了這項工程赴湯蹈火。」

「我很高興你如此高瞻遠矚，議員！」米斯帝說道：「但是我聽說你們市長反對融資案，這是可納・庫魯夫親自對我說的，他表示勢必會命令議會執行否決。」

「是的，沒錯，反對的人是很多！」史波尼克說道：「所以我沒說這很容易。米斯帝，我要告訴你，我有把握能夠說服議會使融資案通過，但前提是，你得要給我充足的條件才行！」

「充足的條件？」米斯帝沉下臉，問道：「什麼條件？」

「噢，不用擔心，」史波尼克趕緊瞪大了眼睛說道：「當然不會爲難您的，只不過是核准一些名單罷了！你知道，這就叫做配套措施嘛！要讓這整個工程聽起來對羅徹斯特有著顯而易見的利益，就必須要先過濾出一些確實有能力參與這個工程的某幾家工程公司，你知道的，就是我們有份名單的意思。但是，我需要您的保證，好讓這份名單看起來更有說服力！」

「嗯，」米斯帝沉著臉猶豫了一下，說道：「你希望我能保證什麼呢？」

「當然是爲蟲洞網貢獻心力的機會啦！老兄！」史波尼克對米斯帝使了個意味深長的眼色，說道：「誰都知道這會是個偉大的工程，大家都想爭取，然而你知道的，不是每家工程公司都有這個能力，我們只中意其中某幾間……唉，我就直說好了，是其中兩間！這是我們羅徹斯特的光榮，希望您保證能讓這兩家公司獲得工程競標，如此而已！不爲難吧！如果您願意簽名掛個保證的話，我敢擔保，下星期的議會表決，絕對會是壓倒性的通過！這對您的工作肯定也是方便許多吧！如何？」

「這份名單會公開嗎？」米斯帝心裡不太情願，但爲了顧及融資案的進展，又不好拒絕。史波尼克議員誇張地揮揮手，說道：

「絕對不會！這當然是內部機密！你知道，就是一個內部的程序，這都是機密，不會公開的，絕對不會！如何？您意下如何？您等會兒嘿，我叫助理給送文件進來。」

史波尼克熱情地搓著雙手站起身來，走向會客室門口把上半身探了出去，米斯帝聽見外頭有幾個穿著高跟鞋的腳步聲急急忙忙地來回跑了幾趟，然後一個嬌滴滴的年輕女性的聲音嗲聲說道：

「這裡！這裡啦！來了，議員！」

史波尼克滿臉笑容地走回來，手上拿了兩份薄薄的文件夾，往米斯帝面前一指一遞，說道：

「就這個！就這個！很容易的，這兩家都是我們羅徹斯特最好的工程公司，您知道，人家做生意，不過就是想要個保證、圖個心安嘛！生意人推動經濟發展，咱們若連個保證都給不了的話，也未免太沒情義了，您說是吧？嘿嘿嘿！您不用現在簽沒關係，沒關係的，眞的！您可以帶回去仔細看個夠，我說是吧？這文件本來就是要仔細研讀過才能簽名的才對，您就帶回去研究一下吧！咱們都不介意這個的，朋友嘛，您說是不是！」

「史波尼克議員，問您一件事情！」

米斯帝看著桌上的兩份包工合約書，沉吟了一會兒，冷靜地說道：

「您在來找我之前，有跟我們這邊的誰接觸過嗎？」

「喔，這個……」

史波尼克稍微愣了一下，不過隨即又回復誇張模式的自然表態，豪邁地笑了起來，說道：

「當然是您的助理雷納‧伯格女士爲咱們牽的線啦！您也眞是好福氣啊，老米！有這麼一位明艷動人的『賢內助』，吼吼，眞是羨煞我也！」

米斯帝靜靜地看著史波尼克一個人情緒高漲的模樣沒有說話，心裡彷彿有某著種東西，如深水潛艇般在黑暗的深海溝域中急速下潛。一朵黑色的花兒從米斯帝的腦門後端悄然綻放，使他露出了靜默的微笑，暗中品嘗著邪惡的喜悅，揚聲說道：

「我這就給你簽吧！咱們有志一同嘛，您說是不是，爲了共同的目標而努力，相互信任當然是應該的！」

米斯帝大手一揮，簽下了兩份合約文件。史波尼克欣喜若狂，像是怕米斯帝反悔似的立刻將合約書搶了回去，起身要和米斯帝握手示意。米斯帝也熱切地站起身來，與史波尼克握手說道：

「下星期議會的表決，期待您的成果囉！史波尼克議員！」

史波尼克說道：「當然！當然！我絕對盡力！您絕對不會失望的！」

米斯帝禮貌地笑著與史波尼克道別，整個人筆挺昂揚地離開了史波尼克的辦事處。胸中有著一種無法言語形容的飽漲情緒，米斯帝隨意的走到大街上，環顧了一下羅徹斯特的街景，突然間心中若有頓悟。

米斯帝大膽地猜想道：所謂「復活」，大概，就是此情此景的最佳定義了吧。

第十二章　日環蝕

全球貨幣基金駐羅徹斯特的辦事處內，洪水似的電話鈴聲如演奏著雄偉的交響樂般此起彼落地響個不停。這些根本不可能接得完的民眾投訴電話，幾乎全部都是打來抗議融資案與蟲洞網計畫的。儘管辦事處的人員個個應接不暇，但也只能無奈皺著臉面，任由每一通電話裡的羅徹斯特民眾怒罵個臭頭。想也知道，官方慣用的客套言詞本來就毫無說服力可言，更何況這些利益上受到嚴重損害的民眾們群情激憤，他們只想罵人，並不渴望被說教。

米斯帝明白，這場混亂現象的起源，正是這一整個星期下來大動作頻頻、卯足全力為融資案向羅徹斯特議會進行遊說的史波尼克議員。任何人都必須承認，史波尼克的辦事效率確實非常優異，尤其是自從米斯帝給他簽了那兩份特許合約之後，羅徹斯特的企業界對於融資案與蟲洞工程的態度，立刻就有了明朗的轉變。而企業界態度的轉變，自然也決定了由他們出資輔佐的眾多政客們在公開表態時，所必須抱持的立場與意見。

不幸的是，企業界的利益通常並不等於廣大基層民眾的利益，甚至大部分的時候，都是相互牴觸的。而這次的融資案也並不例外。顯而易見的是，決定的權力握在頂層企業大老們的手中，基層的民眾頂多只能表達「感想」，這就是偉大的言論自由。而握有決定權的企業大老們一旦決定了某件事情之後，當然通常是對他們有利的事情；而這項決定所導致的利益，最後理所當然地也會回饋到他們自己身上。在這裡，我們必須注意，利益並不是回饋到「企業」的身上，而是回饋至擁有這些大企業的老闆們身上。雖然大部分的企業大老們在教導「他所資助的政府」應該採取哪些政策，而不該採取哪些的時候，都很偏好使用一套宣傳理論，也就是「隱匿大老闆」策略。他們會有計畫地誤導大眾，使民眾認爲「企業」本身就是一個「由社會大眾所共同構成的主體人格」。因此，當某些政策大膽地將利益集中導向少數幾間大企業的時候，由於企業是「由社會大眾共同構成的」，因此導向企業的利益，也等於是間接回饋了社會大眾。換句話說，當企業界獅子大開口地向政府要求政策利多的時候，也就等於是在爲小老百姓請命。噢！這聽起來眞是完美！如此完美的無機循環，竟然會出現在以貪婪出名的人類社會裡，並且聲稱可以永續長存！眞是太不可思議了。許多人毫不懷疑地相信著這套循環，尤其是當他們爲這些企業工作，依賴薪水養家活口的時候。確實，從工作機會的角度來看，「企業是由社會大眾共同構成」這樣的說法的確成立，但是，企業本身絕非主體人格。事實是，它有它的主人，而這位主人，不是社會大眾。成立企業的目的是營利，也就是透過營運來獲利，營運的是企業，然而獲利的是誰呢？當然不是企業本身，而是擁有這家企業的老闆，或者我們說股東。因此，從本質上來定義，「企業」是私人用來營利賺錢的「工具」。它不是公家機關或者政府機構，從所有權的角度而言，企業是私人財產，社會並不享有企業；而社會大眾對於企業，自然也不具有任何權力。

沒有權力的人生通常是悲慘的，不論你選擇奮戰，還是任人擺佈。日前安排米斯帝與史波尼克見面的雷納・伯格，轉眼間又是好幾天沒有進辦事處，她的辦公桌收得空蕩蕩的，不留一絲痕跡。就算電話也很難聯絡得上雷納，她猶如一隻神出鬼沒的美洲山獅，行蹤飄忽，只有少數極幸運的人，才能有幸（或者不幸）一瞥她神祕的身影。米斯帝幫忙接投訴電話接得煩了，心中一陣躁意浮升，索性把附近的幾支電話線通通給拔了起來，只想圖個清靜。然而，猶如精神攻擊般的鈴聲轟炸並沒有停止，只不過是全部集中到坐在門口附近的幾位客服人員負責的線路上而已。米斯帝突然覺得自己也很像是不想繳納重稅的企業大老，下意識地把重擔豪邁地推給基層納稅員工，畢竟這就叫做上司的特權。

意識到這一點讓米斯帝感到很崩潰，他從辦公室的隔間後頭探出上身來，正打算叫那些打工的客服人員乾脆也把電話線拔掉算了。話還沒出口，突然間，整間辦公室像是震動了起來，一陣雷鳴般的巨響從窗外竄入，順帶燃燒著青黃色的炫亮火焰，在辦公室內連續爆炸了起來。米斯帝嚇得火速閃身，躲入隔間牆面的後頭，只聽見外頭那幾位臨時顧傭的客服人員不斷驚慌尖叫，陸續又有更多的鞭炮被丟入辦公室內，所有的職員都只能拼命地尖叫著推擠躲避開來。米斯帝的辦公室離門口較遠，因而鞭炮沒有炸進來，但是後頭有一扇很大的玻璃窗。完全透明的玻璃，沒有加裝任何防護，米斯帝突然擔心了起來，躡手躡腳地往窗戶旁邊移動，從遠遠的地方伸長脖子往外瞧去。一看見街上的景象，不禁全身冒起冷汗！抗議的群眾擠爆了環繞整個辦事處四周的街道，已經完全包圍了整棟建築。他們人人手持著任何可以丟擲的物品，從鞭炮到腐壞的雞蛋、石磚或者湯汁軟爛的水果，甚至還有人拿著遊戲用的漆彈槍對辦事處進行掃射。事情發生得太快，米斯帝很擔心群眾會失控，萬一群眾當眞衝了進來，那麼肯定所有全球貨幣基金的職員通通都會被群毆一頓。他迅速拿起電話，想要報警，不過盯著窗外的眼睛一轉，卻赫然發現羅徹斯特的警察也混雜在抗議的群眾之中。這一驚嚇非同小可，米斯帝接下來唯一的念頭，就是必須快點逃離這裡才行！他火速收拾要物，顧不得其他同樣受到群眾威脅的同事，開門就往辦公室唯一往外的通道衝出去。然而還沒跑到大門口，遠遠就看見群眾已經衝進大廳，將七八名大樓警衛壓倒在地，接著就往米斯帝這邊衝來。米斯帝無處可逃，群眾很快就認出了他的身分，米斯帝心中一涼，還沒來得及逃跑之前，就已經被撲壓成泥，喪失了自保的能力。

群眾很快地佔領了全球貨幣基金的羅徹斯特辦事處，米斯帝與其他職員都成了暴動中的人質。挾持人質的抗爭群眾透過爭相取材的新聞媒體，要求議會不可通過融資案，不然就會「連命也沒有」！米斯帝也被強迫在前來採訪的記者面前，說出他們要他演說的台詞。不外乎是強調民眾暴動有理、融資案與蟲洞網使羅徹斯特喪權辱國、以及全球貨幣基金始終妖言惑眾等等。米斯帝看得出來這些暴動的群眾確實都是一般百姓，雖然夾雜著部份羅徹斯特的警察於其中，不過整體而言仍是未受過組織訓練的烏合之眾。這令米斯帝有些心中戚然，同時他也認爲羅徹斯特當局與聯邦政府應該都會想辦法調停，因此他說服同樣受押爲人質的同事們最好採取妥協、配合的態度。米斯帝心想，只要人質安然無恙，這些暴動的民眾事後應該也就不會受到太嚴重的罰責。畢竟他們只是人多勢眾，連眞正的武器也沒有，就算有好了，也並沒有拿出來使用。米斯帝在心理上是同情他們的，他知道被剝削的痛苦，以及深刻明白當人們受壓迫時，心中的那股恨意！如果可以的話，他希望在己方同事都安好的前提下，盡力確保這群民眾也能平安無事。

米斯帝是辦事處中最高階的主管，他決定採取配合的態度，其他職員自然也柔順地照辦。挾持辦事處的群眾本也是良善之民，他們的生計即將受到融資案與蟲洞網的威脅而瓦解，同時又受到教唆而群情激動。但當他們挾持了米斯帝等人之後，在等待談判的對峙期間卻又受到這些口才受過訓練的人質的「理解與安撫」，使他們喪失了攻擊性。就在米斯帝認爲危機應該已經可以算是解除的時候，事態卻突然有了怪異的轉變。

由於羅徹斯特當局態度不明朗的狀況下，挾持事件就這樣拖延了兩天。除了米斯帝等人質之外，就連打算挾持辦事處的群眾也同樣被困在這棟建築物內。困住他們的不是羅徹斯特警察或者哪裡的軍隊，而是一批來自全球各地的大陣仗國際新聞媒體。他們的財力充裕，設備先進，在這棟辦事處大樓四周架滿了各式各樣的監視攝影機，甚至還有紅外線探測器與熱感應監視儀。米斯帝覺得事情變得不太對勁，一開始熱切報導這次事件的羅徹斯特本地媒體早已不見蹤影，看來恐怕是已經被有計畫地給排除了。這些國際媒體很顯然地正在進行一場有策略的行動，他們並不打算協商或是採訪，只是一味地監視拍攝，以及擅自報導。從第二天晚上開始，整棟辦公大樓被切斷水電，陷入嚴苛的寒冷與漆黑惶恐的夜晚。

事態如此突如其來的進展，使得挾持米斯帝等人的抗爭群眾也驚慌了起來，他們頓時發現自己原本意氣風發的逞英雄作爲，竟然遭到了社會的背叛，一夕之間成了人人喊打的犯罪者，如污染的糞便般被排出社會的系統之外。米斯帝知道事不宜遲，壯起膽量提議大家應該想辦法接上電視，多少看一下外界的情勢再來進行判斷。這時挾持者與被挾持者的立場突然變得一致了，大家異口同聲的表達同感，開始同心合作了起來。由於電視、網路等有線線路全都被外界切斷，辦公室裡又沒有無線網路等設備，其中一位打工的職員拿出他隨身攜帶的音樂播放器，說道：

「只好用這個聽廣播了！」

羅徹斯特的夜晚非常寒冷，太陽才剛下山沒多久，窗戶上已全都節滿了厚厚的冰晶霜霧。因被斷電而沒有空調的室內無法抵禦氣溫的驟降，不論是民眾還是辦事處的職員全都互相緊緊地依偎在一起，聽著雜音很重的廣播新聞。米斯帝心情沉重地聽了一陣子，突然強烈地不安了起來，他站起身，說道：

「不行！不行！我們得要出去才行！」

話一說完，不等其他人反應，米斯帝已快步衝向大門，一頭用力地撞上了透明的微晶玻璃大門。米斯帝撞的很大力，整個人幾乎是被反彈拋了回來，差點摔倒在地上。看見這一幕，眾人無不吃驚萬分！原本只有從內側上鎖的大門，不知何時，居然已被人從外側鎖上了。這棟建築有著氣派的寬大門戶，全都採用微晶玻璃的材質，微晶玻璃的特點就是堅硬無比，不要說可以防彈，聽說甚至連手榴彈或者肩負式小型飛彈的攻擊都能夠有效阻擋。想要徒手破壞，無異於癡人說夢。何況玻璃上還塗上了如鏡面般用以阻擋輻射線的塗料，從外側看起來跟鏡子一樣，幾乎完全看不到內部的狀況，因此也別奢想從內側求救了。米斯帝手腳發冷，他終於意識到這回問題大了。廣播新聞中所報導的說辭，幾乎全都是他從來都沒有聽說過的羅徹斯特政治內幕，像是有記者指控「反融資案的暴動群眾背後有羅徹斯特高層暗中操控」，目的是「想藉此暗槓全球貨幣基金的高額利息補助」等等，而這樣的推論，隨後便順理成章地輾轉導引得證爲——這一切都是羅徹斯特市長可納・庫魯夫命令央行總裁布魯士持續反對融資案，並且暗中教唆政黨群眾進行街頭暴動，同時挾持全球貨幣基金的羅徹斯特辦事處做爲談判策略！

誇張的言詞令人咋舌，然而，這些聳動的言論卻並不是他們所渴望的結論。當輿論的矛頭開始整齊劃一地指向可納・庫魯夫時，輿論本身，就成了一顆無法制止自身向下滾動的鬆軟大雪球。在這個時候，不論是融資案也好，蟲洞網也罷，全都瞬間褪色；輿論化身爲虛妄的幽靈，附著於媚俗的唇舌之上。它們既不渴求理念，也不奢望理解；只需要眾人如癡如醉的點頭贊同，就是對它們最高的讚美。幽靈先是發問般地說道：可納・庫魯夫出身軍人家庭，本身雖非軍人，但是軍閥獨裁觀念根深蒂固，難以改變。幽靈之聲如魔音穿腦，眾人無法思考地頻頻點頭，幽靈見了很是高興，便又繼續說道：那麼同理可證，可納・庫魯夫就是羅徹斯特的軍政獨裁者，他的政府暗中對其反對者進行非人道的私刑與處決，行之有年，是個不折不扣的集權統治者。我們身為法制時代的人民，集權的世界不該有未來，我們必須打敗它！從獨裁者的手中，奪取我們自己的未來！

鏗鏘的語調蕩氣迴腸，正義的世界轟然啓動。羅徹斯特一夕色變，成了背負貪婪後果的罪與罰之地。

隔日早晨，情勢急轉直下，一支由當地富商聯合出資組成的民軍部隊，打著「羅徹斯特新民軍」的名號，突然間衝進羅徹斯特市政府，當場逮捕、並且扣押了市長可納．庫魯夫，更透過電視媒體正式宣告：

「這是為人民的生計而忍痛政變！我們雖愛庫魯夫，但是更需要經濟！」

米斯帝等人被圍困三日的全球貨幣基金辦事處也在這日中午獲得「解放」，全副武裝的這支新民軍以攻堅的軍事等級來進攻遭到挾持的辦事處，煞有其事地將困在辦公大樓中的兩百多人按倒在地，搜查每個人的身體與持有物，並且將他們分成兩類：人質，與罪犯。米斯帝與所有辦事處的職員理所當然地都被分歸於人質這一邊，其餘那些原本打算挾持辦事處，最後卻自己也被困住的抗爭民眾，自然都被強迫扣上了手銬。民眾們驚慌地尖叫，其中幾個不服氣而反抗動手的，便被加捆上了牢鍊，像是烤乳豬般地率先被拖上囚車栓好。米斯帝整個人還處於震驚狀態中，然而令他震驚的，卻並不是過去三天的挾持事件與抗爭的民眾，而是這批訓練有素、裝備精良的「新民軍」。即使說是由富商出資支持的民軍組織，但是眼前的這批精銳部隊，不論是素質還是裝備，也未免都太超出「民軍」的等級了。這批新民軍一口氣調來了六台監獄的押送車，將被歸類爲罪犯的民眾全都押上車運送離開。一個負責指揮的新民軍小隊長精神奕奕地忙完之後走過來招呼米斯帝等人，在紀錄本上登記了他們的基本資料之後，便要他們自行回家。解散之前，還特地好心地警告說道：

「我們知道各位受驚了，但是這幾天都會比較亂，請各位自己小心，盡量待在住處不要外出。」

米斯帝態度柔順地點頭離開，他盡量以貌似自然的方式打量著每一個頭盔下的面孔，然而在這些年輕的剽悍面孔裡，卻沒有一個是羅徹斯特人。米斯帝謹慎地緩步走回自己在羅徹斯特的住處，沿途的景象使他心頭異常緊張。原本繁榮的商店街道全都大門緊閉，穿著新民軍制服的年輕人扛著機槍在街頭亂晃，米斯帝不知道他們是否有洗劫民宅，但是肯定有勒索商家。某些區域許多商店的鐵捲拉門都有著被機槍掃射過的痕跡。米斯帝繞道而行，想去看看羅徹斯特最精華的核心地段，不料才一轉彎，迎面就撞見兩個新民軍人正大聲喧嘩，其中一個正用槍管指著一位趴在地上的老人，老人身上穿的是羅徹斯特傳統的民族服裝，惶恐地將兩隻手臂舉在頭頂上，寬大的袖子自然垂落下來蓋住了他的臉。另一個正要給老人搜身的新民軍人看了很生氣，用槍托重擊了老人的背脊一下，叫他自己把袖口往上撈，好讓他們檢查他是否藏了什麼東西在袖子裡。老人骨架壯碩，但已是頭髮灰白的年齡。他原本穿戴著傳統服飾的小帽子，卻被軍人給揮了頭頂，帽子給揮到地上去了。米斯帝沒料到會親眼看見這樣的畫面，站在一旁愣了好一會兒，千萬個念頭瞬間在腦中轉了幾百遍。他深吸一口氣，決定採取行動以免自己將來後悔。米斯帝故作鎮定地走上前去，擺出一副長官的架式，輕描淡寫地說道：

「喂喂，這是怎麼回事兒？沒看見媒體在拍嗎！快點給我把他扶起來！」

兩個軍人愣了一下，回頭上下打量了米斯帝好一會兒，賞了他一個狐疑的眼色，沒有做出反應。米斯帝見狀，知道此時軟弱不得，於是便加大音量，怒喝了起來，斥道：

「說話沒聽懂是不是！這種畫面給國際媒體拍出去了還像樣嗎！立刻給我把他扶起來！就算作樣子也給我做到底！」

怒斥的策略果然見了效，米斯帝的一口捷魯歐腔救了他。儘管仍是一副不情願的模樣，兩個軍人終於勉強地彎下身子，把趴在地上的老人給扶了起來，還幫他把帽子撿起來，拍去灰塵之後好好地給他帶回頭上去。老人驚魂未甫地不斷彎腰道謝，倉惶失措地縮著身體快步離開。米斯帝順勢瞪了兩個新民軍人一眼才轉身走開，好不容易挺著背脊大步走進通往住處的巷子裡，三天沒洗澡的西裝底下早已汗流浹背，兩條腿都有點不聽使喚了。

回到住處，米斯帝試圖與捷魯歐的全球貨幣基金總部聯絡，但卻發現有線的電話與網路都被切斷了。他拿出總部發給他的小型攜帶電腦，用內建的衛星連線功能撥了電話給主管柯爾，報告羅徹斯特的現況。柯爾聽了，卻很保守地說道：

「我知道，我們這邊都知道，總之你沒事眞是太好了。在事情結束之前你就先不要動作，待在屋子裡就好，辦公室也別去，我們這邊會處理。」

米斯帝覺得很疑惑，說道：

「你們先前就知道這邊的情況嗎？還是說？你們早就知道會有這樣的事情發生？」

柯爾謹慎地停頓了一會兒，然後說道：

「不要問，米斯帝。別擔心，你不會有事的。糧食還有嗎？水電的供應狀況如何？」

「基本生活上沒有問題，」米斯帝失望地回答說道：「這邊公營的賣場也都還有開，目前尚未斷貨。不過，柯爾……」

「不要多問！米斯帝，」柯爾打斷米斯帝的話，重複強調說道：「等事情結束了你平安回來就好，你也不想讓你妻子卓若卡擔心吧？」

米斯帝心臟一抽，沉默著沒有說話。柯爾繼續做了結論說道：

「這是聯邦政府在處理事情，我們乖乖閉嘴就好，懂吧！」

「嗯，我瞭解了。謝謝你，柯爾。」米斯帝只能低聲應道。

結束通話之後，米斯帝比原本更加滿腔陰霾，他想發郵件給卓若卡，但一想起剛才柯爾的話，又害怕這麼做會很可能會拖累她。米斯帝在腦中考量了幾個人選，最後將郵件發給了文森特。內容簡短地陳述了這幾日下來整個羅徹斯特的實況，以及他自己的幾點疑問。過了大約半個小時，文森特回信了。然而信中只有短短的一句話，寫道：你不要動，米斯帝。我們正在處理。

文森特都這麼說了，米斯帝也只好頹然地放棄行動。不過事實上米斯帝心裡也明白，就算他眞要行動，其實也做不了任何事情。趨勢掌握在有權力的人手裡，這個時候的米斯帝連雷納・伯格都連絡不上，雷納是站在第一線執行權力的人，而米斯帝，只不過是一顆不重要的棋子罷了。

當全世界都透過各方媒體注目著羅徹斯特時，這些目光理所當然地也預期著英雄的出現。這批新民軍發起的政變行爲與街頭暴力鎭壓，很快地使羅徹斯特整體政經活動全部停擺，自然連帶著影響了周邊地區的經貿活動。此時輿論又一次驚心動魄地發出忠告，告訴大家物資斷運的危機極有可能迅速降臨。恐嚇般的宣傳語句猶如火焰的助燃劑，爲全球的觀眾們鋪陳著一個新星英雄的誕生。

危機處理最講求的就是效率！爲求表現魄力，聯邦政府迅速決定派出形象英明的政壇明星讓梅葉，前往羅徹斯特與新民軍領袖斡旋協談。讓梅葉這一年剛從捷魯歐市長職位上光榮卸任，廣受民眾愛戴，儼然是世界和平黨中第二代的首席政治家。他這回臨危受命，選擇輕裝便行，只帶了幾個助理，便毫無畏懼地深入羅徹斯特與新民軍的領袖會面。在史波尼克的安排下，雙方會面的地點就在羅徹斯特市政府。讓梅葉與幾位新民軍的首要領袖在可納・庫魯夫辦公室內開了一場簡潔的記者會，他們一同站在辦公室中一面裝飾著木刻雕花的大壁爐前面，給各地記者充足地拍夠了照片。照片中的讓梅葉可說是佔盡了優勢，他穿著一貫合身俐落的黑色西裝，頭髮帥氣地整頭往後梳去，身形挺拔且英氣逼人。反觀他身旁的幾位新民軍領袖，不但本能地站成一排，還全都穿著一模一樣的土黃色實戰軍服。軍服滿是口袋的上衣緊緊紮在褲子裡，軍靴的繫繩也牢牢地交纏將褲腿綁住。

不過更諷刺的，是他們每個人臉上的表情。讓梅葉看起來像是個君臨天下的王者，而旁邊的幾位軍人，則是他個人的貼身護衛。

讓梅葉本來就是個擅長於操作媒體形象的優秀政客，這是眾所皆知的事情；然而他在這次的斡旋會談當中也大膽地展現了異於常人的膽識與氣魄，以及化解敵意的過人能耐。正當每個人都認為讓梅葉這次是孤身赴陣，在四面皆敵的狀況下，應該會採取柔軟的協調態度時；沒想到他卻毫不猶豫，執行徹底的逆向操作，出乎眾人意料地一開口就強硬要求新民軍釋放可納・庫魯夫，並且強調必須讓羅徹斯特迅速恢復常序。讓梅葉的氣魄震懾全場，而原本扮演著中間人角色、同樣參與會談的史波尼克，在對話開始之後卻彷彿成了為新民軍立場辯護的特聘律師。讓梅葉一提出要求，史波尼克便擺出一副為難的模樣，皺著眉頭說道：

「噢，讓梅葉先生！我們當然知道您崇高的品格，但是相信您一定也能理解我們的苦衷。融資案與蟲洞網的建設對羅徹斯特未來的民生經濟而言是非常重要的指標，但是那位令人崇敬的庫魯夫市長，卻因為他個人無法割捨民族情感而不斷阻擋羅徹斯特應該迎向的未來。我們當然會釋放庫魯夫市長！但是如果您不能夠給予我們充足的安全與信任，這件事兒恐怕還得一拖再拖。」

「我們絕對會提供所有你們需要的條件，」讓梅葉字句鏗鏘地說道：「我就是為此而來的！說說你們希望有什麼樣的保障吧。」

史波尼克露出一個彷彿受到天神感召的表情，虔誠地說道：

「我們希望能夠確保蟲洞隧道的建設計畫，必將精確的落實！爲此，我們強烈要求由羅徹斯特的廠商確實參與，並且由各方專家組成一個專門監督的小組，以確保進度的落實！」

讓梅葉深深一點頭，應允了史波尼克的要求，然後接口說道：

「但你們還是必須將政權奉還給庫魯夫市長，聯邦政府的立場不能容許有這樣的政變存在！這會對整個經濟區域都帶來負面的影響，你能夠理解吧！史波尼克議員！」

「當然！當然！」史波尼克連聲道謝地說道：「我們都非常榮幸這次能與您如此敞開心胸地對談說話兒！是吧，各位？」

史波尼克這句話的最後轉頭問向旁邊的幾位新民軍人，大家無不點頭稱是，在媒體的面前賞足了讓梅葉面子。讓梅葉謙虛地與史波尼克互相繼續讚美了對方幾句，會談的氣氛就在一鼻子臯臯香芬與和樂的笑語當中順利結束。眾人從市政府大廳邊拍著彼此的肩膀邊談笑風生地走出來的時候，讓梅葉的說話模樣有如羅徹斯特的救世主，彷彿他就是用這閃亮的笑容照耀了黑暗的羅徹斯特，將羅徹斯特從惡夢般的現實中解救出來似的。

讓梅葉「解救」了羅徹斯特、返回捷魯歐之後，羅徹斯特的新民軍立刻按照約定全軍撤出了羅徹斯特市區，並且讓媒體跟車拍攝他們護衛著可納．庫魯夫安全回到宅邸的鏡頭。新聞一播出之後，羅徹斯特很快地便恢復了平日的模樣，議會也很快地恢復工作，然後很快地在史波尼克的主持下，通過了融資案。米斯帝回到全球貨幣基金的辦事處上班，一切事務似乎都一如往常，然而唯一令他心有芥蒂的，是都已經到了這個時候了，整個辦事處裡，卻仍然沒有人能夠聯絡得上雷納・伯格。米斯帝打電話回捷魯歐總部找柯爾，問他是否知道雷納的去向，結果，沒想到柯爾卻給了米斯帝一個令人震驚的回答，說雷納和全球貨幣基金之間的合作合約已經期滿，現在已經不替全球貨幣基金工作了。米斯帝又驚又怒，思考了一會兒，他決定找史波尼克談談，看看能否多了解一些情況。米斯帝撥了先前見面時史波尼克給他的私人電話，然而響了幾響，接起來的卻是一個兼職的客服助理，米斯帝告訴這位助理他有極重要的事情必須要找史波尼克，但是對方的反應卻很微妙，不斷地重複委婉拒絕的官腔言詞，不讓米斯帝有更進一步聯絡上史波尼克的機會。米斯帝怒火中燒了起來，他知道，自己是被用後即棄了。

過了幾天，柯爾傳來了米斯帝的調職命令，說會派人接替羅徹斯特的職務，好讓他可以回捷魯歐休息一陣子。柯爾或許明白米斯帝心中的忿忿不平，還特別破例私下打了電話給他，安慰米斯帝說道：

「別計較了，老米！我們做這行的，有誰不是棋子？你說？就算是希洛・道夫也跟我們一樣，沒一個人有實權的，這個體系就是如此。你想想看，二十多年前，我因為反對辛西亞蓮的亂政而加入聯合黨的財經系統，好了，你說現在怎麼樣？人民勝利黨倒了，聯合黨也退居在野長達十年，我卻還繼續留在這一行，而且還幹得挺出色！我們的幕後老闆愈來愈成功，聯邦政府的營利能力愈來愈強……但你說，社會眞的有變好嗎？哈哈，這問題眞是狗屁！社會從來都是一個樣兒，世道永遠都是沉淪的，沒有不沉淪的時候。你說爲什麼？因爲那就是處於群體模式的人性。個人或許能從群體模式中暫時逃脫出來，你說這是覺醒也好，頓悟也罷，但若要一個群體之中的每一個個人都覺醒過來的話，開什麼玩笑，那就沒有社會了。社會性一旦消失，文明也將會瓦解。個人的行爲無法造就文明，說穿了，就是我們無能爲力。你就看開點吧，回去陪陪老婆孩子，開心就好，什麼也別抱怨。不高興的事情就擱著吧，擱久自然就忘了。」

米斯帝歎了口氣，說道：

「我這還是第一次知道原來你是這麼會感嘆的人啊，柯爾！」

「別笑我了，誰不感嘆？唉唉，」柯爾重複著說道：「明白的人，誰不感嘆！」

米斯帝決定聽從柯爾的建議，老實地收拾好東西等待交接。過了兩天，來到羅徹斯特辦事處接替米斯帝職務的新任負責人，是個年約三十出頭的年輕女士。她的身材高大，骨架方正，言談舉止頗有乃父之風，正是全球共和聯邦前總理哈德威的掌上明珠，妮露．哈德威。米斯帝對這位年輕女性的印象很好，雖然正值菁華之齡，但她大多時候衣著樸素，談吐之間有種令人印象深刻的直爽帥氣，說話的口吻跟語調都與她的父親非常相似。米斯帝交接的時候特別爲妮露留了一份簡報，好幫助她能夠快速進入狀況，並且開心地請她吃了頓飯。雖然沒有深交，不過米斯帝心裡非常確信，十年之後的妮露．哈德威絕對會是個響鐺鐺的風雲人物，就好比現在的讓梅葉．巴特一樣。妮露在米斯帝回捷魯歐之前，也禮貌性地回贈了他一瓶昂貴的威士忌，同時還拜託米斯帝務必代爲問候卓若卡，表明自己是卓若卡「忠實的讀者」。米斯帝聽了相當高興，在返回捷魯歐的路上，甚至有種好似人生中的苦難全都告了一個段落的感覺浮現，心情寬慰不少。

回到捷魯歐，柯爾讓米斯帝放了個短假，叫他回去鳩擇市休息一陣子好養精蓄銳。在羅徹斯特搞得一身瘴氣，米斯帝也想快點轉換心情，並且他也一直掛念著要去探望長年臥床的貝士基特。心念一動，人就靜不下來了。米斯帝當天就坐車回到鳩擇市，帶著妮露・哈德威送的威士忌來到貝士基特的住處探訪他。

貝士基特自癱瘓之後已經臥床兩年，健康狀況大體上沒什麼不好，只有眼神死氣沉沉。與過去米斯帝所認識的那位如獵鷹般精悍的貝士基特，猶若兩人。看見這樣消沉的貝士基特，米斯帝心中很是痛苦，他想要撐起笑臉來給貝士基特打打氣，卻發現自己竟也做不到。貝士基特見狀，淡淡地笑了起來，叫米斯帝打開酒瓶，讓看護士把威士忌裝入專用的水瓶給他喝，然後說道：

「算了，米斯帝，我是已經看開了，過去眞是對不起你們。」

「怎麼說呢？貝士基特，」米斯帝歎道：「我們原本是打算一起打天下的哪！」

「呵呵，」貝士基特平淡地笑了起來，說道：「你看到新聞了嗎？說是可納・庫魯夫被送回家兩天之後，在睡夢中腦溢血死了。」

「我知道，那時我人還在羅徹斯特。」米斯帝回想起先前被可納・庫魯夫罵個臭頭的情景，難過地說道：「眞是太遺憾了！其實我認爲可納・庫魯夫是個令人敬佩的領導者呢！」

貝士基特靜靜地看著米斯帝沒有說話，過了好一會兒，才又突然開口，語帶保留地說道：

「你沒有發現到任何不對勁嗎？米斯帝？」

「什麼不對勁？」米斯帝反問道：「這椿政變事件嗎？」

貝士基特意有所指地眨了一下眼皮，然後似笑非笑地說道：

「政變？噢，是啊，媒體還給這椿事件取了名字叫做『七日政變』咧！呵呵，什麼政變，根本就是聯邦政府自導自演的丑劇一場吧！電視上轉播的那場斡旋，讓梅葉與史波尼克在會談中的那些對話……看了都眞笑死人了！而且依我看，可納．庫魯夫恐怕在被俘虜的期間就已經被處決了吧？電視上拍到的那個被送回家的可納．庫魯夫，根本不是可納．庫魯夫本人。」

「什麼？」米斯帝不自覺地驚呼了起來，趕緊按了一下自己的嘴巴，說道：「不可能的吧？那些畫面是對全世界播放的耶！當時幾乎全球各地的媒體都在現場跟拍，是要怎麼做假！」

「你知道我現在很閒，米斯帝！」貝士基特說道：「盯著電視畫面反覆慢動作切割播放就是我最大的休閒活動了。被民軍送回去宅邸的那個人根本不是可納．庫魯夫，大概是個替身演員吧，臉孔雖然很像，但是耳朵的形狀完全不同。可納．庫魯夫本人有著薄長形的耳朵，然而最後在民軍的護送下露面的那個傢伙，耳朵卻是短圓的形狀，而且沒有耳垂。我都有錄下來剪接做比較，你可以拿一片回去當笑話看看。」

米斯帝震驚地說不出話來，他不可置信地看著貝士基特，支支吾吾地說道：

「這樣……若真如此，我們是不是應該……」

「別！米斯帝！算了吧！」貝士基特打斷米斯帝的問話，露出一臉不屑的表情說道：「能做什麼？我說！能做什麼？就算羅徹斯特的每一個人都有著不同的臉孔，看在捷魯歐人眼裡，或者鳩擇市的人眼裡，又有什麼差別？就好比大家都心知肚明，所謂的民軍其實根本就是傭兵部隊，然而手裡沒槍也沒錢的人，有誰會多說一句話？這個世上唯一的規則，就是奴役與被奴役、以及剝削與被剝削。不論是你也好、我也好，文森特也好，還是約瑟夫或者包溫，我們都已經過氣了。到了這個年紀，就算沒有殘廢也只能隨波逐流，只求不要淪落到社會的最底層去，如此而已。啊，不過話說回來，現在的我好像也沒有比活在社會的最底層好到哪裡去就是了。哈哈哈哈！」

貝士基特說完自嘲地笑了起來，他幾分鐘前喝了威士忌，整個臉頰與脖子都紅通通的漲成一片，看上去神態十分落魄。米斯帝實在是不知該如何安慰他了，只能安靜地坐在貝士基特身邊，陪他一起喝完整瓶威士忌。貝士基特用著一種很深刻的眼神看著米斯帝，猶如詠嘆般地低聲說道：

「人會變，但是酒的味道卻一直都一樣啊！真是懷念，真是懷念。好像與過去的自己相逢似的。你知道，米斯帝！從跑道上起飛的飛機，總有幾架會回不來。這種時候，你也只能繼續往前飛，然後試圖在其他的地方迫降。我們不是星辰，永遠不可能長久地停留於天空之中，是吧？呵呵，你說是吧？」

看著喝得昏醉而酒後吐真言的貝士基特，米斯帝什麼也沒有說。火紅的夕陽從低矮的天際穿過玻璃窗花，歪斜地照射在貝士基特的床頭上，將他漲紅的睡臉也打上了深沉的光影。米斯帝替醉得昏睡過去的貝士基特輕輕拉上薄被，小聲地跟看護士打了個招呼，獨自低頭離去。

走過陸橋的時候，米斯帝腳步停頓了下來。如道路般通直的紐賽納運河從腳底下穿流而過，不曾停止的潾洵河水，也隨著時代的榮光而閃耀著不同的顏色。米斯帝抬起視線，瞇著眼睛望向西方。這才發覺，那一整片正往地平線沉落而去的巨大夕陽啊！竟是如此渾沌、如此美麗。

下篇　偉人的跫音

第十三章　和平的形貌

尖銳的聲響從禮堂外頭傳來，讓梅葉．巴特與晞婭．巴爾頓的婚禮現場猶如媒體人的終極戰場。由於他們不被允許進入禮堂與婚宴會場內拍攝，只能從狹窄的側門通道上用鏡頭爭相窺視。一陣不安的推擠之下，便有人不小心被昂貴的器材絆倒，連帶週邊的人群也跟著騷動了起來。

米斯帝本能地抬頭向外張望，狐猴般的神情瞬間被其中一台相機捕捉個正著。妻子卓若卡坐在他的身旁，正與另一邊的賓客俯首交談。自北聯金控與梅耶洛夫企業合併之後，喬瑟法．梅耶洛夫就始終掌握著北梅集團的最高決策權，在這天這場婚宴上，喬瑟法也大方地向坐在他身邊的卓若卡透露了幾項他正打算推動的經營計畫。喬瑟法口中的這些計畫其實卓若卡都已經知道了，她長期緊盯著北梅集團的活動與決策趨向，可說是世界上最了解喬瑟法的局外人。然而，這天吸引住卓若卡的並不是喬瑟法對於經營計畫的閒談大放送，而是喬瑟法提及了米斯帝先前經手處理的羅徹斯特融資案的事情。

「確實處理得非常糟！我知道他們派了雷納過去，」喬瑟法低聲說道：「達克公司就是專門處理這種事情的部門。它們通常有三種手段，其中一種就是雷納。當然，這都只是代稱。」

「什麼意思？代稱？」卓若卡問道：「我以為『雷納』就是那位伯格女士的名字？」

「凡是負責第一種手段的人都叫做雷納，」喬瑟法說道：「他們的工作內容和米斯帝其實有些類似，只不過手段上更加強硬。甚至應該說，他們是由政府私下派去盯著像米斯帝這種職務的人，是否有好好完成工作的監視器。若眞工作進度碰上困難的時候，他們也必須負責幫忙解決第一線的問題。只不過，當雷納出手解決問題的時候，他們的做法通常也都非常容易造成某些後續的問題。這次羅徹斯特出事的時機很不幸運，有些敏感。我很擔心米斯帝。」

「怎麼說呢？」卓若卡皺著眉頭問道。喬瑟法瞄了後頭的米斯帝一眼，卻看見米斯帝正在打瞌睡。他笑了一下，瞇起眼睛說道：

「強硬的手段當然是來暗的有效率，只要買通將能從中獲利的部分機構，執行上自然就輕而易舉了。但是這次羅徹斯特的事情比較複雜，除了雷納之外，另外兩種手段也都使用了，簡直就是全套服務送到家。」

「所以才有七日政變？」卓若卡憂慮了起來，說道：「我一直都覺得七日政變做戲做得太假了，可納・庫魯夫恐怕在被抓的期間就已經死了吧？被送回去的那個可納・庫魯夫只是替身，本名叫做瓦普・客隆，是個專門拍攝災難現場還原紀錄片的業餘演員。這在我們新聞界都已經沸沸揚揚了！」

喬瑟法說道：「除了雷納之外，另外兩種都是『豺狼』。其一是政變，再者則是暗殺。之前羅徹斯特央行的遊梭就是死於暗殺，這種事情其實很常見。只是這次的時機不好，因爲隔年就要總理大選了，政變與融資案的事情一定會被拿出來攻擊。現在的聯合黨跟十年前的聯合黨已經完全不同，他們蓄勢待發，很危險。何況前總理哈德威擔任聯合黨主席的這十年間已經用個人投資的方式逐漸控制了克萊爾集團，是沁迪克與賀菲斯鈞之外克萊爾集團的第三大個人股東。你要特別注意聯合黨那個叫做亞桑・莫德的傢伙，卓若卡！我知道哈德威很中意他，那傢伙什麼都幹，這幾年也始終盯著全球貨幣基金不放，他知道這是個標的。米斯帝在羅徹斯特時等於是被雷納逼著跑，萬一之後不幸被抓著了什麼漏洞，他很可能必須成爲停損點。對此你要有心理準備，卓若卡。」

卓若卡瞪著眼睛直視喬瑟法，嘴巴閉得緊緊的沒有說話。喬瑟法的笑容沒有溫度，使她無法開口。此時四周響起了掌聲與拉砲聲響，喬瑟法很自然地順勢轉開臉，起身爲這對重量級的新人獻上慶賀。米斯帝也很投入於狂喜的情緒之中，大聲地爲讓梅葉與晞婭叫好，看見卓若卡板著臉孔，還熱情地推了她一下，要她配合氣氛。卓若卡只得靜靜地緩慢鼓掌，若有所思地努力撐起一臉假笑。

婚宴的賓客冠蓋雲集，包括現任聯邦總理希洛・道夫、與預計隔年競選總理的現任世界和平黨主席霍華・哈德威在內，幾乎任何與世界和平黨有關的政商高層全數出席，甚至連高齡八十、已退出聯合黨的開國元老賀菲斯鈞・拉塞佛德也都來了。淡出政壇後的賀菲斯鈞是出了名的宴會老人，他非常喜歡宴會，尤其是晚輩們的婚宴，只要賀菲斯鈞一出席，現場就會特別的活絡熱鬧。賀菲斯鈞也是希洛・道夫初出政壇時的老長官，他一出現，希洛便放下主婚人的身分，像個孩子般興奮地跟在賀菲斯鈞身邊，喜孜孜地話說當年。聯邦政府前後兩位領導者同時站在一起，不言自明地充滿了歷史意味，他們親密地拉著新郎讓梅葉一同合照，彷彿演繹著隱密的政治語言。原本一直站在希洛身旁的文森特無意與大人物們搶鋒頭，雖然他在希洛的團隊中擔任了八年的幕僚長，本身也是個不得了的大人物了，不過文森特頭腦清醒，對於自己的政治前途另有打算。文森特環顧四周，赫然看見米斯帝正流連於吧台週邊，津津有味地品嘗著各式糕點小吃，情緒十分鬆懈，在整個氣氛高昂的婚宴會場的中顯得很是突兀，十足一副局外人模樣。文森特走向米斯帝，從背後拍了拍他的肩膀，米斯帝回過頭來，一見是文森特，立刻露出一個老朋友之間的會心笑容，咧開的嘴邊還沾著糕點上頭的白色糖粉。文森特笑著遞了張面紙給米斯帝，同時仔細地觀察了一下老友的面孔。米斯帝的臉部輪廓比過去鬆弛許多，看上去胖了些，不過氣色卻很好。他的臉上流露著一種過去所沒有的神情，像是個父親，也一如孩子。米斯帝拿著面紙擦了擦嘴，對文森特說道：

「你是怎麼保養的啊？文森特！怎麼一點兒也沒變？我前陣子在鳩擇市和包溫與約瑟夫一同吃了飯，他們跟我一樣，呵呵，中年發福啊！你過得還好嗎？咱們眞的很久沒見了哪！」

「如你所見，保養得比你們還好！」文森特笑道：「我這工作可得保持身材才行啊！如果法令紋長得不好看，我可能還得考慮去整形呢。」

「噗！別擔心，你的法令紋很好看！」米斯帝故做神態的笑了起來。兩人對視著彼此取笑了一會兒，米斯帝眼睛一轉，露出正經的神態，低聲說道：

「對了，聽說你不打算爭取霍華旗下的位置？那明年希洛卸任了，你怎麼辦？好歹去爭取個內閣之類的職位吧？還是說你打算回企業界？」

「噢，企業界，」文森特感嘆地說道：「天哪，眞是懷念！不過我應該是無法回去了。貝士基特已經完全退出的現在，如果回到企業界，不論要做什麼，恐怕都是得經過包溫或者喬瑟法的同意。老實說，我一點兒也不想在他們下頭工作。更何況，以現在的態勢而言，不論是北梅集團還是所有的相關企業，其實走向都已經很明確了，即使現在回去，也毫無競爭餘地。而霍華・哈德威的團隊也是一樣，有福克西和拉維爾在那兒，我就算進去沾個邊兒，也只是淌混水而已。再說，我也並不看好霍華。」

「咦？什麼意思？」米斯帝驚訝地問道：「你認為明年他選不上嗎？霍華的民調支持率很高呢！目前為止每次都有六成左右。」

文森特的嘴角習慣性地向上揚起，冷淡地說道：

「哦，那是因爲聯合黨的候選人還沒明朗化的緣故。希洛這八年其實政績並不出色，只不過不斷地有大的計畫在大動作進行，就像全球貨幣基金的成立以及蟲洞網計畫等等。眼花撩亂的宣傳讓民眾似乎感覺到這個政府有在做事，是認眞的打算藉由蟲洞網的建設來推行全球單一貨幣制度。然而問題是，若要從政績的角度來說的話，全球貨幣基金與蟲洞網計畫實際上並不能算是希洛的成績，而是『聯邦政府的老闆』的計畫。商業計畫的動機當然是出於自利，而非道德理想，最後造福的對象也不可能是一般民眾。大家都心知肚明，這完全只是被擁有政府的『那兩個』財團牽著鼻子走而已。『那兩個』財團，呵呵！你知道，現在大家幾乎都這麼稱呼他們了。」

「唉，講成這樣，」米斯帝揶揄地笑道：「但是希洛這八年實際上的總理其實是你吧？權力這麼大，怎麼把自己講得毫無建樹！」

「權力跟建樹本來就不相干啊！」文森特笑道：「我的意思是，去爭奪那種沒有用的權力做什麼？聯邦政府只不過是一個被架空的雜務部門。希洛這八年如此，未來不管是霍華執政，還是聯合黨執政，情況都不可能改善。」

「嗯，因爲時間愈久，蟲洞網就愈趨近於完工的緣故？」米斯帝挑起眉毛說道：「對於這點我還眞是擔憂。」

「是啊，如果我是你，我會近日就趕緊帶著所有家產躲到某個荒島上，在豪華別墅裡養幾隻長毛犬快樂的度完餘生。」文森特語帶警示地說道。

米斯帝心臟蹬了一下，轉頭看向文森特，仔細觀察著他的神情，低聲問道：

「有這麼嚴重？」

文森特若無其事地啜飲著香檳調酒，沉吟著說道：

「不一定，這得看情況。不過你是當時的負責人，米斯帝。」

米斯帝沉默了下來，他知道文森特不是開玩笑。過了一會兒，米斯帝說道：

「如果我逃亡，對於你們而言會比較方便處理嗎？」

「恐怕是的，」文森特維持著一貫的語調說道：「但是這樣就變成必須由你來背負所有的罪名，使調查斷線。而假如你沒有逃亡，那麼一旦調查起來你肯定會被收押，我們也無法將不是你的罪名推給你。或許你會被關個幾年就出來了，但是世界和平黨恐怕會遭受重挫。」

米斯帝看著文森特的側臉，不知爲何突然想起了貝士基特日前酒醉睡著時的神情。他低聲問道：

「文森特，那麼你個人呢？你個人而言，希望我怎麼做？」

文森特轉過頭來，眼睛直直地看著米斯帝，露出一種嚴父般的神情，說道：

「不，米斯帝，我不能替你決定。這是你自己的命運啊！你必須自己思考，懂嗎？你的決定並不會對我造成太多影響，你必須考慮的是你的家人啊！卓若卡和法伊，你的妻子與兒子，他們的人生都與你的決定息息相關！不要再當條狗了，米斯帝！這是我的眞心話！」

突如其來的話語使米斯帝震懾不已，他瞪著文森特，胸中盡是複雜的波濤。一陣濃烈的鼻酸猛然襲擊了米斯帝的眼眶，他用力咬住唇舌，不讓情緒失控。眼睛盯著牆壁忍耐了半晌，才逐漸平靜了下來。米斯帝深呼吸了一會兒，然後突然低聲笑了起來，對文森特說道：

「最近，我開始嘗試了一種球類運動，冰上曲棍球，你知道嗎？」

「哦！我知道，那很困難的！」文森特平靜地使個眼色說道：「你得先學會滑冰。」

米斯帝咧開嘴，點點頭說道：

「法伊今年十八歲了，是校隊隊長呢！他是校際聞名的最有價值守門員。你知道，冰上曲棍球的守門員是所有的位置中最困難的，你必須要夠靈活、反應快速，而且要非常冷靜！法伊眞是箇中好手！他的體型跟我不一樣，修長又精瘦，你看他在球場上的表現就知道，這小子眞強悍！又強悍又靈活，聰明且冷靜。我眞是沒得比！」

「我知道，」文森特低頭微笑，說道：「我在運動雜誌上看過法伊的介紹，形容法伊是冰上曲棍球界最令人期待的明星球員之一，雖然才十八歲，但後勁可期。他以後會更強。」

米斯帝得意又滿足地笑了起來，然後深深地歎了一口氣。考慮了一會兒，沉吟著說道：

「我不能逃走，你明白的，文森特。我不能逃走。」

文森特靜默如雕像，只能定定地看著米斯帝。過了半晌，才緩慢地點點頭，說道：

「是的……我想我明白。」

米斯帝也沉思著點點頭，說道：「如果你們到了需要我的時刻……你知道，那種時刻！就推給我吧。我想這會比其他方案都合適許多。」

「唉，我不知道，」文森特搖搖頭說道：「我不認為這樣值得……」

「文森特！」米斯帝突然出聲打斷文森特，用著一雙深入靈魂的眼睛與他對視，認眞的說道：

「那就使它值得！文森特！這是我唯一希望你負擔的責任。」

文森特在米斯帝的注視下罕見地流露出了懊悔的神態，這樣深刻的痛苦在他冷峻的臉上很是相襯。他緊閉著嘴巴微微頷首，沒有再多說什麼。

讓梅葉的婚宴結束後兩個星期，米斯帝陪著卓若卡又回去了鳩擇市一趟。卓若卡經營的雜誌社正在進行一次搬遷計畫，從市區的高級辦公大樓內遷至市郊的印刷廠房旁。卓若卡在年初的時候買下了這間合作十多年的老字號印刷廠，爲了管理方便，於是決定將位於市區的高級辦公室出售；一方面節省公司開支，另一方面可償還併購印刷廠所產生的融資負債。卓若卡非常擔心日前在婚宴上喬瑟法對她的警醒，她希望米斯帝能夠辭去全球貨幣基金的工作，回到鳩擇市來跟她一起經營雜誌社。近日來，卓若卡不斷地對米斯帝慫恿說道：

「你天生就是吃這行飯的啊！米斯帝！你比我更有商業頭腦，現在公司又進行了垂直整合，我眞的需要你來幫忙！相信我，你一定會如魚得水的！」

然而，儘管卓若卡費盡唇舌，米斯帝仍然溫和地笑著拒絕。他總是一副氣定神閒的模樣說道：

「不行的，卓若卡，我在那邊還有事情還沒完成。我是個男人，沒做完的事情我放不下。總之現在還不行。」

「但是，喬瑟法告訴我說，」卓若卡按捺不住憂心地說道：「如果選舉因爲羅徹斯特的問題而出了狀況，你很可能會被當成代罪羔羊啊！」

「不會的，卓若卡，」米斯帝總是能夠露出安逸的笑容，說道：「我和文森特談過了，沒問題，那個不會有事的。」

不論卓若卡再如何費神，米斯帝的回答都還是這幾句話。雜誌社遷移完成，在市郊的新辦公室裡重新開張之後，米斯帝便帶著與平日完全相同的爽朗氣息，離開鳩擇市，再度回到全球貨幣基金上班。

多虧了普萊德博士發明的全新工法，蟲洞隧道的施工進度神乎其速，前一年才剛從捷魯歐城外動工開挖，今年就已經來到羅徹斯特的大門口前。然而眞正費時的精細重點在於內部的設備裝置，如果沒有這些精密的控管設備的話，蟲洞隧道其實並沒有比鼴鼠手耙的泥土地道來得更好。而隨著捷魯歐至羅徹斯特路段接近完工，兩個都市之間的經濟活動也顯著地出現了一種奇特的變化。由於蟲洞網的商業區街道規劃設置完善，並且免除了都市間的貿易關稅，同時又享有營業稅率優惠，加上貨運便利，因此商業區中不論是店面還是攤位，全部都在主管當局開放登記的頭一個小時內被一掃而空。即使隧道本身尚未完全竣工，然而捷魯歐至羅徹斯特路段的「蟲洞商圈」，卻以空前浩大的聲勢超越了這兩大都市中心商業區的規模，成爲最搶手的黃金地段。班楠對於蟲洞商圈的現象非常感興趣，他興致高昂地對米斯帝表示，自己正在籌畫一份調查報告，以支持他對蟲洞商圈未來發展的預估理論。他興奮地說道：

「眞的！我沒想過會有這種狀況！你知道嗎米斯帝？蟲洞商圈裡面一半以上的店面設計內部是附有住宅功能的！我發現許多租下住宅店面的租戶，他們並不是打算每天來這裡上班，而是決定直接住在這裡，同時經營店舖！這眞是驚人，米斯帝！你想想，如果蟲洞商圈本身只是一個商業區，那麼帶動的經濟效益可能還很有限，然而當愈來愈多人直接居住在這個商圈裡頭的時候，它就等於不是一個商業區了，而是完整的社群組織！這些人會直接在這個區域中生活！這眞是驚人的變化！」

「哦？」米斯帝不當回事兒地笑道：「對你而言吧。就我聽來，這跟我小時候住的貧民區還滿相似的，尤其是貧民區裡頭的地下市場。」

「那個地下市場還在嗎？現在？」班楠聽了眼睛一亮。米斯帝嘖了一聲說道：

「怎麼可能還在？早就被拆了！因爲它剛好擋在哈德威的首都擴建計畫的道路上。」

「噢，眞是可惜！」班楠十分爲失去了一個有價值的可研究對象而感嘆。然而轉念一想，抬起頭說道：

「不過，我想蟲洞商圈和你說的地下市場應該還是不同的，因爲蟲洞商圈直接位於交通幹道上。你知道嗎米斯帝，我有一個大膽的推論！還沒跟任何人提過呢！想聽嗎？」

「說吧！」米斯帝無所謂地笑道：「莫非你是認爲蟲洞網完成之後，地表上的都市會被取代，大家都會跑到地底下沿著蟲洞網居住生活？」

「咦！你怎麼會知道？我就是這麼想的！」班楠大驚，瞠目結舌地瞪著米斯帝。米斯帝歎了一口氣，說道：

「不想也知道吧？到最後地表上的都市會只剩下有錢人才有能力居住，沒那麼富裕的家庭、貧困的單身勞力等，都只能遷入隧道裡面過著不見天日的生活。這簡直是二十二世紀的新圈地運動！說不定到了本世紀末，當沿著蟲洞網擴張的地下貧民社群發展到一個成熟階段的時候，下一次的革命或許就會來臨。」

「一點兒也沒錯！一點兒也沒錯！我就是這麼想的！」班楠興奮地大叫說道：「噢天哪！我們眞是相見恨晚！」

「一點也不晚吧？我們國中時期就已經認識了啊！」米斯帝揶揄著笑道。班楠揮揮手，說道：「唉呀！那時候你是個渾小子，我是個蠢小子，彼此都沒啥斤兩。重點是，十八世紀時的工業革命，就是起因於貴族富豪們爲了養羊而將大批農民從他們的土地上趕走的圈地運動，失去土地的大批農民淪爲無產者，只能湧入都市，在資本家的工廠裡成爲勞力，而大批的貧困勞力則促成了工業革命！蟲洞網的商圈發展，假如它擁有著與當時同樣的性質，說不定也會醞釀出又一次的工業革命哪！」

「這可不是什麼好事，班楠，」米斯帝說道：「工業革命等於戰禍開端的前夕。而且，跟討論這種想像中的事情比較起來，你不覺得現在蟲洞網的最大問題，其實在於最高管理權與所有權的規劃嗎？目前蟲洞網的主管機關是個臨時機構，並且理論上它只能管轄捷魯歐至羅徹斯特路段。如果這麼部分不解決，你想之後會怎麼樣？」

「唔，很嚴重吧，愈慢處理會愈複雜。」班楠被米斯帝一說，不由得沉思了起來。米斯帝澹然地笑了笑，隨性地問道：

「你最近有和讓梅葉聯絡嗎？先前他的婚禮你也沒去。」

「唉，我很久沒跟他連絡了，說不上話。」班楠搖搖頭，神情顯得有些失落，說道：「先前一起就讀威佛中學的那批同學們，像福克西與拉維爾等等，還有凱恩斯，現在也都扒著霍華・哈德威不放。你知道幕僚內部的競爭是很激烈的，而且手段通常令人鄙夷。我不曉得，我就是不想像他們一個樣兒。不過最近讓梅葉似乎另有打算，他和你的那位朋友，文森特，他們最近走的很近。」

「我知道，他們在討論準備組成世界經濟聯盟的議題。」米斯帝說道：「我認爲你應該去加入他們，那才是關鍵之處，班楠！他們會需要你的。」

「是嗎？那你呢？」班楠問道。米斯帝沉默了一會兒，微笑說道：

「噢，他們當然也需要我！只不過是另外一種層面的需要就是了。」

班楠似乎沒有聽懂米斯帝的話中涵意，只是歪著臉點了點頭，狀似沉思，米斯帝也不以爲意，說笑般地岔開了話題。

儘管隔年的聯邦總理大選如祭典般地火熱展開，米斯帝這半年來卻過得十分清閒。他意外地發現自己很享受這種清幽的生活，每天朝九晚五地上班，一有週休假日就回去鳩擇市與妻子相聚，以及與兒子法伊一起練習溜冰與曲棍球。法伊與米斯帝之間感情非常好，與其說是父子，實則更似兄弟；法伊性格早熟，有時講話甚至更像是個父親。一次父子一同外出用餐的時候，法伊誠摯地告訴米斯帝，說即使成年之後，也希望保留生母吉奧·烏林克的姓氏，叫做法伊·烏林克。他詢問米斯帝的意思，同時也表示擔心母親卓若卡知道後會有些失望。法伊說道：

「我不想讓母親失望，但是烏林克這個姓氏對我而言意義重大……」

米斯帝聽了很是驚訝，對法伊說道：

「如果卓若卡是會爲了這種事情而感到失望的人的話，那麼一開始她就不會領養你了！吉奧是我童年時期的朋友，她也影響卓若卡很深，我跟卓若卡都會贊同你保留吉奧的姓氏的！法伊·烏林克，這絕對是個出色的好名字！我很高興你這麼有自己的想法，你眞是令我深感驕傲，兒子！」

法伊聽了很感動，忍耐著情緒而紅了眼眶，說道：

「我愛你，父親！你眞是世界上最可愛的父親。」

米斯帝欣喜若狂，但嘴上卻忍不住揶揄地說道：

「噢，這聽來怎麼不太像是讚美？」

法伊露出漂亮的牙齒大笑了起來，他的臉孔與生母吉奧極爲相似，是個俊秀出眾的漂亮男孩。

法伊的許多特質時常令米斯帝想起童年時候的回憶，捷魯歐的貧民區與百年歷史的地下市場，擁擠而油膩的食物與汗漬聚集交融的氣味，便宜且美味的滷雞脖子與炸香腸，二手電器的買賣交易與臭氣沖天的回收廠，還有許多想見但卻已永遠見不著的人。和卓若卡剛結婚的時候，米斯帝曾擔心卓若卡會思念故鄉，而認眞地詢問過她是否考慮一起回捷魯歐定居。當時卓若卡斬釘截鐵地拒絕了，並且對米斯帝說道，她認識的捷魯歐永遠在她的腦中，即使再度回去，也已經是不同的時空了。米斯帝原本一直不是很理解，然而最近，他終於也逐漸明白所謂「故鄉」的定義了。

如此平淡無事地又過了幾個月，年底的節慶與假期逐漸逼近，正當米斯帝滿心喜悅地盤算著要帶些什麼禮物回去給即將年滿十九歲的法伊慶生時，一日早晨，他在捷魯歐住處的信箱中收到了一張單薄的法院通知書。

失控般地，米斯帝情緒一陣激動，他感到胸腔窒悶，呼吸困難，好似有人掐著他的喉頭，用手擰著他的腸胃。他不是沒有想過或許能逃過一劫，也很難不後悔自己先前所做的決定。才剛剛懂得品嘗的甜美果實啊，這會兒又全都被一雙醜陋的大皮鞋踐踏於腳底而汁液四濺。米斯帝懷疑自己是不是真的做錯決定了，他應該聽從文森特的話，早早丟下一切，帶著卓若卡與法伊一同遠走高飛才對。然而事已至此，無可挽回。米斯帝垂頭喪氣地回到室內，撥了電話通知文森特他被法院傳喚調查了。文森特早已知道這件事情，他沒有多說什麼，只是叫米斯帝安然以待，偵訊的時候普通地說出事實就可以了。

米斯帝前往偵訊的當天下午就被收押了，班楠則從電視上知道了這件事，他隔天立刻趕來探望米斯帝，在會面室中義憤填膺地怒吼著說道：

「他們怎麼可以這樣對待你？我眞不敢相信！這樣以後誰還敢替他們做事？而且米斯帝，你知道最令我憤怒的事情是什麼嗎？你知道了絕對也會生氣的！舉發你的人居然不是聯合黨的人，而是世界和平黨的議員富特．白森耶！」

米斯帝先是愣了一下，隨即恍然大悟，冷靜了下來，說道：

「這是很好的策略，班楠，不要責怪白森耶。富特他根本不可能曉得我們在羅徹斯特做了些什麼事情，他只是被交付了爆料的工作罷了。」

「什麼意思？」班楠不可理解的激動搖頭，說道：「我不敢相信你怎麼能這麼冷靜？米斯帝，你被陷害了啊！你明白嗎？你到底知不知道他們打算用什麼樣的罪名起訴你？」

「我被冠上了什麼樣的罪名並不重要，不論那是不是事實，班楠，」米斯帝說道：「重點是，我被調查起訴了，可能也判刑了，可能也入獄了，而且揭發這一切罪惡的人跟我同樣是世界和平黨的同僚，只要我背負一切，世界和平黨就不會遭受其害，霍華．哈德威的競選總理之途，也就順然安泰了。你不用這麼激動啦，班楠，這都只是做戲罷了。我背了多少價值的黑鍋，往後自然就能拿到多少價值的好處，這就是現實，人生與交易。所以省省力氣吧，班楠，回去做你自己該做的事情。」

「我不敢相信這是你會說的話，米斯帝！」班楠驚訝地說道。米斯帝淡淡一笑，說道：

「我也不敢相信你居然到了這個年紀還如此天真，班楠。」

班楠悻悻然地離去了，米斯帝知道他再也不會來攪這鍋渾水，頓時安心不少。幾天後，看守所的人給米斯帝轉換了牢房，換到一間與他有類似罪名的囚犯關押的房間。米斯帝毫無畏懼地走了進去，正要出聲跟這位新室友打個招呼時，對方抬起頭來，兩人冷不防打了個照面，這個看上去十分慵懶，有著粉紅色豐潤臉頰的中年人，正是前梅耶洛夫企業的末代總裁，菲爾德。

梅耶洛夫企業與北聯金控合併成爲北梅集團之後，大權就全權落入喬瑟法的手中；就連出任集團旗下北聯金控總裁的包溫，也必須聽命於喬瑟法，因爲喬瑟法才是整個北梅集團的最大股東。在看守所的牢房中巧遇菲爾德，詫異的同時，米斯帝心頭卻瞬間豁然開朗，使他無法克制地大笑了起來。他知道，這就是光與影的分列。時代猶如一個生命體，在不同的階段，它會選擇它所想要的基因序列模式。曾有混流的模式、融合的模式，沖刷激突的模式、以及離析汰換的模式；米斯帝與菲爾德同樣都是曾經起過了作用的化學佐料，現在料理完成了，新的模式進入正軌，他們必須被排出。米斯帝隨性地在吱嘎做響的鐵架床上躺了下來，眼睛盯著牢房斑白漏水的天花板，心情一陣空前的輕鬆。他的嘴角帶著微笑，不經意地哼起了短歌兒。菲爾德從枕頭下抽出一支雪茄過來遞給米斯帝，一邊帶著怨歎的語調輕聲說道：

「你這傢伙還眞是輕鬆啊！沒有妻小嗎？」

米斯帝接過雪茄，很享受地抽了一口，瞇著眼睛反問菲爾德說道：

「那你呢？」

「嘿嘿，呵呵呵，唉。」菲爾德搖搖頭，歎道：「跑嘍！老早就跑嘍！」

正如米斯帝的推測，在聯合黨的亞桑・莫德已經確定抓到羅徹斯特融資案把柄與七日政變之間相互關聯的狀況下，爲了使霍華・哈德威能夠不受弊案影響而順利勝選，文森特絞盡腦汁，說服了一大票反對主動起訴米斯帝的黨部高層，並讓富特・白森耶在聯合黨還沒準備妥當之前先行爆料，以大義滅親的姿態，揭露米斯帝在負責羅徹斯特融資案時與廠商逾權私通的證據，並且捏造指出廠商與米斯帝之間尚有鉅額的後謝仍未給付。同時，這一切逾權的舉動全都是米斯帝一人利慾薰心、獨斷獨行的個案，沒有其他相關的參與者。白森耶在記者會中還搏感情大膽演出，一個豪邁粗獷的中年壯漢卻聲淚俱下地哽咽說道：

「我和米斯帝是十年老友！相知相惜的好兄弟！但是今天看到昔日好友卻在權力與慾望之間沉淪至此，誰能不痛心！怎能不惋惜！不過我很高興知道米斯帝非常正面地面對司法，讓我知道，我們不用放棄這個朋友！因爲他知錯能改。然而，這對米斯帝而言絕對是非常痛苦的一段，站在戰友的立場，我一定會力挺他，讓他感受到，改過向善絕對是值得的！」

經過白森耶這麼一吼，社會上立即充滿了「原諒」與「鼓勵改正」的友善風氣，每個人都不得不爲自己符合道德的那份善良感到悸動。因此，當聯合黨的總理候選人亞桑・莫德以更驚人的證據攻擊世界和平黨在處理羅徹斯特問題上僞善的表像時，卻在自己的演說場合中遭到不滿的民眾嗆聲，指責他是不懂得體諒改過者的惡毒之人。猶如世界和平黨保護傘功能的富特・白森耶也盡職的痛罵亞桑・莫德，對著採訪的記者們口沫橫飛地怒道：

「我舉發米斯帝，因爲他是我重視的朋友！但是我不會允許任何人利用對米斯帝落井下石來提高自己的聲望！這種人太不要臉了！」

一時間輿論沸騰，全都倒向了支持白森耶的論調。富特・白森耶站在浪頭上這麼雄渾地呼喊著，使民眾一時團結一心，忘了亞桑・莫德實際上是與霍華・哈德威正在競爭同一個位置的對手。報章雜誌在排版編輯時會把總理候選人亞桑・莫德的照片與國會議員富特・白森耶對陣放上，使霍華・哈德威在無形之間被重塑出一種超然的地位；意味著，要和霍華・哈德威相提並論，聯合黨至少得搬出他的兄長——前總理哈德威出來才行。

隨著審判米斯帝的司法程序快速進行，霍華・哈德威的民調選情也愈加水漲船高，遠遠地將比他年輕十歲、實際上也比他幹練十倍的競爭者亞桑・莫德甩在後頭。白森耶在這段期間功績顯赫，但是活到這個年紀，他也終於懂得假裝謙遜以免功高震主了。在米斯帝一肩扛下了十幾條羅徹斯特融資案所有相關罪狀而正式入獄的當天一早，白森耶帶著一大籃子新鮮水果與可以久放的甜點零食，到捷魯歐監獄的會面室裡恭候囚車。米斯帝一被押送進來，立刻就被喚至會面室裡，親手接過白森耶送的水果與零食。白森耶感性地說道：

「老米，出來之後儘管來找我吧！我會替你安排好位置的。」

米斯帝眼睛盯著籃子裡的零食看了好一會兒，發現居然有真空包裝的炸香腸。他笑了起來，說道：

「你怎麼知道我喜歡吃炸香腸？富特？」

「噢，文森特告訴我的！」白森耶說道：「原來你眞的喜歡，眞是太好了！往後我陸續再給你多送些過來！還有什麼愛吃的想看的，儘管跟我講吧。」

米斯帝淡淡地笑了笑，搖搖頭說道：

「不了，感謝你的好意，富特。不過，我想我另有打算。」

「嗯？什麼意思？」白森耶沒有聽懂。米斯帝平心靜氣地解釋說道：

「往後的出路，我是說這個。」

「噢！」白森耶明白過來，神情顯得有些錯愕。他尷尬地笑了一下，趕緊用一貫豪邁的反應替自己解圍說道：

「唉，不論如何，反正，有什麼想吃的就儘管跟我說吧！替你張羅吃的總不成問題，是吧？嘿嘿嘿嘿哈哈哈哈哈！」

白森耶渾厚的笑聲連綿不絕地迴響於混合鋼材建築的監獄裡、繚繞於米斯帝的耳中。走過狹窄細長的牢房走道，米斯帝的嘴角揚起一抹黑色的微笑。事隔二十年，誰也沒料到，他又再度回到了這個令人無法忘卻的……起始之地。

第十四章　政治家學者

西元二一三五年夏天，文森特驅車來到捷魯歐市郊，在讓梅葉的引薦下，終於如願以償地踏進了拱門俱樂部的莊園。拱門俱樂部是全球共和聯邦首任總理賀菲斯鈞創立的非官方組織，其會員不論國籍、不論政治黨派，全都是富可敵國、令人敬畏的大人物。俱樂部的高級會員中主要由頂層銀行家與重量級政治人物所組成，而在一般會員中，則囊括了人數更多的主流企業界領袖、著名學者、以及媒體巨擘等等。想要加入拱門俱樂部，必須由內部會員推薦，經過核心成員的審核與挑選。像文森特這樣在捷魯歐政治與企業界中都沒有人脈背景的人，甚至連想要查訪俱樂部的實際所在地址，也都不得其門而入。文森特自初入政壇時就十分注意拱門俱樂部，他知道這裡才是整個聯邦政府的策源地。儘管拱門俱樂部對外宣稱他們只是一個「非正式的小型論壇」，唯一的活動就是每年舉辦兩次聚會，參加的會員則可以在聚會中一邊品嘗餐點，同時自由地發表各種觀點以及交換彼此的看法。但是文森特知道，這每年兩次的「聚會」當中，會員們所討論的主題與最後達成的共識，在幾個星期至數月後，都會逐一成爲聯邦政府制定各項政策時的既定方針。

三個月前，隨著前總理希洛・道夫的卸任，在希洛政府擔任了八年幕僚長的文森特也跟著回復了自由之身。他獲得了目前同樣也是自由之身的好友讓梅葉的邀請，意外地拿到了拱門俱樂部今年夏季聚會的邀請卡。讓梅葉在他還是學生的時代就已經獲邀加入拱門俱樂部，而當初破格拔擢他的正是讓梅葉自己的父親，羅克斯·巴特。十年前讓梅葉初次當選捷魯歐市長後的那年冬天，身為全球共和聯邦政壇元老的羅克斯·巴特以七十九歲高齡過世，身後留下了龐大的遺產，世人這才發現他原來也是克萊爾集團的高級合夥人，並且以個人的身分同時擁有著獨立銀行百分之十一、與北都聯銀百分之七的股權。這些財產將近百分之八十均由讓梅葉一人繼承，在繼承財產的同時，也等於是繼承了羅克斯的人脈。以讓梅葉這般雄厚的背景而言，他實在是不需要再更努力了；只要臉上規矩地掛著笑容，地位自然會隨著年齡的增加而水漲船高，循著希洛·道夫與霍華·哈德威的模式邁向極上之途。然而令文森特大感慶幸的是，儘管讓梅葉表面上態度恭順，但他本人實則對聯邦政府的政治高位並不十分感興趣；相反地，對於完全不在自己地盤上的全球貨幣基金與蟲洞網系統，卻顯出一副興致盎然的模樣。讓梅葉在經營自己人脈堡壘的方式與政界中的其他競爭者有著基本思維上的不同，仗著輝煌的家世，他從來不需要去賣力地廣結善緣。讓梅葉時常在聚會的場合中笑著說道：「除了家中的美嬌娘之外，我最喜歡喬瑟法和文森特！」

一走進別墅大廳，文森特就聽到有人叫喚他的名字。循著聲音的方向轉過頭去，看見讓梅葉與其他幾個熟面孔正聚集在大廳後方的吧檯閒聊交際。文森特立刻走了過去，輕鬆地加入眾人的談話。喬瑟法也在其中，他穿著華麗的長版外套與黑色的刺繡皮靴，即使是五個子女都已各自成家立業的年紀了，喬瑟法依舊不改爭議作風，留著一頭皮草般的時髦長髮。他親切地走過來拍拍文森特的肩膀，說道：

「你這還是第一次到這裡來吧？路是不是有點難找？」

「呵呵，稍微，」文森特坦率地笑道：「因爲這個地點無法設定衛星定位參考點，進來之前的幾處轉彎也沒有明確的路標，我已經很久沒感覺過迷路的錯覺了哪！哈哈！」

「來過一次以後就認得了，」一旁的讓梅葉插口說道：「我第一次自己開車來的時候也迷路了，明明還沒到卻一直以爲已經開過頭，這樣的迷路經歷簡直可以說是我們俱樂部的入會洗禮了吧？」

「哈哈哈，這說法不錯！」喬瑟法笑道：「那麼我得趕快去外面補迷路一次才行啊！沒迷過路等於沒入會……」

喬瑟法說完，眾人一陣附和的大笑，在場的每個人情緒都很放鬆，彷彿眞的是來此地休憩度假似的。

由於二一二九年二月的全球元首高峰會議上所制定的捷魯歐條約中規定，聯邦政府最遲必須在二一三八年底之前成立全球央行以主管和平幣的發行與相關政策，因此拱門俱樂部這一次會期的主題，自然圍繞著全球央行的各種構想爲主軸。此次公開會期共有兩天，期間會員們進行各項提案討論，試圖取得共識。這並不是太困難的事情，因爲任何得以加入拱門俱樂部的成員，無不表示著他們背後共同塑造的龐大利益掛勾；歧見從一開始就不存在。成員們必須經由討論而取得共識的，是要如何做，才能創造出更大的共同利益。討論的方式雖說是「會議」，但並不如文森特想像中那樣一群人坐在會議室內，正常地表達意見；這次參與會議的成員共約有九十餘人，之所以沒辦法算清人數，是由於文森特無法見到所有成員的緣故，只能粗略估計。除了喬瑟法帶來的一群部下捍衛著北梅集團的利益之外，還有三十來位不是北梅集團的銀行家團體，全都隱匿了姓氏，只用名字或者綽號彼此稱呼。其餘成員包括如班楠等著名學者、華倫娜夫人等媒體巨擘、弗蘭茲・巴爾頓等主流企業領導階層、以及希洛・道夫這樣的重要政治人物等等。他們分成幾個小團體在各自的房間內進行討論，達成初步共識之後，再將結論傳達給其他團體，而在這其中扮演軸心位置者，自然是現任會長喬瑟法；而讓梅葉則是聯繫著軸心與輪軸之間的最關鍵人物，他不斷地反覆與各方協調，憑著過人的外交才能與措辭高深的巧言辭令，把各方的索求與虛榮都照顧得服服貼貼。事實上，除了銀行家團體以外的成員，基本上只是裝飾。他們並沒有眞正參與實質的討論，只不過是受到邀請，深感榮耀，並且因此自認高人一等，於是驕傲地參加了會議，享受了款待，然後被隔離在貴賓室，與其他同樣被隔離的貴賓們進行高雅的交流。眞正決策性質的討論，只在少數幾個銀行集團的代表之間進行，他們在兩天的會期中很快地達成了共識，認爲應當盡速成立「由私人財團全權控制的全球央行」，並且主管機構應與蟲洞網的管理系統進行整合。由於事項繁雜，還必須要盡量避開聯邦政府的國會監管，他們於是決定三天後另外召開擬定詳細計畫的祕密會議，以及三日後將與有榮焉得以參與這個祕密會議的成員。

所謂由私人財團全權控制的全球央行，正如字面上所顯示，它就是一間「私有的中央銀行」。這間私有的中央銀行具備著發行官方貨幣的權力，而它操作貨幣的所有決策，都不是由政府，而是由控制著這間銀行最多股份的私人財團來做生殺定奪。並且，在這次的案例中，這間私有的全球央行所發行的貨幣，也就是和平幣，將會是全球單一貨幣！

即使話說到這個地步，或許還是有些人並不理解這個事實的驚悚之處。一個由私人財團擁有的全球央行，控制著全球人民每天使用的貨幣，而政府則對它毫無約束力，政府甚至沒有發行貨幣的權力！因此，當政府需要錢的時候，必須拿人民未來的納稅作爲抵押，才能向這間銀行貸款，這就是所謂的發行國債。而這間私有的全球央行收下了政府發行的國債券之後，便發行相同額度的貨幣量提供給政府使用。而當一批國債券到期時，政府就得拿人民繳納的稅金來償還貸款。這個系統在短期內看起來似乎沒什麼問題，並且非常便利。問題是，一但貸款清償，政府不就又是囊空如洗了嗎？於是必須再度舉債，抵押人民更多的未來稅金才能向銀行舉借新貸款，如此，銀行才會繼續發行貨幣而不致使市面上的貨幣短缺而釀成經濟災難。而其結果就是，只要不斷發行國債券，政府便隨時有錢可以揮霍，銀行家們可以連續世代坐收源源不絕的可觀高利，只有辛勞工作、規矩納稅的人民，在不知不覺中成了國債的奴隸。他們的未來被統治著他們的政府賣給了駕馭著這個政府的私人財團，而必須終生以血汗錢來供養坐收國債高利的銀行家們。不過，即使如此，這個系統中並不存在著「不公義」。因爲眞實的資訊遭到壟斷，人民並不曉得他們的人生已經被賣掉了，所以沒有人會抗議。只要沒有人抗議，那麼這個系統理所當然就是公正的。畢竟從最實際面的角度來看，一件事情的公正與否，也只不過是利益的分配比例上有所不同罷了，只要被抵押掉的不是自己的人生，就不是什麼大不了的事情。

然而，由政府直接發行貨幣，與政府發行債券而由銀行發行貨幣，兩者所導致的結果又究竟有什麼差異呢？聶黑流道夫學會的導師洛維特曾經說過：**在正常的情況下，每一種貨幣背後代表的都應該要是一個市場。而如果在沒有市場存在的狀況下發行的貨幣，就叫做金融商品。**同樣的，由政府直接發行貨幣，這種貨幣的信用是建立在人民對政府的信賴之上，人民繳納的稅金「直接」支持著貨幣的價值，而人民的納稅水準則建立在當時整體經濟環境之上。也就是說，這種貨幣背後直接連結著當代整體的民生經濟活動——一個生鮮活跳的、實實在在的市場！這樣的貨幣是貨眞價實的貨幣，持有貨幣等於持有同等價值的資產，金流與物流相互對應，形成穩固的對流系統。而相反的，當負責發行貨幣的是私有銀行，政府必須抵押未來的稅金以發行債券，才能用國債向銀行貸款而得到貨幣供應的時候，貨幣的信用建立在「政府的負債」之上，人民繳納的稅金則支持著政府的還債能力。即使人民的納稅水準直通當時的市場環境，然而這整個市場實質上也已經被抵押給銀行家了。在這樣的狀況下，每一張鈔票背後直接連結的是「政府債券」，而政府債券當然不是貨幣，它是金融商品。因此，像這樣的「債券貨幣」並非貨眞價實的貨幣，而是一種債務。持有愈多的債券貨幣，等於持有愈多的負債與風險。而人民的勞動力則與政府的負債攀升率成指數型正比，因爲當勞動力愈趨活躍，表示市場繁榮，需要更多的貨幣，於是政府必須發行更多國債來取得充足的貨幣供應。換句話說，在債券貨幣的系統下，當經濟愈是繁榮，政府就負債愈多，一般百姓的子子孫孫也都難逃陸續被抵押給銀行的命運。惟獨擁有貨幣發行權的私人財團與銀行家們，得享世代榮華、萬年安泰。正如喬瑟法所說：

「這個世上沒有無法壟斷的商品！」

喬瑟法從他的物流霸權經營術中體驗了這樣的領悟。現在大家都知道，只要壟斷某項商品的供應，就能謀取暴利。而當壟斷的是商品與市場之間的通路時，就不只是某個單項的商品供給被壟斷，也同時壟斷了市場上的所有需求。當需求被阻斷，等於是掐住了供給的脖子，所有站在供給方的廠商與企業，都必須表示臣服以求生存，唯有一個例外。實際存在的通路惟獨掐不住金融市場的脖子，因爲金融商品本質上只存在於人們的幻想中。然而，這幻想中的市場卻又包含了世界上唯一最被大量需求的一種商品，那就是貨幣！所有的交易，同時也都是貨幣的交易，因此只要能夠壟斷一個經濟體中的貨幣發行權，就等於實際上統治著這個經濟體。更何況，和平幣是建立於物流本位系統上的全球單一貨幣！這一點就連喬瑟法都很難不感到驚心動魄，因爲他清楚知道，掌握和平幣的發行權一事，將會伴隨著多麼撼動靈魂的超級利潤！

兩日後，文森特和讓梅葉率先來到讓梅葉的父親羅克斯．巴特位於微物市的度假別墅，這個遠離捷魯歐政治圈與媒體盯哨的地點，正是催生一個私有全球央行的隱密搖籃。一切都準備就緒，重要成員們逐一進入會場，每個人都精神奕奕，準備大展身手，展開一場決定世界未來命運的腦力激盪。

參與這場祕密會議的共有九人，除了前捷魯歐市長讓梅葉、以及前總理幕僚長，同時也是北聯金控高級合夥人的文森特之外，還有北梅集團高級合夥人傑諾瓦、捷魯歐第一銀行（前捷魯歐私人銀行）總裁費洛里、以及北聯金控總裁包溫。國會議員富特・白森耶也參與了會議，他日前被國會一致推舉，任命爲全球貨幣基金會主席。而全球貨幣基金的首席經濟學者，同時也是具體提出物流本位與全球單一貨幣理論的學術權威班楠，也受到讓梅葉的邀請而出席。另外，前財政部長凱恩斯在公職卸任之後接受了克萊爾集團董事會的任命，而轉任爲現任克萊爾集團總裁。他在上任之後隨即任命過去的政壇同僚拉維爾擔任克萊爾集團旗下最大投資單位，獨立銀行的董事。凱恩斯與拉維爾也雙雙出席這場祕密會議，他們代表著克萊爾集團在這次草擬法案中所必須捍衛的利益。

參與會議的九人當中，只有學者班楠與國會議員白森耶對銀行這門學問是個門外漢。班楠的任務是必須確保這份草案的內容從學術的角度上「看起來」無懈可擊，而白森耶的工作也一樣，只不過他負責「欺騙」的目標是國會。國會議員大多是研讀法律出身，對於他們而言，法律就是神明，只要「看起來」符合法律的東西，就不存在著不潔。

眾人中歷練最豐的金融掮客傑諾瓦，會議一開始就信誓旦旦地率先說道：

「實際上我們不太需要過於煩惱應該如何設計這個全球央行，它只需要像是一個普通的大型私人投資銀行，只不過擁有著可以隨意發行官方貨幣的權力即可。我認爲重點會在於我們應該要如何騙過國會。」

「噢！老傑！」白森耶立即接口說道：「那反而是最容易的事情！國會議員大多不懂銀行，或者應該說，不了解銀行在整個經濟體中所扮演的眞正角色，更何況每一個議員都受制於黨的立場，假使這個草案是由世界和平黨提出，那麼身爲世界和平黨的議員，請問你有任何理由去和你的選舉經費來源作對嗎？再加上今天在這裡的也有兩位克萊爾集團的好朋友（指拉維爾與凱恩斯），任何知道這兩位也有參與草案制定的聯合黨議員，腦袋夠聰明的話，都不會反對的。」

費洛里也是個精通銀行的職業說客，他笑著說道：

「我們是超黨派的經營者，國會的審理只不過是形式。但即使如此，我們也必須做做樣子，只要多面下注，從來沒有不穩贏的。如果說國會是一個大炒菜鍋，那麼鍋子裡被炒來炒去的菜就叫做民意，國會議員則是用來炒菜的鍋鏟，而鍋鏟拿在銀行家集團的手裡。」

「一點兒也沒錯，拿著鍋鏟的人就是鍋鏟的選舉經費來源。」白森耶補充說道：「所以實際上炒菜的是『你們』，『我們』只是幫兇。」

「噢！您眞是太謙虛了！富特！」傑諾瓦用力拍拍白森耶的肩膀，眾人跟著一陣哄笑。

此時讓梅葉開始主導會議，他讓大家圍著長桌各自入座，準備開始起草。他和文森特已經先準備了一些範本與案例供參考之用，其中最爲著名的就是一九一三年成功騙過美國國會的《聯邦儲備法案》（Federal Reserve Act）。讓梅葉讚嘆地說道：

「我想這大概是目前為止最成功的案例了，首先避開過於強烈的名稱，不叫做中央銀行，而改稱聯邦準備理事會（Federal Reserve System，簡稱Fed）。第二，它設計成完全由私人控制股份，其中沒有任何官股，只要法案一旦通過，政府對它毫無控制力。第三，它包了兩層不同顏色的皮，使聯邦準備理事會從表面上看來和私人銀行集團毫無關係：它在聯邦準備理事會的董事會之外多設計了一個外部控制結構，叫做聯邦諮詢委員會。董事會的成員由總統任命，但是董事會必須定期與聯邦諮詢委員會開會討論，才能做出決策；而巧妙地隱瞞了諮詢委員會的成員將由十二家聯邦儲備銀行的董事來決定的事實，使從外界看來，容易令人誤認為由總統任命的董事會成員就是聯邦準備理事會的策源者。第四，它為聯邦準備理事會設計了『分身』，也就是地區分行制度，製造出整個中央銀行的業務是由十二家聯準會地區銀行所構成的假象，使人民認為自己對中央銀行系統也有著微小的影響力，而不易產生不公平的聯想。第五，最後一點，也就是它將聯準會總部設在政治首都華盛頓，而不是實際上控制著它的金融中心紐約，使這間私有的中央銀行看起來似乎是眞的由政府控制而保護著人民的權益。我必須說，這實在是太精湛了！我們的草案要能成功，恐怕也必須同時做到這五點才行。」

「我也同意，不如就蕭規曹隨吧？」說話粗獷的白森耶說道：「稍微改變一下外包裝，嘿嘿！我說，掛羊頭賣狗肉，這種事兒咱們都很專精。」

話才說完，讓梅葉讓侍者送來點心與飲料。仔細一看，造型精緻的點心卻竟然正好是羊肉捲！傑諾瓦享受地吃了一口，然後打趣地說道：

「哦，我好像品嚐到罪惡！」

眾人一陣哄笑，草擬會議就在充滿罪惡的肉汁咀嚼聲中滋喳滋喳地繼續順利進行。會議之中唯一產生激烈歧見與衝突的地方，是關於各銀行集團間利益分配的爭論；當然，各方都想爭取得更多。除了貪婪之外，沒有任何狡飾。

草案最後拍板的內容令每個人都很滿意，包括參與會議的九人，以及他們背後的每一個大老闆。他們以《聯邦儲備法案》中的五點詭計爲基礎，另外提出了一種更使人懾服的宏大架構。這份草擬的法案被命名爲《世界經濟聯盟法案》，它不只涵蓋了全球央行的機制，更進一步將全球央行系統與全球蟲洞網的控制權整合在一起。草案初步完成之後，連班楠也不禁歎道：

「這才是眞正的全球單一貨幣制度！我們完成了幾個世紀以來人類所不曾達成的事情！」

「不，班楠，」讓梅葉語調平穩地說道：「我們只是縫製了一套符合時代本質的衣服而已，這套衣服甚至還沒有被穿到身上。」

文森特看了讓梅葉一眼，態度上展現出恰如其分的冷淡。沉靜地說道：

「那也是不久之後的事了。」

在這份《世界經濟聯盟法案》中，九人會議所構思的不止是一個全球央行，他們設計的是一個叫做「世界經濟聯盟」的組織。這個組織由全球各都市政府共同組成，首長們定期開會，這個會議就叫做「世界經濟會議」，功用是制定全球經濟相關規劃與貿易政策，致力於使全球經濟發展趨向一個穩定的標準水平。意即，世界經濟聯盟的組成，將會爲極端不公的世界經濟發展帶來一場時代性的變革，它將會發揮制衡發展過度的經濟區域，同時將過多的經濟力轉而導向生產力較低落的地區，如此使全球各地的經濟發展得到平均的調節，困苦地區的民眾得以脫貧，富裕地區的企業也不需要擔心熱錢炒作與泡沫崩盤。除了加入聯盟的都市政府將完全喪失其經濟政策與貨幣政策的制定權之外，眞是萬全齊美的辦法。而世界經濟會議也將主導全球央行的貨幣政策與全球蟲洞網的營運策略——這就包含了和平幣的發行權，以及蟲洞隧道的路線設計權——完美的兩權在握，完美的物流本位主義。

而在法案中，世界經濟聯盟的總部將設於羅徹斯特，一方面遠離全球共和聯邦的政治、與金融中心捷魯歐，另一方面則掐住捷魯歐通往非洲的咽喉，也就是說，萬一當全球共和聯邦與世界經濟聯盟之間發生意見衝突時，非洲蟲洞網的控制權，會在世界經濟聯盟的手中。

這層顧慮不是沒有道理的。全球共和聯邦政府的成員與資金來源多半集中於捷魯歐地區，與世界上絕大多數的風土民情都格格不入，過去二、三十年間對世界各地主要都市推動的「自由經濟政策」也早已聲敗名裂；強迫各都市賤價出讓天然資產（而同意這麼做的政治首領則可私下得到巨額傭金）、開放更自由的國際資金流動（好讓熱錢自由地進出吸乾該地區的財富）、接受市場定價與緊縮政策（提高利率造成通貨緊縮使民生更加困苦動亂，好讓該地區的核心資產變得廉價且無人看管，這就是捷魯歐金融財團可以飽餐一頓的最好時機）、以及同意自由貿易條款（壟斷知識專利權，同時降低進口關稅，以供如巴爾頓製藥等品牌藥品能以極高的價格傾銷該地區）。時至今日，全球共和聯邦可說是臭名昭彰。而反觀世界經濟聯盟，其策源會議的成員來自於全球各地的都市政府，均勢的色彩鮮明，並且它的目標就是要致力使全球各地區的經濟發展趨於平衡，因此不論從各方面而言，世界經濟聯盟和全球共和聯邦比較起來，眞是一個賢明而偉大的設計！（儘管它刻意隱瞞了其體系中的全球央行實際上完全爲私人擁有，而且控制這間私有中央銀行的幾個重要大股東，同時也是全球蟲洞網工程公司的最大融資對象與債權人這回事。）

統治權猶如活物，它會隨著時代環境的不同而變換型態，實則爲同一群少數人所掌控。只要悉心研讀歷史，必能從歷史之中看見未來。同樣的，如果不用觀察歷史的態度來看待正在發生的現況，恐怕也難以察覺趨勢的全貌。顯而易見地，世界經濟聯盟一旦組成，勢必會重擊全球共和聯邦的統治地位。不過諷刺的是，催生世界經濟聯盟的法案卻也將由全球共和聯邦的國會來通過。因此，熟知法案內容的人也必然明白，一定得想個辦法讓《世界經濟聯盟法案》在尚未通過之前，顯得較不具有威脅性才行。或者還有個更好的辦法，就是製造一個「敵人」，讓《世界經濟聯盟法案》成爲打擊這個「敵人」的英雄！

九月初，一個風和日麗的午後，士氣低迷的亞桑·莫德的辦事處內出現了一位令人緊張的貴客。凱恩斯的私人助理保羅，帶著一份祕密文件來到亞桑・莫德的面前。亞桑・莫德在總理大選中敗給霍華・哈德威之後就幾乎被聯合黨給打入了冷宮，至今半年有餘，他與黨內主流勢力仍未能恢復往日熱絡的景象。凱恩斯雖然先前在世界和平黨的政府中任職，但他目前是克萊爾集團的總裁，從亞桑・莫德的立場來判斷，應該也算得上是聯合黨的人。況且，當他拆開保羅帶來的這份祕密文件，一看之下，不禁瞪大了眼睛，嘴巴也一張一闔的。這位助理保羅告訴他，這是克萊爾集團極度渴望通過的法案，在通過這項法案的事務上，克萊爾集團會全力支持他，這會是亞桑・莫德欲重登聯合黨首席人物的最佳翻身時機。

亞桑・莫德拿到的是一份名爲《聯邦特別銀行法案》的文件，文件中描述著一間爲了支持全球蟲洞網工程全力進行而成立的「聯邦特別銀行」，這間銀行在全球蟲洞網工程進行的期間，將可以各都市政府債券、公營企業債券、以及甚至蟲洞隧道工程債券爲抵押，來發行一種特殊的貨幣單位，專門用於支付蟲洞工程的各種成本開銷。這將會大幅提高蟲洞網工程的進展效率，各都市政府也不用再爲了要用尚未發行的和平幣爲計價單位來向全球貨幣基金進行天價融資而傷腦筋，充滿爭議的羅徹斯特融資案與令人惶恐的七日政變也將不會發生在他們的頭上，各都市政府只需要雙手奉上他們苦心經營的幾家公營企業，將民生必須的水力、電力、以及各項資源廉價賤賣，所有的恐懼都將在聯邦特別銀行的「善心幫助」下煙消雲散。來自首都的銀行家們將會取走他們擁有的一切，然後賞賜一條穿過他們腳底的蟲洞隧道。這就是仁慈的《聯邦特別銀行法案》。

亞桑・莫德心裡很清楚，這份法案的內容必然會引起一般民眾的強烈反彈，但他也認為這是以克萊爾集團為首的銀行家集團們所汲營主攻的方向，他必須在良知與未來仕途之間做出取捨。亞桑・莫德痛苦地輾轉難眠，他知道這是一個不成功便成仁的命運賭注，不論成敗，都沒有退路。然而儘管內心掙扎，亞桑・莫德知道自己實際上沒有選擇。他在國會苦心經營了十多年才有今天的政治地位，如果這次拒絕了這項法案，那麼他就會真的被聯合黨……噢不，是被克萊爾集團給拋棄了。他決定接下這個任務，經過一連串的審慎安排，才終於在十月中旬的會期當中向國會提出了這份《聯邦特別銀行法案》。

果不其然，《聯邦特別銀行法案》從曝光之初就立刻招來了山洪般的唾罵聲浪，其中批判最力者自然是亞桑・莫德在國會的死對頭，也就是世界和平黨的首席議員富特・白森耶。白森耶激動地拍案大喊：

「你是什麼組織派來的金融駭客！克萊爾集團嗎？噢！我的老天爺，你若是真心認為這個法案應該被通過，那麼不止是人民，就連神明都無法寬恕你的罪惡！你自己看看這個法案的內容是什麼！你自己看過沒有？這是什麼狗屁特別銀行！這間銀行的目的是要使政府負債，沒收人民的財產之後還要叫他們還債！然後這些錢都上哪裡去了？你自己說說看啊！這些錢最後都會上哪裡去？」

亞桑・莫德既無奈又難以遏制地怒從中來，他不甘示弱地悍然說道：

「你要是這麼不信任銀行，那麼請問過去至今的聯邦政府都是些什麼阿貓阿狗在支撐的？如果沒有克萊爾集團，這個世界上會有全球共和聯邦嗎？全球共和聯邦會是世界霸權嗎？搞不清楚問題的人自己回家去多念十年書！要知道，我們的聯邦政府目前正遭遇一場前所未有的權力挑戰！如果不能信任銀行，不採取當機立斷的措施，全球蟲洞網很快就不再屬於我們了！一旦蟲洞網落入恐怖集團的手中，聯邦政府立刻就會面臨瓦解的邊緣！不要以為這一天還很遠，這一天就近在眼前！」

鏗鏘有力的說辭引起了部分民眾的恐慌，他們開始擔憂地猶豫了起來。白森耶見機不可失，於是立刻在媒體的面前演出了一場緊急應對戰略。他召開了一場緊急會議，邀請各派學術權威，並請到現任總理霍華·哈德威來開場主持這次會議。而當各界受到邀請的重要人物們來到會場的時候，卻發現他們的桌上已經有人幫他們擺好了一份名為《世界經濟聯盟法案》的文件。這並不是眞正的《世界經濟聯盟法案》，而是文森特另外撰寫的一份簡介版本，內容避重就輕，著重於世界經濟會議的功能與構成描述；關於全球央行的部分，只用寥寥數語粗略帶過，至於全球央行將會由私人財團控制股權的部分，不但隻字未提，更用字面上暗示的語調，使人下意識地認為全球央行理所當然是一間由政府主管、控制的「正常的」中央銀行。由於包括總理霍華·哈德威在內，受邀的與會人士大多是金融外行；於是，白森耶便很「盡責」地起身開始為眾人講解這份法案的內容。他說道：

「我們都知道，距離成立全球央行以正式發行和平幣的期限只剩兩年，我們不行動不行了！而這份法案中提出世界經濟聯盟的構想，正是未來趨勢的走向！」

接著，白森耶開始發表了一連串早已預演多次的講解演說，他將「世界經濟聯盟」詮釋為「一位溫和的巨人」，這位「溫和的巨人」兩臂張開猶如巨大的天平，一手持蟲洞網，一手持和平幣，而天平永遠保持平衡，蟲洞網將福澤遠被，和平幣則永遠不會貶值。因爲這位溫和的巨人不是一個爲求私利而活動的個人主義個體，它的「心臟」，也就是「世界經濟會議」，將由全球各都市政府共同組成，因此在意義上可以解釋爲「人民的共同意志即爲這位巨人的意志」，不論你身在何處，均可透過選擇信任的都市政府首長來參與「世界經濟會議」的決策，人民就是世界經濟聯盟的決策者！並且每個人都可以看見，世界經濟聯盟是一個「完全非營利」的超級廉潔機構，它爲人民服務，人民卻完全不需向它納稅！這位巨人的所有開銷將全額由全球共和聯邦政府來撥款負擔，因此它基本上只是一個管理全球央行與全球蟲洞網的主管機關，同時提供人民決定自己想要的經濟策略的超政治機構。

白森耶一向以雄辯的口才與驚人的推銷能力著稱，他從政至今，沒有過不成功的演說。加上與先前亞桑・莫德提出的《聯邦特別銀行法案》形成對比，《世界經濟聯盟法案》立刻勢如破竹地贏得了政治界、學術界、以及企業界的一片歡呼讚賞。媒體與輿論的反應更不用說，每個人都爲這位「溫和的巨人」感到傾心瘋狂，大家都愛死了這個法案，恨不得明天就立刻召開世界經濟會議！

亞桑・莫德被搞得灰頭土臉，當《世界經濟聯盟法案》在國會很快、而且徹底地擊敗他的《聯邦特別銀行法案》之時，他才瞬然省悟，啊！自己是被「物盡其用」了。亞桑・莫德病僂著背脊，散亂著灰白的頭髮，與《聯邦特別銀行法案》一同從國會就此敗退，帶著憤恨的心情與一臉老淚縱橫，結束了他的政治生涯。

不同於過去幾年的暖冬氣候，這一年的冬季不僅來得特別早，也特別嚴寒。已經幾年沒有下雪的捷魯歐也久違地飄下了絲絲細雪，彷彿凝結了空氣一般，人聲鼎沸的縱情喧囂也頓時消弭無蹤。一年的尾聲將近，國會上下不自覺地充滿一股莫名的興奮，儘管多數的國會議員直到了十一月底才拿到由文森特主筆的《世界經濟聯盟法案》的完整版本，然而人始終都是會被氣氛牽著走的動物，在白森耶的主力推動，以及文森特在國會附近設立一個臨時辦公室，以機動式的閃電作戰為輔助的戰略之下，整個年底的國會議程中充滿了破釜沉舟的決心，所有人都感受到一種強烈的共鳴，就是要不顧一切地使《世界經濟聯盟法案》能在這次會期結束之前順利通過，以作為霍華・哈德威上任第一年的重大成就。

而在媒體本身也被誤導的情況下，各地政府也都非常支持世界經濟聯盟法案，也開始對原本被羅徹斯特融資案搞得形象破滅的和平幣，有了正面的回應。主要是因為大家也都受夠了不斷波動貶值的聯邦幣的緣故，加上全球共和聯邦與聯邦央行的金權壟斷形象太過強烈且根深蒂固，反而使人難以察覺實際上是由同一批利益集團推動的《世界經濟聯盟法案》中所隱藏的全球央行的本來面目。儘管社會上仍有少數未被催眠的智者存在，如社會評論家卓若卡在她主辦的《吉奧雙週刊》上發表了一段說辭：

《世界經濟聯盟法案》一旦通過，不但將會立即影響全球數億人民的切身生活與實際利益，並

且這巨大的影響恐將持續至未來一個世紀。然而如此至關重大、細節繁雜的法案，卻竟然被限定得在短短十日議程之內完成討論並且通過！大多數參與議案的國會議員根本沒有充足的時間能透徹了解法案的細節與內容，他們被一種我們所看不見的力量逼著徹夜開會，聽取建議然後發表演說。直至目前為止，沒有任何管道獲得授權來向人民公正且詳細地解說這個法案的實質內容，事實就是，這個將會影響我們及子孫數代的重要法案，在大多數人都不明就裡的狀況下被通過了。我認為，我們都遭受了欺瞞。

金融界與學術界卻對國會如此的高效率異口同聲地滿是讚揚，克萊爾集團總裁凱恩斯在公司舉辦的尾牙餐會上，對著一大群閃著鎂光燈的媒體發表了興致極爲高昂的演說，形容「這是一個劃時代的成就，我們即將邁入一個截然不同的新紀元」。而聲譽日隆的經濟學權威班楠，也在學術期刊上發表了文章，說道：

「這是任何一個理解全球經濟本質的人都共同期望的結果。可以預期的是，人們將能夠從苦不堪言的貨幣波動、通貨膨脹、以及極端不均的資源分配中徹底解脫出來，迎向一個發展均衡、繁榮美好的新經濟型態。」

二一三五年十二月二十五日，聯邦總理霍華・哈德威正式簽署了剛從國會通過僅三十分鐘的《世界經濟聯盟法案》。當他大筆一揮，用著如「溫和的巨人」般的笑容供媒體拍攝下這歷史的一刻時，卻渾然不知，自己已爲全球共和聯邦近半個世紀輝煌的霸權時代，畫下了隱匿的終結。

第十五章　河畔風色

日復一日，太陽不斷地從貝士基特的腳邊升起，沿著半圓形的落地窗上緣繞過半圈之後，從他的頭頂側邊落下。一日一日，太陽沒入餘暉的遺蔭之中，與星燦的夜晚交替，成為月空演繹的主宰。在眼睛看不見、手指所無法觸及的地方，它的光熱卻比日間來得更加魅惑，教人心碎，使人癡狂。不同於身心健全、喜愛日出的過去，貝士基特承認現在的自己確實有些難以言喻病態情貌出現。他不再眷戀日光刺眼的白晝，反倒迷上了渾沌的暗夜。猶若無止盡的漆黑遠景，總能適時地將他密實包圍。在這裡，他擁有掌控權，擁有智慧，擁有實質的王位。沉浸於黑暗之中，隱約地，貝士基特的心臟與全身都長滿了黑色的嬌嫩花苞。他感覺到那股蔓延中的邪惡，一種純粹的惡在腦中逐漸滋長，散發出迷人的濃醇香。一旦聞了這氣味，就更加無法自拔了。於是，通過數年的乾枯絕望，貝士基特終於獲得了某種動機。那是一股隱晦不明，但卻令人雙眼生光的力量！

他總算知道自己將要做些什麼了。

相信對於貝士基特個人而言，他顯然認為自己是位曠古絕今的第一奇才。雄心壯志不可滅！多少次，胸中那股常人所無法比擬的強大自信，總能使他超越不幸的境遇，從現實中掌握住宏偉的理想——如果這不是偉大，那麼偉大還能是什麼？莫約是在米斯帝於捷魯歐替政府背罪入獄的前後，貝士基特悄悄地振作了起來。不僅由於米斯帝的遭遇，也不只是由於世界經濟聯盟的構成……貝士基特心裡知道，就算是全身癱瘓，他這個人也絕對不適合「敗北」這兩個字。胸中的豪情再度澎湃了起來，貝士基特像是隻盯住獵物的猛禽，從高空中以四十五度角盤旋而下，伺機俯衝。

貝士基特在腦中盤算了幾種策略，並且僱用了專業的代理人爲他工作。幾個月之後，貝士基特終於親自打了一通他在腦中盤算了很久的電話。電話響了幾聲，對方剛接起來還沒開口，貝士基特就劈頭說道：

「午安，卓若卡！我是貝士基特。我剛才做了一個決定，我想先告訴你比較好。我決定要買下你的雜誌社。」

「啥？」卓若卡在辦公室裡突然接到貝士基特的電話，一時間完全反應不過來，她甚至想不起來「貝士基特」是什麼東西。錯愕之間只得重複問道：

「呃，請問您是哪一位？」

「貝士基特，」貝士基特重申說道：「貝士基特・柏爾。你先生的老朋友。」

「噢！」卓若卡這才回神，趕緊說道：「您好您好！失敬了，剛才我沒有反應過來，請問有什麼事嗎？柏爾先生？」

「叫我貝士基特就可以了，」貝士基特耐性地說道：「我說，我打算買下你的雜誌社。」

卓若卡又是一陣驚愕，她直覺地認爲貝士基特在開玩笑，不過這又不是什麼太有趣的事情，說是開玩笑也有點不對勁。卓若卡陷入一陣吱唔，貝士基特便搶先笑著說道：

「相信你一定很困擾吧，卓若卡？不如這樣好了，你找時間過來我這兒，我請你吃頓飯，順便談談細節！」

「噢，那麼，你什麼時候方便呢，貝士基特？」卓若卡只得順著貝士基特的方向問道。貝士基特笑道：

「我一直都很方便啊！不過我是急性子，所以今天晚上如何？」

「噢，那麼，因為我也是個急性子，所以我下午忙完就過去。」卓若卡語調簡潔，顯露出不服輸的好勝心。

貝士基特掛上電話，忍不住竊笑了兩聲。看護士過來給他換上整潔的衣服，把許久沒有打理的外型徹底梳理了一番，然後抱他坐上電腦輪椅，帶上感應帽。感應帽能讓貝士基特直接用思考來操作電腦與控制輪椅的行動，貝士基特悟性敏銳，學習得很快，經過幾個月的使用，這台電腦輪椅已經幾乎等於是貝士基特的手腳了。有時貝士基特甚至會覺得這比手腳更方便，因為他能夠同時控制七八件正在進行中的工作，這是過去所做不到的。貝士基特讓助理幫他在頸部繫上一條鮮紅色的領巾，一方面遮住喉嚨上的氣切管，另一方面，這條紅色領巾象徵著貝士基特人生戰場的起點。那是三十年前，當他最後一次駕駛著最愛的邊緣540輕型飛機，打算從鳩擇市「長征」捷魯歐時所佩帶的領巾。眾所皆知，那次飛行轟轟烈烈地失敗了，墜機的後遺症使貝士基特不得不放棄飛行生涯，轉而投入金融業，繼承了父親裴斯的衣缽。從哪裡摔下的，就得從哪裡爬起，是男人就該如此。而現在，一場新的戰爭即將展開！這次不是普通的戰爭，不是那種轉行之後單純地在業界中力求傑出的小兒科。野心似乎是一種遺傳的性格傾向，貝士基特的父親裴斯可是位不折不扣的開創者，他能豈能容忍自己當隻犬子？

傍晚時分，卓若卡依約來訪。她穿著淺灰色的披風式大衣，梳著一頭質感柔軟的鮑伯捲髮，淡妝點綴，神色銳利，典型的辛耶特形象。貝士基特讓助理引她至客廳會面，自己則氣定神閑地先一步移動至氣派的大茶几前等待。卓若卡一走進來，冷凝的神色立即變換，彷彿放下了某種戒心似的，她輕搖著臉龐兩側的捲髮，然後張開雙臂迎向貝士基特，意味深長地歎了一口氣，說道：

「噢，我的天！貝士基特，你看起來比我聽說的好很多！我是說，你看起來很健朗！」

貝士基特哈哈笑道：「有你這樣迷人的女士特意來探望我，我當然健朗啦！米斯帝在捷魯歐還好嗎？他有沒有跟你通信？」

「他很好，」卓若卡感激地說道：「他很高興能重回聶黑流道夫學會擔任講師。你知道，米斯帝的個性，他其實非常適合當老師。」

「那就好，那就好。」貝士基特說道：「卓若卡，我知道你上星期去羅徹斯特採訪有關蟲洞網的事情，直到前天才回來。我一直有些問題想聽聽你的說法，可以嗎？」

「噢，當然可以！不過，貝士基特，」卓若卡狐疑地反問道：「你該不會是眞的想要收購我的出版社吧？你下午在電話裡這麼說了。但我左想右想，這聽起來對你而言實在不像是筆划算的生意？我有猜錯嗎？」

「哦，卓若卡，我是認眞的。」貝士基特冷靜地說道：「你自己可能都還不曉得，你們辦公室的所有對外網路與電話都已經被監視了。」

卓若卡瞬間全身緊繃了起來，低聲驚呼：

「你怎麼知道？被誰監視？爲什麼？」

卓若卡的反應像是全在貝士基特的預料中，他嚴肅地說道：

「你們雜誌的報導內容時常都太過於正中要害了，卓若卡，他們不得不盯著你。我本身雖然行動不便，但我有我的情報網，效率比你的好很多。所以說，卓若卡，我要買下你的小出版社，讓你們搬家。然後另外一件事就是，我希望你能幫我做事。」

卓若卡震驚而沉重。貝士基特停頓了一下，觀察著卓若卡的反應問道：

「回到剛才的話題吧？我想你告訴我，你對目前正在組織中的世界經濟聯盟與蟲洞網的事情，有些什麼看法？我一直都很想知道你的意見。」

卓若卡低著頭思考了一會兒，似乎不確定該如何起頭。貝士基特也沒有催促她，只是耐性地等待著。兩人靜默了半晌，卓若卡才皺著眉頭抬起身子，緩緩地低聲說道：

「事實上，我認爲不論人們有什麼看法，都已經爲時已晚。不論如何反對，也已經無法阻止了。」

「嗯，」貝士基特似乎略有同感，他眼睛定定的看著卓若卡，謹慎地問道：「那麼，你想阻止什麼？你覺得是『什麼東西』應該被阻止？」

「你在試探我是否知道眞實？」卓若卡反問貝士基特說道：「我不確定我知道的是不是全部，不過我非常確定，《世界經濟聯盟法案》只是個障眼法，眞正的問題也並不出在蟲洞網，而是世界經濟聯盟這個組織的設計當中隱藏的全球央行。每當我一問到關於全球央行的事情，採訪幾乎立刻就會被迫中斷，就連《世界經濟聯盟法案》中解釋全球央行的部分也是含糊其詞。但是就我看來，這個全球央行簡直就是兩百年前美國聯邦儲備法案的翻版！它是一間私人銀行！而北梅集團與克萊爾集團正是這間全球央行的兩個最大股東，而這兩家財團也正好都是蟲洞網工程公司的最大債權人。所以事實不是很明顯了嗎？『溫和的巨人』一手壟斷物價，一手發行鈔票，物資與貨幣的定價權全都由同樣一群人來決定，而這群人不會是參加世界經濟會議的各都市首長，而是實質掌握和平幣發行權與蟲洞網路線設計權的『那兩個財團』。世界經濟聯盟這種東西根本就是個幌子。當然，我沒有證據，不過我想你應該也知道我說的已距事實不遠了。」

「所以說，瞧，這不就是爲什麼你的公司會被監視的原因了嗎！」貝士基特笑道。卓若卡接口說道：

「你知道的事實應該比我多，貝士基特。《世界經濟聯盟法案》的撰稿人是你的那位朋友，文森特。或者應該說，你也是催生這個體系的一份子？」

「哦！這聽起來眞是合理！」貝士基特大笑道：「所以你的公司被監視，然後由我來買下你的公司，讓你無法大作文章！哈哈哈，眞是有趣的陰謀論！」

「是啊，」卓若卡點頭說道：「擋人財路的傢伙哪一個不是陰謀論者或精神病患？看來我可能也即將步上先賢們的後塵。」

貝士基特尖聲嘿嘿呵呵地大笑了起來，由於胸腔與腹肌都無法使力，因此他的笑聲顯得尖銳而乾燥。貝士基特自顧自地笑了好一陣子，正當他想收斂起情緒繼續對話的時候，突然門鈴清脆地響了兩聲，管家路德引了另外一位客人進來。卓若卡有些意外，她沒想到還會有其他客人。貝士基特很高興地招呼著說道：

「卓若卡，我想你認識我的老師，也是米斯帝的老師，洛維特先生。」

年屆六十的洛維特親切地走上前來與卓若卡寒喧問好，兩人客氣地互相說了幾句讚賞對方的場面話。貝士基特笑著聽了一會兒，才開口打斷對談，介入說道：

「卓若卡，洛維特是我們北聯的元老重臣，北聯系統的人裡面有一半以上都是洛維特老師的學生。他現在也是聶黑流道夫學會的執行長，對於經營教育計畫非常詳熟。這次特別請洛維特老師過來，就是爲了幫助你。」

「幫助我？什麼意思？」卓若卡不解問道。

貝士基特示意洛維特交給卓若卡一台小型電腦，電腦裡已經預先設了層層密碼，以及內藏一份龐大的檔案。卓若卡打開電腦，疑惑地開始快速瀏覽起檔案的內容，不出一分鐘，她繃緊著背脊，整個人僵硬了起來。卓若卡緊張地抬頭看向貝士基特與洛維特，低聲問道：

「你們是認眞的嗎？」

貝士基特挑起眉毛點點頭，洛維特用著有如授課般的口吻從旁解釋說道：

「是的。我們打算創建一個龐大的教育資料庫，並且利用這個資料庫的支援，來進行一項長期的教育計畫。卓若卡小姐，你應該熟悉聶黑流道夫學會吧？這項計畫也可以說是聶黑流道夫學會的延伸。歷經三十年的實踐，聶黑流道夫學會有著相當成功的教育經驗，我們認爲不應該讓這項經驗只限定於少年監獄爲對象，因此擬定了這次的計畫。」

「你們打算擴張聶黑流道夫學會？」卓若卡問道。洛維特搖搖頭，說道：

「不，聶黑流道夫學會是針對少年罪犯的特殊教育系統，並不適用於全面推廣。但是我們打算讓聶黑流道夫學會成爲支援新教育計畫的資料庫。也就是說，由聶黑流道夫學會來進行建構新教育計畫中所需的資料庫，這個由我們來做。然而資料庫的目不在其他，就是爲了支援這項新的教育計畫。這個就得由你來做了，卓若卡小姐。」

「我還沒有正式的給這個新的教育計畫起名稱，」貝士基特接口說道：「如果你願意的話，卓若卡，或許可以由你來命名。總而言之，打個比方好了，若說聶黑流道夫學會是地底的龐大樹根，那麼這個新的教育計畫就有如開在地面上的花兒。我的想法是，我們就從地底下潛伏，然後沿著蟲洞網的路線讓地面上開花兒。讓地面上開花兒的成本對我們而言其實很低，而且幾乎不會有任何風險，從最實際的角度來講好了，我們只不過是到蟲洞隧道經過的每一個都市裡去設立一間慈善性質的教育機構而已！至少在最初的十年內，這看起來簡直就與慈善教育事業無異！有誰會反對？我們甚至可以不用自己出設立機構的錢，因爲既然是慈善教育事業，理所當然可以大方地去跟各大銀行與企業募款，順便幫它們製造高尚的抵稅名目與良好的社會形象。既能減稅又能提升形象，誰能反對？所以這個計畫可以安全地執行與快速擴展。一般人並不熟悉矗黑流道夫學會，只要我們不提，即使是知道矗黑流道夫學會的人，也很難將這個新的教育計畫和矗黑流道夫學會產生直接的聯想。重點在於，我們用慈善教育的方式向蟲洞隧道沿線的廣大群眾進行思想統合。我說過，這個新的教育計畫就像是矗黑流道夫學會開在地面上的花兒，當所有的花朵都逐漸成熟，開始進入授粉階段的時候，你認爲，那時的景況會是什麼樣子呢？我很期待。呵呵，當眞實的繁花滿山遍野，山谷還會屬於在那上頭到處灑農藥的人嗎？」

「哦，你不也曾是農藥王國的諸侯之一嗎，貝士基特？」卓若卡沉穩地笑道。貝士基特臉上顯出複雜的情緒，說道：

「呵呵，我現在也還是啊！我沒說這是什麼高貴的事業，充其量，只是當不了農藥國王，所以本能地想把別人的王座也給毀了一樣。老實說，擴大的惡意使我全身血液沸騰，我想讓這份快感傳染給別人，愈多愈好。道德什麼的，都不是。任何口號都只是用來賺錢的手段罷了，我沒興趣。講句難聽話，我已經夠有錢了，人生至此，又沒有什麼娛樂，所以我想讓整盤棋局變得更有趣、更有破壞性，如此而已。」

「噗，眞是惡趣味啊！」卓若卡理解地笑了起來，然後停頓了一會兒，意味深長地說道：「你想孕育災厄！」

話一出口，洛維特與貝士基特兩人不約而同地開懷大笑了起來。尤其年邁的洛維特，他本身並非情緒外放之人，這輩子很少在人前笑得這麼大聲過。洛維特忍不住點點頭，深感贊同地說道：

「不滿是行動的最大動力，唯有憤恨才是行動的起始點。要知道，任何政治決策無非都是爲了要確保經濟利益，不論再如何高貴的理念主張，如果不符合經濟效益，也都只是枉然。因爲人群之間的紛爭就是：『人多勢眾者勝、資金充裕者勝、手段卑鄙者勝、鐵血心腸者勝。』以上四點！沒有別的法則。」

洛維特說得豪氣，這回就連卓若卡也忍不住贊同地笑了起來。貝士基特問道：

「如何？你有興趣嗎，卓若卡？」

卓若卡表面上考慮了一會兒，但是她心裡清楚自己已經無法拒絕了。不光是理念相通，卓若卡本身也是個熱血之人，就像她時常嘲笑自己其實是個會爲了自我認定的正義而衝鋒陷陣的蠢蛋，無藥可救的戰鬥狂。因爲「正義」的界定比「美學」更加主觀，世界上根本不存在著客觀的正義。

然而，問題就在於正因它是如此的主觀！才會這麼吸引人，散發著無法言喻的魅力，猶如極端的美學般令人醉心。在心底深處，卓若卡明白自己是個狂熱的美學實踐者，這種強烈的野心、扭曲的慾望，時時在她的血液之中蠢動作祟。若非如此，當初她也不會嫁給一文不名的米斯帝了。卓若卡知道自己不可能有辦法拒絕貝士基特的這項邀約。她歎了口氣，說道：

「我發覺你說話時處處抓住了我的性格弱點呢，貝士基特。不過，這感覺並不討厭。就如同你剛才所承諾的，請允許我爲你的新教育計畫命名吧。」

貝士基特會心一笑，露出狡獪的神情說道：

「那麼，你想叫它什麼名字呢？」

卓若卡一挑眉毛，若有所思地作狀想了一下，然後正經八百地說道：

「邪惡同盟！」

正在喝茶的洛維特噗哧一聲爆笑了出來，貝士基特也很意外，愣了一下才反應過來，瞪大眼睛模仿卓若卡先前的語調，調侃地說道：

「……你是認眞的嗎？」

心意已定，卓若卡義不容辭地接下了貝士基特的計畫。她思考了幾天，也密切地與洛維特進行討論，最後決定以組織一個基金會的方式來推行計畫。卓若卡告訴貝士基特，她認爲將這個基金會命名爲「紐賽納教育協會」應該會有不錯的效果，貝士基特也覺得這個名稱不錯，便正式採用了。

於是在洛維特的協助下，卓若卡開始爲成立「紐賽納教育協會」的事情奔忙。洛維特從聶黑流道夫學會的人脈當中派了一批專業助理給卓若卡，他們在鳩擇市成立總部，然而整個教育協會的重心卻並不放在鳩擇市，總部是留給貝士基特運籌帷幄用的，這是卓若卡的意思。卓若卡知道，如果要沿著蟲洞網的路線發展教育協會的話，那麼重心就不可能在鳩擇市，也不可能在捷魯歐，而必須移至羅徹斯特，緊貼著世界經濟聯盟的腳步並進，才可能佔有先機。

對於掌握政權的決策者而言，教育的意義不在於開智與傳承，而是爲了給群眾洗腦，灌輸對政策執行有利的觀念，使統治權能達成最大的獲利效果。因此，想要把一種學說捧成顯學，那麼前提就是這門學說的主旨與目的，都必須完全符合掌權者的利益。就好比經濟學家凱因斯於一九三六年出版的主要著作《就業、利息與貨幣通論》（The General Theory of Employment, Interest and Money）中，提倡廉價貨幣政策以討好一大票利慾薰心的國際銀行家，從世人在往後百年間被荼毒的程度來看，凱因斯捧紅自己的策略無疑相當成功。又或者，如金融駭客索羅斯以成立「開放社會協會」與資助中歐大學等「慈善行爲」，來倡導極端非理性的個人自由理念，在他資助的教育中，不僅認爲任何對社會現象的理性分析都是邪惡的專制主義，更宣稱唯有經濟自由，才是一切問題的救贖。於是乎，整個二十世紀的九〇年代時期，包括波蘭、匈牙利、以及俄羅斯與烏克蘭等當時正處於轉型階段的國家，原有的經濟體系就在這種極端個人主義與經濟自由主義的觀念洗腦下快速解體，而在解體的過程中，國家核心資產自然毫無防備地被西方國際銀行家掠奪一空，導致國內經濟嚴重衰退，企業工廠接連倒閉，大批民眾失業，生活水準暴跌，原本就不甚穩定的社會動盪更趨劇烈……此般案例在當時的國際社會上俯拾皆是。如果用金權統治者的術語來詮釋，這就叫做「使發展中國家有秩序的解體」。而與金權統治集團通常有著密切關係的這幫「富豪慈善家」與他們所資助的「洗腦組織」，在這一場場的經濟滅國攻略中，可說是居功厥偉，而他們唯一利用的武器，就是教育洗腦。講得學術一點，就叫做壟斷資訊以控制公共議題與社會觀點——也就是傳說中的「資訊不平衡」。

卓若卡非常明白，對於愈是站在高處的人而言，培植教育集團來推廣形成對自己有利的學說，就愈是重要。經濟策略可以達成實質的資源控制，然而要長久的控制資源，就必須對公眾傾銷思想。因此，如果讓「紐賽納教育協會」毫不隱瞞地顯露出它的本來面目，那麼別說是成效，可能根本還沒開張之前就會慘遭封殺。紐賽納教育協會需要一層能夠瞞天過海的光學迷彩鍍衣！卓若卡反覆設想著，如果從實際行動的便利性來考量的話，這層鍍衣，最好可以叫做「喬瑟法貂皮外套」。把推展紐賽納教育協會的腦筋動到喬瑟法的頭上，不僅因為喬瑟法幾乎就是當今全球的最高權勢者，同時也因為卓若卡在家世上原本就與喬瑟法有些淵源，兩人雖不親近，但實為親戚。卓若卡花了幾天的時間整理、撰寫了一份簡要的計畫書，然後致電喬瑟法，告訴他關於紐賽納教育協會的大略構想。喬瑟法乍聽之下似乎很感興趣，他親切地邀請卓若卡私下詳談，兩人約在捷魯歐市的一分鐘人餐廳會面。

卓若卡婚後就很少回捷魯歐了，但即使闊別多年，這個都市的許多地方仍然充滿了她豐富的年少記憶，一分鐘人餐廳便是如此。她一走進餐廳，便有侍者上來將她引至貴賓包廂，喬瑟法已經先開了一瓶水果甜酒在裡頭等候了。卓若卡有些驚訝，趕緊出聲說道：

「啊，眞是抱歉！我遲到了嗎？」

「不不，你很準時呢，卓若卡！」喬瑟法露出迷人的笑容說道：「哈哈，這瓶白蘭地是我特意爲你選的，清爽的蘋果風味，我認爲應該很適合你。」

喬瑟法一邊說著，一邊爲卓若卡斟了一杯甜酒，然後說道：

「我們就一邊品嘗美食，一邊來談談你說的教育協會吧？」

「嗯，樂意至極！」卓若卡小酌了一口香氣四溢的蘋果甜酒，點點頭說道：「實際上，這原本不是我的計畫，而是貝士基特的計畫。他把這件事托付給我進行，我也很高興終於能有這樣的機會。你知道的，喬瑟法，我一直都希望能夠從事教育工作。」

「哦？這我還是第一次聽說，」喬瑟法說道：「我以爲你最喜歡的應該是盡可能地批評我希望的任何經濟政策才是？我可都有看你的評論哪！」

「呵呵，不過這也就是爲什麼你應該要對我主辦的教育計畫感興趣的原因哪！」

卓若卡尷尬地笑了一下，隨即變換神色，神秘地說道：

「不論如何，世界經濟聯盟都會需要一個對群眾洗腦的教育組織，與其用趨炎附勢的文丐學者來歌功頌德，不如由我這樣的反對者來進行分析，必然更有說服力。說穿了，貝士基特之所以想做這個，也不過就是想圖個後世留名罷了。你就順勢做個人情給他吧？喬瑟法？」

喬瑟法微笑不語，彷彿在考量著什麼，過了一會兒才說道：

「卓若卡，你要搞清楚，我一點兒也不可能會想去幫助貝士基特。他是我的手下敗將，我爲什麼要幫助他？」

「呃……」卓若卡頓時語塞，喬瑟法先前的親切瓦解了她原本的防備心理，使她這下子一時間反應不過來。喬瑟法故態復萌，冷淡地瞧著卓若卡慌張變化的神色好一會兒，才繼續說道：

「你要理解，卓若卡。是否幫助貝士基特對我而言不具任何意義，老實說我也不太喜歡他這人，既沒有利益也沒有感情，這就是我對貝士基特的看法。但是，卓若卡，你不一樣。雖然一直以來，你似乎都是極力的爲了擺脫梅耶洛夫這個姓氏而努力，但是在我看來，你也只不過是在逃避你自以爲背負的原罪罷了，就像是小孩子尿床之後害怕被指責而把尿濕的床單藏起來一樣，一藏就是二十年，還沾沾自喜地認爲自己成功的發起了自我革命。對我而言，不論你去到哪裡做了什麼，你就是我們梅耶洛夫家的人。若你想要加入戰局，從倫理上而言，我是無法對你棄之不顧的。不論我個人的心情上究竟是覺得你很麻煩還是感到愛憐，都不會影響我跟你之間的關係。卓若卡，我要給你忠告。你想加入戰局，我必然會幫助你，但是不要以爲這是可以靠三流的小聰明就能謀生自保的世界。你要看清楚腳下所踩踏的事實，認清楚自己是誰，理解了實際的情勢之後，還想推行這個教育計畫的話，那麼我會給你全面性的幫助。但是，若你到了這個年紀還依然搞不清楚自己的立場，只知道跟貝士基特和那群矗黑流道夫學會的癟三搞小圈子的話，就一輩子也別想登堂入室了。」

喬瑟法說完，安逸地喝了一口甜酒。卓若卡眼睛定定地看著喬瑟法，沉默了好一會兒，心中暗自衡量形勢，斟酌著喬瑟法所說的每一句話。見卓若卡沉默不答，喬瑟法又繼續說道：

「說眞的，卓若卡，貝士基特也只是想要利用你而已。就我看，他並不是像你一樣會爲了理念或者名譽而起身奮戰的人。噢！當然，他也起不了身就是了。不過，若說我爲什麼鄙視貝士基特這人？難道只因爲他在北梅合併的過程中輸給了我？不是這麼回事的。事實上，始終都沒有任何人很努力的想去打敗他，貝士基特之所以失敗，完全只是因爲他本身的水平不足而已。北聯的系統中其實有非常多好的人才，但或許擔心是太優秀的人才會搶走貝士基特本身的光彩，因此通常都被外放。隨便舉例，就像是文森特或者你先生米斯帝。在我看來，貝士基特的失敗不是意外，也絕非偶然，而是他自己一手造成的。格局太小，不值一哂。你被他自以爲貴族的甜言蜜語騙了，一副女人心腸，想幫他做事，那麼我現在就可以告訴你會有什麼結局。你看看你丈夫最後得到了什麼，那就是貝士基特這個人的眞面目。」

「米斯帝入獄不是貝士基特害的……」卓若卡弱氣地試圖辯駁，話還沒說完，喬瑟法大手一揮，打斷說道：

「但是貝士基特有做出任何舉動要救他嗎？沒有嘛！當初在案子還沒落定之前，貝士基特若眞想救米斯帝，他難道眞做不到嗎？做得到的嘛！但是他爲什麼不做？爲什麼在可以救米斯帝的時候不出手，現在又突然想藉你的名義來動作？什麼教育協會，我看他根本是想把聶黑流道夫學會的那套手法拿來我的地盤打樁。要不然，怎麼可能說得動你？」

卓若卡難掩震驚之情，她深刻的感覺到喬瑟法把她看得徹底，一切的矯情都無處遁藏；又想到替人背黑鍋而坐牢的米斯帝，情緒不禁跟著激動了起來。喬瑟法輕微地嘆了口氣，低聲說道：

「如果這是你想做的事，卓若卡，如果這個教育協會是你自己本身想要做的事情，那麼我會爲你背書。但若不是，如果你仍像以前一樣只是喜歡用炫耀良知來自我滿足的話，不入流的傢伙就別說什麼漂亮話。我的意思你聽懂了嗎？」

卓若卡緊鎖著眉頭，抬起眼睛對上喬瑟法的視線，堅定地低聲說道：

「我很確定，這是我自己想做的事情。我並不想要炫耀良知，也從來沒這麼想過。我已經四十五歲了，並且自負始終走在自己選擇的道路上，我知道自己想要什麼，也知道自己正在做什麼。或許你是眞的非常不喜歡貝士基特，但是，喬瑟法，這對我而言是得來不易的機會，我不願意放棄。」

卓若卡沉穩而嚴肅地說完這番話，原以爲喬瑟法會嗤之以鼻，然而令卓若卡大感意外的是，喬瑟法居然神態認眞地看著她，露出了一種很難以言詞形容的微笑。像是理解，也像是嘉許，更有著無數深奧卻直接的情感凝聚其中。喬瑟法拿出記事本，從裡頭直接撕了一張便條紙下來，遞給卓若卡，說道：

「我的私人電話。往後有需要就直接打這支號碼找我吧。」

「喬瑟法……」卓若卡有些怔忡的接過便條紙。喬瑟法站起身來，隨後居然伸手摸了摸卓若卡的頭，說道：

「我很高興能有跟你分工合作的一天，卓若卡。」

喬瑟法像個兄長般的瀟灑離去，留下滿肚子複雜心思的卓若卡。儘管心中情感千頭萬緒，但是卓若卡知道，她等於是爲教育協會成功的取得了喬瑟法的背書，這對於協會的發展至關重要。

卓若卡在離開捷魯歐之前先打了電話將這件事情告訴貝士基特，原以爲貝士基特會對這項進展感到興奮，沒料他一聽之下，卻大爲震怒，幾乎是歇斯底里的囂聲叫道：

「你怎麼會去找喬瑟法來給協會背書？一旦喬瑟法公開背書了，還有誰會記得這是貝士基特・柏爾的基金會？」

「這當然是你的基金會啊，貝士基特！」卓若卡驚訝地說道：「我們要讓教育協會能在蟲洞網的沿岸區域緊緊著根，就必然需要喬瑟法的推薦！我不曉得你在生氣什麼。」

「生氣！噢，我生氣？」貝士基特既激動又沮喪地說道：「我不是生氣！卓若卡，難道你不明白嗎？我這個年紀，這種身體狀態的人，我要的是什麼？我能盤算的是什麼？未來嗎？哈！你如果能站在我的立場就會知道，我這種人是沒有未來可言的！名譽，榮耀，能在歷史上留名！我只能渴求這些。現在你去找了喬瑟法，好了！都毀了。你把我僅存的這一切都毀了。」

「你嗑藥了嗎！貝士基特？」卓若卡不可思議地急著解釋說道：「這一切才正要開始！哪裡毀了？如果喬瑟法不喜歡這個教育協會，我們連要進駐蟲洞商圈都有問題，是要怎麼推行？你也想要實績吧？如果沒有實績，哪來名譽？哪來榮耀？聶黑流道夫學會之所以成功也是由於有著強大實績的緣故，這才是教育的本質啊！你難道只想追求個人的名聲嗎？如果是這樣的話，那就不要把這件事交給我辦，你有很多更合適的人選。」

貝士基特聽了，沉默了一下，卓若卡能從電話中聽見他沉重的呼吸聲，那聲音聽起來不太正常，像是貝士基特的呼吸機出了問題。卓若卡擔心地問道：

「你還好嗎？貝士基特？你的呼吸機聽起來很大聲……」

「我沒事，」貝士基特用著一種夾帶著黏稠雜音的奇特語調說道：「我突然覺得很累，我們之後再談吧？卓若卡。」

卓若卡感覺情況不太對勁，但是貝士基特已先行掛斷電話，卓若卡重撥了幾次，都打不通。不安的預感益發強烈，卓若卡轉而通知洛維特，請求洛維特去確認一下貝士基特的情況。兩個小時後，卓若卡正在捷魯歐監獄與米斯帝會面時，接到了洛維特的回電，他告訴卓若卡說貝士基特又再度中風了，現在剛送進醫院。卓若卡不幸的預感成真，米斯帝聽見貝士基特的病情後也感到有些擔憂，雖然夫妻聚少離多，但他卻仍希望卓若卡能代他回鳩擇市去關懷貝士基特。米斯帝感覺到卓若卡的猶豫，他嘆了口氣，輕聲說道：

「很抱歉，卓若卡！我都已經是這種處境了，還對你提出這樣的要求。但是，貝士基特就像我的兄弟一樣。我永遠都忘不了，我和文森特他們一起進入貝魯特投資公司的第一天，貝士基特也被分在我們這一組。你知道，像我這樣的學會人都是滿腔怒火的復仇者，只想著快點能夠做些髒事兒，好對社會施予報復！滿腦子只想著這個，沒有感情，沒有其他的認知；不知道什麼是生活，也沒有事業的概念。遇到貝士基特的第一天，我只知道他不是學會的人，我也知道他能力不錯，反應很快。但是，我更在意的是，他的眼中有著一種……很奇妙的東西，我所不知道的某種……很堅硬的光亮！和我所熟悉的憤怒不同，復仇的怒火燃燒的是絕望，然而支持著貝士基特前進的，卻是更勇敢的東西。有一次，他突然對我說：『你知道嗎米斯帝，我們並不是在開創未來。』我以為他是說我們做的不夠好的意思，還差點跟他吵起來。結果貝士基特搖搖頭說：『不，我的意思是，我們正在締造歷史！』我瞬間好像被閃電電到一樣……唉，卓若卡，我講的不好，我不會解釋那個意義，不過我想你懂我的意思。如果不是認識了貝士基特，我恐怕也不會有勇氣與你共組家庭，我會是個……比現在更差勁的人……」

「你一點兒也不差勁，始終都不差勁，米斯帝！」卓若卡感慨地沉默了一下，然後說道：「教育協會與貝士基特的事情你不用擔心，我知道要怎麼做。我愛你，米斯帝。」

米斯帝眼眶紅了起來，他忍住情緒笑著點點頭，卻沒辦法回話。卓若卡離開監獄，搭車到捷魯歐中央車站準備回鳩擇市。站在熟悉的月台上，一種似曾相識的凝重感如浪濤般襲擊著她的靈魂；卓若卡握緊拳頭，抬起眼睛望向遠方。如果用現實之眼看待世界，那麼世界無處不邪惡；然而我們心裡其實很清楚，這並不是世界的全貌，而是個人選擇的視角。問題是，又究竟要看遍多少視角，才足以拼湊出最接近眞實的完全形象呢？

已經失去的遺憾、想要得手的慾望，必須捍衛的利益、無法捨棄的理想；不論是哪一樣，都令人絞心糾腸啊！

第十六章　看不見的英雄

失意的愚者無法阻擋時局的前進，倒下的身軀反而更加快了它的步伐。時值西元二一三八年初春，霍華・哈德威任聯邦總理的三週年，世界經濟聯盟即將上路的最後底限。醞釀十年的胎中巨嬰已然五臟俱全，摩拳擦掌地蓄勢待發。

磨刀霍霍的氣氛也浮溢於巨頭雲集的拱門俱樂部。然而，當夕陽斜沉，繁星漸現，希洛・道夫坐上豪華的貴賓禮車離開拱門俱樂部的度假中心時，卻是心思惶恐，緊鎖著眉頭抑鬱地望向窗外。他試圖咬著牙根按捺住胸中隱然浮現的蠢動與不安，但卻成效未彰。映照於車窗上不斷閃動變幻的黑影猶如飛掠的鬼魅，徊繞於希洛的周身，邪惡的鼻息相繼起伏，貪婪地掠奪著他美味的靈魂。一如不斷在腦中重播的惡夢般，希洛不得不一遍又一遍地反覆思索著方才在俱樂部的會議中所發生的一段罕見對話。

希洛・道夫今年六十五歲了，他在五十一歲那年受到自己從政初衷的啓發，毅然決然地脫離對他恩重如山的聯合黨，而創立了世界和平黨；並且在建黨後的第三年，更成功地將世界和平黨推向了往後連續執政長達十二年的巔峰之路。他有十足的理由與自信，能夠認爲自己這一路走來，始終都誠摯而務實，並且效率絕佳！世界和平黨執政後的全球共和聯邦，以好得出奇的效率一次又一次地達成了當初創黨的本意與目標：全球單一貨幣制度，以及一個能夠有效整合全球資源的強大物流網。這一切都是爲了達成長久的世界和平與富足的全民福祉！十多年來，希洛始終如此堅信著。而今蟲洞網如魔掌般深入非洲內部，世界經濟聯盟正式成立，和平幣也已成爲支撐蟲洞工程的穩健靠山；今日！希洛・道夫本當有充足的理由，相信自己已確實站在偉人殿堂的入口。距離開國元勳賀菲斯鈞、與一手提攜他的世紀能人哈德威，只差那麼微渺的一步之遙！甚至，在希洛本人的心中，他非常謙虛地認爲自己實際上只較這兩位賢者都更加偉大「一點點」而已，畢竟他一手促成了和平幣與蟲洞網的誕生，這可是人類數百年來無盡渴望、卻又始終未得完成的夢想啊！思及至此，希洛不禁垂淚忍歎，是的，他本當是一位這樣的人物！如此一位……令人動容的偉大人物。

莫約一個多月前，希洛在喬瑟法安排的飯局上認識了紐賽納教育協會的主辦人卓若卡。卓若卡兩年前全力投入籌辦紐賽納教育協會的工作，然而推展的進度卻不如預期順利。她向喬瑟法求助，希望能獲得「人脈上」的幫忙。喬瑟法認爲卓若卡應該與「極富智慧」的希洛・道夫一同吃個飯，向這位賢能的前總理請益。希洛聽了自然很高興的一口答應，私底下他本來就非常欣賞卓若卡，認爲卓若卡是繼承了自己已故前妻辛耶特著名的正直精神與敏銳天賦的社會評論者，並且對於政策事務的解析，通常更有獨到之處。希洛不疑有他地參加了飯局，席間與卓若卡開懷暢談，喬瑟法則從旁幽默點綴，使這場餐會談話更添興味。希洛對於神韻慧黠的卓若卡感到特別親切，不論什麼話題都對她坦承傾洩。或許是由於卓若卡的眼眸中隱藏著一種內斂的深沉睿智，那種神態與前妻辛耶特剎有幾分相似，令希洛不時恍神，也有些著迷。喬瑟法始終微笑著在一旁傾聽，希洛也沒把他當外人，於是隨著卓若卡的話題盡情口沫橫飛了一番。他豪不顧忌地向卓若卡大談自己過去的執政功績，因爲他認爲卓若卡或許需要這些「第一手資料」來幫助她推展紐賽納教育協會的工作；又或者，在希洛的心底深處，難免暗自希望當卓若卡未來在爲教育協會編纂教材時，能以「引述偉人之言」的形象來紀錄他的言行。卓若卡當然懂得男人心思，何況是希洛這種社會地位與大眾性格的年長者。卓若卡巧施蜜語，將內心渴望獲得榮耀與讚賞的希洛恭維得頭大腳輕，而她那一身刻意效仿辛耶特風格的梳妝打扮，看在微醺酒醉的希洛的眼裡，也別有懷舊之情。希洛．道夫在這一次的聚餐談話中得到了空前的喜悅與滿足，他的眼角帶笑，面光紅潤，並且氣宇飽滿，彷彿回到了三、四十歲時期的那種風光年華。然後，就在他酒飽飯足，正準備偷偷掩嘴打個無聲之嗝的時候，喬瑟法說話了。喬瑟法隨意地側身閒坐，輕鬆笑道：

「這樣吧，不如我們推薦卓若卡進入拱門俱樂部？其實我有意推薦她，只怕我在俱樂部的資格還不夠就是了。」

希洛聽了立即揮揮手說道：

「唉，你還不夠格的話那就誰都沒資格了！要不我們一起推薦她吧！你想加入拱門俱樂部嗎？卓若卡？」

「噢，當然！那是我一生職涯的榮幸！」

事情就這樣快速地說定了，儘管卓若卡的事業規模遠遠未達拱門俱樂部的最低入門門檻，她的那間小雜誌社根本連業界的主流規模都還搆不上；但是有了喬瑟法與希洛・道夫這般重量級的推薦，自然誰也不可能將這份質疑放在臉上。卓若卡很快地入了會，並且在喬瑟法的強力介紹下，一同出席了三週後的俱樂部會議。這是使事業登峰造極的大好時機，卓若卡也使出渾身解數，試圖誘使這些吃人肉不吐骨頭的各界巨擘們，一個個倒退著走向她沉默的大甕。

這次的俱樂部會議氣氛十分休閒，並非往常正式的開會模式，大部分前來參與的會員多半集中於設置了沙拉吧檯的一樓大廳後方，一邊閒聊著一邊享用世界頂級的廚師手藝。希洛・道夫也在其中，他意氣風發地正坐在眾人之間，身旁圍繞著一群只會對他說好聽話兒的後生晚輩；這些人當中大多也都是卓若卡的熟面孔，包括大學時期的同僚讓梅葉、凱恩斯等人，以及同樣出身於北聯系統的文森特與約瑟夫，還有明星議員白森耶等。拱門俱樂部的會員以男性居多，其中能夠定期參加會議的女性會員更是屈指可數，卓若卡這天的精心打扮使她的出現成了這場聚會中的一個小小高潮。希洛・道夫親切地向眾人提起卓若卡主辦的紐賽納教育協會，讓話題轉到卓若卡身上。卓若卡立即展現出熱誠的一面，揚聲說道：

「就讓我們這麼說吧！請問各位還記得，究竟是什麼原因導致了第二次世界大戰呢？最原始的肇因，還是一九一九年的巴黎和會上，對一次大戰的戰敗國強制簽訂的屈辱條約。這些戰敗國被迫接受的條件包括大幅喪失領土、喪失所有海外殖民地、嚴重削減軍備、軍隊不得擁有攻擊性武器、並且出口產品被強制徵收高額附加稅等等。然而更重要的，還是天價的戰爭賠款，以及針對這些戰爭賠款每年徵收巨額的賠款利息！就連當時的英國首相勞合・喬治與美國總統威爾遜看了這樣的和約條件之後，都不約而同地表示，這份合約實際上只會爲二十年後的戰爭埋下伏筆，而不可能帶來和平。如果各位不是太健忘，應該都還記得這段歷史吧！」

一群有頭有臉的男士們分別禮貌地點點頭，他們其中有些人互相交換了一下眼色，彷彿在暗笑這位才疏學淺的唐突女士。希洛也在一旁聽著，他卻若有所思地問道：

「不過卓若卡，這跟你的教育協會有什麼關聯呢？」

「感謝您的提醒，道夫先生！」卓若卡甜美地笑了一下，說道：「當然有關係！而且非常相關！因爲事實上，我們目前正在做的事情，就跟把一九一九年的凡爾賽和約照本宣科地套在非洲人民的頭上是完全一樣的。」

「噢不不不！」希洛立即顯得非常無法認同，他趕緊說道：「這就不對了，卓若卡！你說『我們目前正在做的事情』是指什麼？」

「我想是指蟲洞網吧？是嗎？」白森耶突然插嘴回答說道。

卓若卡點點頭還沒接口說話，希洛聽了卻猛然搖頭，一邊揮著手否決說道：

「不可能！不是這樣的。你說的不對了，卓若卡！你們這就說的不對了！蟲洞網怎麼可能是不好的東西？它是全球人民的福音啊！我們就是爲了物流的平穩發展才建造它的！你們不要隨便亂說話。」

希洛顯得有些激動，他用著略帶威嚴的口吻教訓這些後生晚輩。讓梅葉聽了，卻禮貌地比了一下手勢，示意說道：

「我們先聽聽女士怎麼說吧？卓若卡？」

「謝謝你，讓梅葉，」卓若卡微笑著繼續說道：

「沒錯，我說的就是蟲洞網。實際上不只是蟲洞網，還包括世界經濟聯盟下的整個和平幣系統。那麼，就讓我們快速分析一下吧！首先，在凡爾賽和約中的條件可以簡化分類爲幾種項目：一，剝奪領土。二，嚴格裁減武力。三，出口關稅壁壘。四，無法償還的賠款與巨額利息，以上四點。好的，現在請大家回過頭來想想我們目前推行蟲洞網與和平幣的整個過程。首先，第一步驟，由全球貨幣基金向被鎖定的『標的都市』強迫放出以和平幣計價的貸款，名目是讓該都市可以用這筆充足的費用來建造通過該都市領土下的蟲洞隧道。不過當然，這些貸款不可能是無息的。接著，第二步驟，由於蟲洞隧道的工程難度極高，不論是工程法還是主原料碳原塑鋼的製造，都是受到高度壟斷的技術，因此接受了全球貨幣基金貸款援助的這些標的都市，必須用這貸款來重金聘請全球唯一有能力建造蟲洞隧道的『全球蟲洞網工程公司』來替他們建造領域內的隧道。因此，由全球貨幣基金借出去的錢，不用幾天就會全數轉入全球蟲洞網工程公司的帳戶下，而全球蟲洞網工程公司實際上屬於北梅集團與克萊爾集團，所以實際上這些錢根本沒有離開捷魯歐。好的，接下來第三步驟，這些標的都市既然接受了全球貨幣基金的貸款，又請全球蟲洞網工程公司來建造了區域內的蟲洞隧道，理所當然代表他們加入了這個由蟲洞網連結而成的世界經濟聯盟的大家庭，願意放棄獨立經濟政策的自由，以服從世界經濟聯盟的旨意來換取繁榮的可能性。換句話說，加入蟲洞網，等同於放棄一個都市的獨立地位。貨幣的發行權、物資的定價權、進出口關稅政策、以及調控利率的權力，在喪失了以上所有關鍵防衛能力的同時，還得每年向捷魯歐『進貢』全球貨幣基金的高利貸。到了這個階段，如果有任何都市還打算反抗的話，由於都市命脈完全受制於蟲洞網系統，不論是全面的經濟制裁或者更精采的政變戲碼，都將是輕而易舉的事情了。」

「確實，蟲洞網系統就是帝國主義的最高階段，」讓梅葉輕描淡寫地露出贊同的神情說道：

「我們都知道這一點。所以說，你的論點是？」

「光明正大的做了這麼過份的事情，」卓若卡挑起眉毛說道：「難道我們能認為非洲的人民不會展開報復嗎？」

「噢，當然會，」文森特也開口說道：「他們當然會反抗！我想任何人落入那樣的環境，受到這般剝削，都不可能不憤怒。」

「而這樣的憤怒必然導致戰禍開端！是這個意思吧？卓若卡？」白森耶也一副瞭然於心的模樣說道。

「沒錯！」卓若卡聲調鏗鏘，眼睛發出亮光。為了顯得更有說服力，她刻意稍微壓低了聲音說道：

「因此，我們必須防患於未然！我們紐賽納教育協會就是爲了這個目的而成立的。我的觀點是，我希望我們教育協會至少能夠全面地提供居住於蟲洞網內居民的切身福利，像是免費提供孩童中小學的基礎教育，以及針對就業的高等技術教育，而關鍵在於，我們必須從小就賦予學生們『正確的』觀點！並且，只要是從我們系統出來的學生，就能夠在以蟲洞網系統爲主的就業環境中享有更優厚的待遇與機會。這就是從基礎開始的洗腦與實際利益結合。如此一來，必能有效抵銷他們受剝削的立場，使族群分化、有秩序的解體。」

「呵呵，使事象擁有複雜的表面，一向都是預防反亂的好方法啊！」讓梅葉笑了起來說道：「我很贊同你的意見，卓若卡！我認爲這是非常好的計畫！而且重點是，這個教育計畫確實能使部分孩童受益，雖然不是全部，畢竟我們不是聖人。要眞正公正的爲全民謀福利，實際上這是連聖人都做不到的事情。但是！受到協會教育幫助的孩童，確實就能享有更多的機會與更好的生活，這就已是人盡其善了！」

「噢，對了！」白森耶突然興致高昂地叫了起來，說道：「說到人盡其善，我們這幾天正好在思考一個新的保險計畫，我叫它『蟲洞網概念保險』，這是約瑟夫的原始提案，你應該跟大家介紹一下這個構想，約瑟夫！」

「哦哦當然、當然！」一直沒開口的約瑟夫一聽話題來了，立刻亮起眼珠子，嘴巴笑了起來說道：

「沒錯，就是『蟲洞網概念保險』，不是什麼太困難的構想。概念保險，正如其名，並非單一保險，而是一個一系列的保險組合，可以提供靈活的組合型態供民眾選擇。我最一開始的想法也是首先針對居住於蟲洞網內的居民來設計，因爲他們可以說是一個標的群眾，是全世界都會聚焦觀察的實驗組。因此只要把這個群組的福利弄得妥妥貼貼，自然能夠降低蟲洞入侵與和平幣貸款的輿論殺傷力，這跟剛才卓若卡說的紐賽納教育協會的出發點是一樣的。而且更重要的是，『保險』這個詞彙聽起來不但很良善，又能夠爲我們增加收益。」

「這簡直太棒了不是嗎？」白森耶接口說道：「我是說，這根本是天作之合！卓若卡的教育協會與約瑟夫的概念保險！」

「嗯，的確是相輔相成，」文森特沉吟著說道：「如果兩者能夠合併在一起實施，應該是會比單一推行其中一種更加穩固且容易。」

「噢，我明白，就好比是把牲口栓在農具上。」

讓梅葉邊說著，臉上邊露出了一種很寫實的表情。白森耶瞬間忍俊不住，差點兒沒把喝了半口的茶水給噴出來，害得他只得趕緊按住嘴巴用力吞下茶水，才意猶未盡地說道：

「天哪，讓梅葉！我眞愛這比喻！你這邪惡的傢伙。」

眾人趁勢哄鬧了起來，津津有味地互相討論著更進一步的各種計畫方案與措施。希洛獨自一人瞠目結舌地坐在旁邊，眼睜睜看著這群興高采烈的食腐者如噴泉般爆發的醜惡食慾。他靜坐了一會兒，感到胃腹之間扭絞著，最後實在是無法忍受了，顧不得四周觀感，幾乎是跳著站起身來走向中間，怒目斥道：

「你們這樣搞不對！是錯的！完全錯的！眞該死，我不能接受你們這樣開玩笑！輕率！還當眞？卓若卡，我眞是看錯你了，看錯你了！」

希洛說完這段話後仍張著鼻孔噴氣，怒目瞪視四周之人，眼珠子裡還不斷轉著文句，彷彿正在思索著應該如何往下說教才對。經他這麼一吼，原本氣氛熱絡的大廳頓時靜默了下來，每個人都把目光轉向希洛這邊，帶著一種悠閒的嬉笑準備靜觀這齣丑劇。見希洛怒氣未消，文森特試圖打個圓場緩和一下氣氛，於是稍微舉起手，用著一種淡泊的口吻說道：

「您可能會錯意了，道夫先生，我們並沒有在開玩笑。這些構想中的計畫都有可能會成眞，就像當初您構想全球單一貨幣制度一樣。」

「全球單一貨幣制度是立意良善的德政！」希洛簡直氣炸了，幾乎是吼著說道：「我創立世界和平黨，推行全球單一貨幣制度，爲的是縮小貧富差距！改善人民生活！使物資的分配更加平穩！聽懂了嗎！不是爲了你們說的那些亂七八糟的骯髒事情！」

「噢，希洛，我的老朋友！」

一個圓潤而悠然自得的聲音從大廳的另一端傳來，打斷了希洛的發言。喬瑟法身穿一套海盜王般的華麗服飾，張開雙臂走向發怒中的希洛說道：

「怎麼了？發生了什麼事情，讓你氣成這副樣子？」

「喬瑟法！」希洛說道：「你聽見了嗎？剛才他們正在說的話！」

喬瑟法呵呵大笑起來，說道：

「這屋子能有多大？我當然聽見了！你們正在討論蟲洞網概念保險的事情不是嗎？我也認爲這跟卓若卡的紐賽納教育協會應該會很搭，這有什麼問題嗎？」

「不！不是說這個！」希洛煩躁地怒道：「我是說他們對和平幣與蟲洞網的見解！基本的觀點全都錯了！整個錯誤！」

「哦，親愛的，」喬瑟法像是安撫情人般地對希洛說道：「他們沒有錯。他們說的是事實哦！希洛。一直沒有理解眞實的人，其實只有你而已。」

希洛露出不解的神情，疑惑地瞪著喬瑟法。喬瑟法拉開一個親暱的微笑，拍了拍希洛的肩膀，然後突然變換了聲調，冷峻地說道：

「你也該走出自己的迷夢花園了，希洛。」

喬瑟法像個大家長般指揮侍者禮貌地送希洛離開俱樂部，希洛前腳才剛走，大廳裡便又再度喧嘩熱鬧了起來。讓梅葉直噓了一口氣，說道：

「呼！送走一個。」

「是啊，而且是個大隻的。」白森耶也跟著隨口搭腔，說完兩人還默契十足地聳聳肩膀，相視而笑。白森耶轉頭對喬瑟法問道：

「不過喬瑟法，沒關係嗎？這樣得罪你的老搭檔？」

喬瑟法挑起一雙長眉說道：「什麼話？我的忠貞是不容質疑的呀！我的搭檔始終只有傑諾瓦而已。傑諾瓦以外的人我是一概看不上眼的。」

眾人聽了忍不住起鬨笑鬧了起來，過了一會兒文森特才正聲說道：

「我知道希洛是打算要自己出任世界經濟聯盟主席的，他不只一次表示過很中意那個位置。」

「嗯，我也有聽說。」白森耶也說道：「但是現在情況就不一定了，他說不定是個心靈潔癖的傢伙。搞不好回家之後還會抱著枕頭嗚咽哭泣哪！哈哈哈哈哈！眞是的，恐怕只有被騙的傢伙才會認爲全球單一貨幣是良善的德政吧，眞是敗給他了。」

白森耶不拘禮數的豪邁笑聲廣傳千里，使希洛形同落敗的鬥犬。當希洛等於是被喬瑟法強制送出拱門俱樂部的大門時，他才頓時驚覺到自己的無知。這不是一個自己玩得起的牌局，自己也從來都不是莊家，雖然他直至方才爲止都還如此認爲。希洛彷彿感到腳下囤積的污泥漸漲，冰冷而潮濕的無形觸感往他的大腿攀附了上來，吸引住他孤單且疲憊的心靈。在黑夜裡開往捷魯歐的車上，希洛像是一具血液被吸乾了的屍體，他從來不曾感覺如此深切的無力。即使是早年仕途不順遂，或是當他得知深愛的辛耶特罹患癌症的事實，甚至是辛耶特英年早逝的頭一年裡，在那些充滿苦難與挫折的回憶之中，希洛也不曾如此絕望。那些年輕的歲月裡，即使時有悲傷如影隨形，也總是能在頹喪之中觸摸到一股沉靜的溫度，他知道，那就是時光的療癒能量，由於他「必然」還有未來，因此只要安靜等待，希望總會降臨。

但是，唯有這次不同。

希洛心中難以遏止地燃起了一股不祥的陰影，他終於隱約明白到，自己從政至今，這條左右逢源地走了四十年的路啊，似乎已見到了盡頭。希洛並不排斥職涯的結束，任何光輝燦爛的歲月都有結束的一天。然而令他理智崩潰、無法接受的是，這一輩子苦心經營的政治生涯，非旦沒有如古聖先賢般通往他一生渴求的榮耀之門，反倒將他拖進了一個巨大的罪惡渦輪之中。這個渦輪榨乾了他一生心血，也榨乾了他的靈魂。回到捷魯歐住處的希洛・道夫，如今，只剩下一具乾燥的皺縮軀殼。

希洛變得頹廢消沉，潛伏已久的酒癮再度復發，他開始終日醉酒賭氣，在家中與現任妻子華倫娜衝突不斷。華倫娜與希洛共同生活二十餘年，從沒見過希洛竟有如此黑暗、不可理喻的一面，令她錯愕棘手，只覺得這場災難眞是來得莫名其妙。爲了搞清楚希洛的酗酒氣究竟從何而來，這位苦惱的前第一夫人連番打了幾通電話，最後終於商請到文森特願意前來探訪希洛。

過了幾日，文森特依約到來，他和往常一樣帶著謙和的笑容與平價的禮品，出現在希洛住處的小花園中。華倫娜熱誠地歡迎這位難得的友人，更希望他的探訪能爲希洛稍解憂愁。希洛剛從前一日的宿醉中頭昏腦脹的醒來，連杯咖啡都還沒有喝，就被華倫娜半拖半罵地「搬動」到花園裡頭與文森特見面。仲春的花圃五彩繽紛，在這一片春意盎然的繁花簇擁下，希洛卻身穿著厚重的灰棕色毛海睡袍，神情因酗酒而腫脹呆滯。同樣也是灰棕色的鬈髮連續幾天沒有梳理，稍微有些打結，整個人看上去猶如一隻迷茫的大棕熊。希洛坐在花園的藤椅上，太陽光線刺照著他的眼睛，使他頭腦尚未清醒，卻已開始頭疼。他充滿怨懟地斜眼睨著文森特，粗聲說道：

「我不懂，你還來這裡做什麼？我已經不是總理了，也不是喬瑟法的座上賓，來我這裡對你沒有好處。你們不是要去把非洲人栓在農具上嗎？去啊！不要來找我，我已經沒有利用價值了。」

「我很難過你這麼說，希洛。」文森特歎道：「不過我無求於你，也不是來嘲笑你的。華倫娜夫人很擔心你的身體，聽說你又開始酗酒了？」

「對！對！我酗酒！」希洛用著惡狠狠的口氣說道：「我就是酗酒！怎麼樣？不酗酒人生是要怎麼過下去？我的一生心血都毀在你們手上了，我的和平幣！還有蟲洞網！你們就去栓你們的牲口吧。去他的讓梅葉！去他的卓若卡！」

文森特沉默了一會兒，冷靜地說道：

「說眞的，希洛，我很訝異你是眞的到現在才知道事情的眞相。你一直站在權力的中心，即使不是眞正的莊家，我一直以爲你是知情之人。不過就算如此，也希望你現在可以不要這麼偏頗，激動對任何人都毫無益處。就算你是眞的現在才知道也好，覺得自己遭受了天理不容的無情背叛也好，但是事實上是，不論出發點爲何，爲了落實這個希洛・道夫政府所致力追求的全球單一貨幣制度，我的朋友貝士基特因故全身癱瘓、二度中風，我的兄弟米斯帝替政府背負了羅徹斯特七日政變的貪污罪名而坐牢，更不用說羅徹斯特的前任市長可納・庫魯夫在政變期間遭到叛軍處決，而那支私下處決可納・庫魯夫的軍隊，實際上就是聯邦政府的傭兵部隊。甚至如果你的記憶力不差，就應該還記得爲了落實全球單一貨幣制度而最早出現的一個犧牲者……」

「遊梭……」希洛突然接口說道：「羅徹斯特以前的那位央行總裁，很年輕，英氣煥發，留下一身遺憾。我知道那事情不單純……我知道，我都知道。文森特！仔細一想，從很早期的時候開始，許多線索就都已呼之欲出。如果留心的話，我早該發現的。沒錯，我早該發現的，但是我沒有發現。爲什麼一直都沒發現？我實在是想不透。我的雙眼因爲世俗的恭維而變得盲目了嗎？這些恭維還眞是高竿！眞是高竿！結果說到底，卓若卡原來也是喬瑟法那邊的人。紐賽納教育協會？呵呵呵呵！我說，你的朋友貝士基特是不是也被卓若卡給騙了啊？」

「不，並非如此。」文森特搖搖頭，低聲說道：「卓若卡打算推廣的紐賽納教育協會，其實就是我們矗黑流道夫學會的日光版。她之所以那樣包裝紐賽納教育協會，是爲了不與喬瑟法的意願起衝突。儘管喬瑟法願意對她睜一隻眼閉一隻眼，但是要在蟲洞網裡做事，就等於是在喬瑟法的眼皮子底下活動，表面上不喬裝一下是不行的。」

「哦……」希洛看起來有些驚訝，也有些苦悶。他皺起眉頭，露出一副不敢苟同的表情說道：

「不過，我不認為喬瑟法有這麼好騙。」

「確實。」文森特靜靜地點點頭，說道：「其實我認為卓若卡也明白這一點。喬瑟法會因為相信了卓若卡刻意討好他的言詞而放過紐賽納教育協會？事實如此的可能性微乎其微。我認為喬瑟法絕對知道紐賽納教育協會在教育內容上使用的是聶黑流道夫學會的資料庫這件事，然而他卻允許卓若卡明目張膽的這麼做！我敢說喬瑟法必然有他自己的考量，而不是因為偽善或者受到了遊說。」

希洛歎了口氣，終於從早餐盤子上抓起華倫娜做的三明治大口囫圇吞了起來，抬眼環顧了一下庭院的景色，嘆口氣說道：

「唉，真希望我能變成一隻熊。」

文森特愣了一下，皺著眼皮望著神色茫然的希洛，說道：

「就算是熊，現在也不是冬眠的時候。」

「我還能做什麼呢？」希洛大聲了起來，說道：「這一輩子！我一直都自豪的認為自己是走在自己的理念道路上！我以為我追求著至理，以為自己追求著賢能的至善，而且就是為了落實這些偉大的目標，而甘願付出無數的歲月！我二十五歲從政，今年已經六十五了呀！這條路我走了四十年，而如今，正當我以為自己完成了任務，噢，至少階段性的任務完成了，然後正要光榮地步下台階，離開自己一手塑造的這個舞台的時候，突然有人告訴你，你從一開始相信的理念就是錯誤的！如果你是我，文森特！如果你是我，你會作何感想？你能作何感想？這一切就是荒謬，就只剩下了荒謬！我告訴你，整個社會都是荒謬！」

「但至少你知道了眞實。」文森特神情穩定的說道：「你知道了眞實，你現在知道了。那麼，未來呢？你打算逃跑嗎？」

「未來？」希洛不可置信地說道：「我已經六十五歲了，當過四年國務卿與兩任聯邦元首，或許是德高望重，沒錯，但握不住實權，過氣了！還有什麼未來可言？你們年輕人就是搞不懂這點！四十幾歲，你現在還是大有可爲的時期，但我不是，我只是個貴腐老人了！」

「道夫先生，」文森特抬起眉毛說道：「以現代醫學的角度而言，每個六十五歲的人至少都還有二十年要活啊！難道你打算未來二十年都當個貴腐老人？」

「呃……」希洛聞言語結，他其實沒想過這個問題，因爲他原本是想要出任世界經濟聯盟主席的，並沒有打算就此退休。只不過日前驚嚇過度，目前整個人仍處於退縮的狀態中。希洛緩慢地端起花瓷杯子，咕嘟咕嘟地喝了幾口奶茶，喃喃地說道：

「我知道了眞實……」

文森特點點頭沒有說話，只是安靜的觀察著希洛臉上微細的神色變化。希洛看上去像是終於搞懂了某件讓他糊塗了很久的事情，不自覺地在沉思的狀態下嘟起了嘴巴。他撐著稍顯肥厚的下顎，上唇的八字鬍如同小學生的洋裝裙子般自然地翹向兩側，略爲蓋過了嘴角。希洛摸了摸自己的臉，彷彿意識到自己該整理門面了。他坐直身體，眼神與文森特四目相交，正色說道：

「文森特，你眞是個善良的傢伙。」

文森特笑了起來，溫聲說道：「是的，我知道。」

「該忙的事情還眞多！」希洛半埋怨半開玩笑的說道：「沒想到這個年紀了還得重新思考人生進路，眞是折騰！」

「人生就是戰場啊，希洛。」文森特突然感嘆地說道：「生命本身就是一場戰爭。」

「這是你的座右銘嗎？」希洛笑道。文森特搖搖頭說道：

「這算哪門子的座右銘？何況我是左撇子。」

希洛大笑了起來，在傍晚的微風中與華倫娜並肩目送文森特離去。華倫娜很高興文森特只花一個下午的時間就「治癒」了她的丈夫，爲表達感謝之情，還特意包了兩盒自製的煎餅讓文森特拎著帶走。天色漸暗，蚊蟲嘆息著聚集了起來，希洛帶著與今日醒來之時不同的心情回到屋內，脫下身上灰熊般的毛海睡袍，坐在書房裡陷入了一陣寂靜的沉思。

西元二一三八年七月四日，世界經濟聯盟正式於羅徹斯特成立，全球各大重要都市首長齊聚一堂，召開了第一次世界經濟會議；並且在首次的世界經濟會議當中，幾乎毫無異議的共同推舉了由聲譽日隆的明星政治家讓梅葉．巴特，來出任第一任世界經濟聯盟主席之位。這個職位的任期長達七年，且無連任次數上限規定。其理由是，世界經濟聯盟被認定是一個軟性而公正的組織，而這個主席職位的性質，則較爲接近榮譽職務，旨在主持會議與對外發表會議結論，是一個不具決策實權的位置，因此不需嚴格限定連任次數。於是在眾人的歡慶祝賀中，讓梅葉風光滿面地威嚴上台，以謙虛的姿態接下了這個「不具實權」的榮譽職務。

然而，較不為人所知的事實是，世界經濟聯盟主席雖然不具有直接影響世界經濟會議結果的決策權，但它卻握有一個更為關鍵的權力，那就是全球央行行長、以及蟲洞網最高管理機構「蟲洞網管理局」局長的這兩項人事任命權。想當然爾，在世界經濟會議進行的期間，這兩位「關鍵首長」的意見，才會是眞正影響會議結果的絕對要素。畢竟這就是這兩位首長在會議期間的職責所在——提供前來開會的各都市首長們正確且詳細的營運資訊、局勢分析，以及絕對不能少的，就是關於未來計畫的「決策建議」了。

希洛神情冷淡的坐在電視機前，看著螢幕上風采迷人的讓梅葉用著一種很「賀菲斯鈞式」的口吻，正在發表演說。這場演說中的讓梅葉．巴特，看起來全然不似個政治領袖，說話時也毫無一介經濟首長的官僚模樣；他的表現更像是個純眞浪漫的慈善家，像個提倡黑猩猩也應享有平等人權的衛道聖士。希洛冷冷地看著讓梅葉一邊高唱世界經濟聯盟必將帶來和平與富裕等高尚的目標，一邊掩不住興高采烈的宣布了兩位「關鍵首長」的人事任命：

凱恩斯將成為首任全球央行的行長；而當初一手起草《世界經濟聯盟法案》的文森特，則分到了蟲洞網管理局的局長職位，以作報酬。

隨著季節輪轉，權力就像有血有肉的生物擬態般持續變幻，身處局外的人們永遠無法得知困住自己的究竟是第幾千隻觸角下的第幾百號吸盤。或許直到某一個明日醒來，當朝霞由低矮的天邊向上攀延，幻化爲鋒芒畢露的刺眼妖精之時，牠會在灼眼的白晝下，嘲笑、欣賞著人們的盲目之舞。而從口中呼出的那些可笑頌歌，也將一如歷史上的任何一種制度，以讚揚著高尚的道德延續數百年來的華麗傳統：羊群爲群獅獻祭，爲了獅群的獲利而賤賣自己的青春、拋售自己的子孫、及至子孫的子孫的子孫。

希洛閉上眼睛，心思沉重的伸手關掉電視。中午剛去上完花藝課的華倫娜正好從外頭回來，身邊還帶了幾個朋友到家中享用下午茶。她一走進家門，就看見希洛單手支著頭、神情肅穆的坐在沙發上。華倫娜出聲問道：

「怎麼了？親愛的？我煮杯花茶給你喝好不好？還是你想吃些點心？」

希洛抬起頭，看著慈母般的華倫娜輕輕地微笑了一下，說道：

「你記得今天的日期嗎？」

「七月四日吧？不是嗎？」華倫娜一邊回答著，一邊又張大了眼睛回頭搜尋月曆上的日期。就在看見月曆的瞬間，華倫娜啊的輕呼了一聲。她歎了口氣，溫柔地坐到希洛身邊，伸手環繞住希洛安撫著他，低聲說道：

「唉，三十一年了啊……」

希洛點點頭，以一連串心靈的靜默悼念前妻辛耶特。華倫娜於是起身去招呼朋友，同時轉身對希洛說道：

「今天也吃炸洋蔥圈嗎？」

希洛下意識地咧開嘴笑了起來，撐起沉重的身子緩步走向餐桌。暖烘烘的夏日午後，無數的過去如浮光掠影般從希洛腦中快速閃過。他和華倫娜的幾位友人一同談笑著吃了炸洋蔥圈，咬下去的時候，希洛才突然發現，原來洋蔥圈之所以好吃，是因爲粿了麵粉與油炸的緣故。基本上，任何食物只要粿上麵粉油炸，都可以變得一樣油膩、一樣美味……就像自己也被粿了許多麵粉，油炸了很多次一樣。希洛如常咔嗞咔嗞地將炸洋蔥圈吃個精光，猶如將自己的血肉也一併吞下。飽餐一頓之後，他放下盤子舔舔嘴，露出了複雜的神色。希洛知道，洋蔥圈的美味並沒有改變；而是自己的舌頭，已與過去訣別。

第十七章　巨人殘影

蔚藍的天空上劃過一道絲綢般的七彩煙霧，伴隨著噴射機的巨大引擎轉聲響徹雲霄。突然間，高空中一陣側風急遽吹過，使得停滯於雲端上的絢麗煙霧不約而同地蜿蜒了起來，形成一股張揚的弧線。

鳩擇市的秋季罕有如此晴日，空氣中濃縮著乾爽的氣味，更因為太陽的照射而受熱昇華，飄起數以萬計的微塵光絲。光絲朝向廣闊的空域中浮昇而去，貝士基特也隨之起舞，跟隨了這股溫暖的氣流，離開老舊的身軀，浮游而起，然後一股腦兒地被推向了光源背面的深處、更深處。他的皮囊即將腐壞，再多再大的豐功偉業，也不會繼續掛著他的名聲以作招牌；貝士基特生前極力渴求的一切事物，都在這一日，與他的身軀同化為灰燼。隨著飄起的微塵，他回到了出生之前的狀態，在無感知的奧域中悠游徘徊，一會兒鑽入時間的縫隙，一會兒又被空間吸入無條理的漩渦湍流；貝士基特與眾多不同的存在相擁曼舞，然後，一陣清風迎面吹來，瞬間爽快的透徹感貫穿心窩，貝士基特不由得向後退了幾步，須臾之裕，消杳於大空。

葬禮舉行到一半，原本晴朗的天空霎時一聲巨雷乍響，接著便烏雲密集，像是宣告著什麼似地逕自下起了滂沱大雨。眾人躲避不及，全被淋得一身溼透。文森特趕緊吩咐承辦葬儀的工作人員送此雨具到現場來，同時叫一旁的員工暫時先架起幾個簡便的雨棚應急。前來給貝士基特最後送行的親友們也顧不得體面了，爭相遮著頭臉躲了進去。過了好一會兒，緊急調來的雨具終於到場，問題是還沒來得及搬運下車，太陽卻又再度露臉，天空也整個放晴了。

貝士基特的遺照鑲嵌在沉穩的石雕墓碑上，經過方才一番天降清雨，神色顯得特別飽滿生動。這是他三十七歲生日宴會當天留下的身影，年輕氣盛，眉宇軒昂，渾身洋溢著一副不可一世的自信，頻笑之間仍帶有些許稚氣；與其說是個投資家，其實更是像位飛行員。貝士基特自身體癱瘓之後就沒有再留下任何照片肖像，他不願承認自身的肉體狀態與容貌變化，更試圖將身軀與心靈進行一種徹底的分割；而若要說這是貝士基特晚年時期不斷追求的一種理想，那麼，現在他應該也算是達成目標了。

貝士基特的離世，沒有任何人為他流下一滴眼淚，彷彿大家都認為他應當有此結局。然而諷刺的是，貝士基特既非死於他本身的病情，也不是基於他的自我意志，而是一樁離譜的醫療疏失，以及為了掩飾這樁疏失而發生的一連串荒唐行為。

在貝士基特二度中風而再次入住紐賽納醫院的期間，一位新來的實習看護員被派到貝士基特的病房負責照顧他。一天晚上，這位新手看護幫昏睡中的貝士基特擦完身體後，離開病房之前，不知為何順手把貝士基特的呼吸器給關掉了。貝士基特很快就在黑暗的寂靜之中缺氧死亡，直到隔天早班的人員來巡房時，才發現大事不妙。這名實習看護員向院方辯解稱說道，他當時是以為「那台機器」沒有打開，才好心將開關撥至「另一邊」。院方一聽，非同小可！於是爲了掩飾非法雇用無照看護員的醜聞，醫院的高階主管們罕見地展現出了堅決的魄力——他們立刻用高於正常資遣金額數倍的價碼，開除了這名實習人員；接著更煞有其事地對外發表正式聲明，宣稱這樁致死意外絕非院方醫療疏失，而是由於貝士基特「擅自」改裝了他個人的自動呼吸設備，因此當他的呼吸器與院方設備長時間銜接使用時，才會因系統的細微不相容而產生「偶發性的」意外故障。言下之意：貝士基特其命該絕，醫院方面完全不存在著醫療疏失！

這項說法很快地被接納了，因爲貝士基特當初爲了要使用電腦輪椅，確實配合輪椅的設計而改裝了他的自動呼吸設備。原以爲整樁疏失醜聞能夠就此平息，然而不巧的是，先前被開除的這位無照看護員對於自己的際遇充滿憤怒，他憤怒自己遭到開除的處分，也憤怒自己拿到的資遣金額根本不足以購買一日份量的毒品，更憤怒整個社會虧待了他的不公！沉寂數日，這位被開除的看護員決定在憤怒的驅使下採取一個毀滅性的行動。他不僅將醫院非法雇用無照醫護人員的常態現象公諸於世，更揭露了紐賽納醫院其實就是鳩擇市的黑市毒品交易中樞。

驚人的爆料使無照看護員一夕暴紅，他突然受到許多媒體的供養，開始得意洋洋了起來。鳩擇市的醫療體系則是形象崩潰，瞬間成了黑金、毒品與性交易的穢物集散處，就連一向以強烈的社會責任形象爲廣告的巴爾頓製藥也被牽涉於其中。而通過巴爾頓製藥公司不論怎麼計算都非常不合邏輯的營運暴利背後，逐漸的，一個公開的祕密浮現了上來。現在，當人們茶餘飯後提到鳩擇市的醫院毒品交易事件時，會在口中說著：「噢！我知道，貨源是巴爾頓製藥嘛！」接著在心裡想道：別笨了，主控權當然來自於普利馬物流。於是，在群眾間口耳相傳下，這位不顧自身毒癮而揭開事件遮羞布的無照看護員，終於在一個酒醉如泥的夜裡，被另一位毒癮纏身的精神病患拿著醫院的手術刀給解剖了身體；最後，他以七零八落的驚人姿態，陳屍於幽暗的柳巷內。

無照看護員的死狀駭人，彷彿以一身噴濺的血肉毫無保留地韃伐著社會的內在眞實；他喪命的模樣與整起案發意義都太過於重大，使人無法不駐足關注。而在毒品交易、非法勞工、醫療疏失、以及解剖殺人狂的出現等等眾多膾炙人口的社會事件烘托下，貝士基特的死亡猶如一輪水中浮月，皎潔而虛幻，毫無眞實觸感；因此不論他生前是何等地渴望能夠成爲莊嚴的標竿，留下一個令後世男兒無不哽咽慨歎的偉大背影……在這些血淋淋、髒兮兮的社會本體面前，貝士基特的人生仍顯得輕如鴻毛，毫無重量，他的死亡亦然。大概也就是這個原因，使得一手承辦喪禮的文森特別無選擇，只能決定讓大眾適度的遺忘貝士基特——遺忘他身爲投資家與中風病患的醜陋模樣；而相對地，卻是記得貝士基特狂熱於賽道飛行運動的瀟灑神采。貝士基特的墓碑上也刻著文森特爲他杜撰的墓誌銘，簡潔的文句，乍看之下飄然夢幻，悵聲詠道：

貝士基特・柏爾長眠於此，他以雄偉的心靈征服蒼穹。

短短一句話中不僅讚美了貝士基特的精神氣魄，更確立了他「是一位飛行員」的形象定義。然而奇妙的是，如果從另一個角度想像，強調一個人以「心靈」來征服某些事物，似乎也隱晦地夾雜著此許諷刺的意味。過去曾有人說：人在被遺忘之前，難免都得暫時化身為媚俗以滿足他人的私心慾望。不論是回歸蒼穹的貝士基特也好，在暗夜中血濺花街的無照看護員也罷，他們都各自以不同的方式走入同樣的媚俗，進而成為世人用以向當權者高唱求愛禮讚的美味獻祭。

喪禮總算是順利的完成，以貝士基特生前的身分地位而言，前來為他送別的人數並不算多，加上親友之間普遍生疏，互動也顯得冷清；唯有約瑟夫、包溫與文森特等聶黑流道夫學會的成員之間較為熟稔熱絡。許久沒在外頭走動的米斯帝也全程參與，他日前已獲得假釋出獄，但仍自願留任於捷魯歐監獄中擔任聶黑流道夫學會講師。原先包溫本有意安排米斯帝回到北聯金控重操舊業，但卻被米斯帝拒絕了。米斯帝說自己不應該繼續與「檯面上」的事業有所接觸，這會為其他人帶來不必要的麻煩。並且他還對文森特私下透露，自己正在考慮是否應該與卓若卡離異一事。文森特相當驚訝，他以為米斯帝一向是安於婚姻、也非常愛惜婚姻的人；然而這回，許久不見的米斯帝卻露出了一種文森特前所未見的陌生表情，歎聲說道：

「我感覺我辜負了卓若卡，佔用了她最菁華的人生時間，卻無法給她應得的回饋；她應該獲得自由。或者更貼切的說法是，我應該催促她這麼做。」

「你認為卓若卡也會這麼想嗎？」深感反對的文森特問道。米斯帝搖搖頭，幾乎不怎麼考慮的就回答說道：

「不，我認為，如果我向她提出這事兒，她應該會很火大才是。」

「沒錯，我也這麼認爲。」文森特深表同感，他的意思其實是米斯帝應該打消這樣的念頭。然而米斯帝沒有意識到文森特的心思，他的神情陷入了一種放空的狀態，語調卻很篤定的說道：

「所以我決定不當面告訴她。不見面、不討論，只有結果。」

文森特皺起眉頭，他很想告訴米斯帝這只是他片面的思考，並不是在爲卓若卡設想。然而，不知爲何，出獄之後的米斯帝讓文森特感到有些陌生，不同於以往的直爽率性，他變得冷淡且難以親近。文森特猶豫了一會兒，思索了幾個連自己都感到很牽強的方案，最終只能歎口氣，明白自己已經無緣置喙了。

貝士基特與他的父親裴斯一同長眠於鳩擇市西北方市郊的私人墓園，墓園佔地廣大，橫跨紐賽納運河兩岸，父子兩人隔岸對望，猶如鎮守的神明。貝士基特的兩任前妻領走了他大半部分的遺產，只剩下少許北聯金控的股權，最後歸入紐賽納教育協會名下作爲營運基金的一部分。已經長期定居羅徹斯特的卓若卡收到這筆資金的時候，決定爲貝士基特留下一個紀念，她將這筆資金獨立管理，準備爲紐賽納教育協會成立一個獎學金制度。另外，卓若卡還請人以貝士基特那張神采奕奕的年輕遺照重新設計了教育協會的商標。這個新發行的肖像徽章式商標，很快地便如同紐賽納運河的淼淼河水般在蟲洞網流域內煙波浩蕩了開來，象徵著趨勢的洪流。幾年下來，蟲洞網的居民們個個聽話地購買貝魯特投資公司的概念保險，好讓他們的孩子能夠進入紐賽納教育協會接受較好的教育，以謀求未來求職時的優勢與生活上的保障。貝士基特的肖像不久之後便擁有了另外一個名稱，它被人們稱作「紐賽納教育之父」——一位用雄偉的心靈征服世界的慈善教育家。

事實上，在此之前，卓若卡的心意不只一次背離了貝士基特成立教育協會的最初目的。畢竟在身邊圍繞著孩童們天眞的笑靨與民眾們心意滿足的讚美之下，任何人都不可能不去質疑原本甚至是意圖「孕育災厄」的危險初衷。她感到自己的身心都已步入了中年階段，無法克制地被一種強烈渴求安穩生活即可的情緒掌握，不希望有過多的熱情，也不再渴望焚身般地去追求理想。直到貝士基特喪禮過後第二個月，紐賽納教育協會獲得了貝士基特的最後一份遺產，以及同一個星期裡收到的一封來自捷魯歐的信件：米斯帝直接寄了離婚協議書給卓若卡。

米斯帝的信中只附上了一張簡短的便條以解釋著米斯帝的心意，他說這是自己經過長久的考量後認爲最合適的結果，並且請她在協議書上簽名寄回。拿著輕薄的紙張，卓若卡感覺到全身一陣虛脫，彷彿連內臟都一併發抖，她的第一個衝動就是拿起電話想與米斯帝聯絡，希望當面將事情問個清楚，然而米斯帝刻意迴避，令卓若卡幾經嘗試都聯絡不上。暴怒的衝動過後，卓若卡頹然坐在辦公桌前，此時，理智才逐漸使她恢復思考能力。與米斯帝共度的漫長歲月充滿了各式各樣的回憶，卓若卡一面回想，一面露出了懷念的笑意，她似乎逐漸理解了米斯帝的心思。情緒平靜下來，卓若卡低頭攤開手上被她握得褥皺變形的紙張，眼睛盯著協議書上頭的「離婚」字樣。她突然了解到，自己與米斯帝之間從一開始就不存在著婚姻關係。他們並非基於戀愛而親近彼此，也不是因爲婚姻才相互結合，聯繫著他們之間的基礎從來就不是內分泌與賀爾蒙——當然，更不會是一張無關痛癢的法律證書。卓若卡的腦中浮現出一張年輕容貌，猶如初識時的米斯帝，又恍若現在他們的兒子法伊。卓若卡深呼吸了一會兒，知道自己回到了一個與過去不同的原點，先前的徬徨不再，心裡已有答案。

米斯帝在捷魯歐擔任學會講師的生活過得十分安逸，他的外型日漸圓潤，脾氣豁達溫厚，很得學生們的喜愛。當他得知卓若卡用貝士基特的遺產爲紐賽納教育協會成立了獎學金制度的同時，也收到了卓若卡簽名寄回的離婚協議書。卓若卡寄回的信件中沒有加註任何話語，只是附帶寄上了一枚上頭有著貝士基特肖像的協會徽章。米斯帝拿起徽章握在手中，情緒一陣鬆動，腦中酸澀了起來，稍微有些難以承受地俯首沉思。他用力抿著嘴巴，在心中靜靜地點頭。

冬雪覆蓋了山巒波峰，連綿不絕的大地起伏於冰冷的沉重積雪之下，銀白色的世界表面平滑，充滿淺現易懂的詩意。眾人用著整齊劃一的笑容歡慶西元二一三九年的到來，彷彿若不這麼表現，就有什麼東西會從暗中迸裂、企圖奪走全體人類的幸福似的……因此，非得要如此表現不可！霍華．哈德威政府也毫不鬆懈地炒作著即將到來的連任選舉，儘管人人心知肚明，主宰世界的權力已經從全球共和聯邦手中正式轉移至世界經濟聯盟，全球共和聯邦已是一個過時的備用組織了。然而俗話說的好，正所謂有備無患，霍華．哈德威政府積極確保連任的理由也十分強烈，畢竟這恐怕是能從這個職位上撈到油水的最後機會了，不好好把握一下怎麼行。而綜觀民調，霍華得以連任的機率也高於百分之七十以上，這都得感謝和平幣的全面發行，以及蟲洞網的實質經濟貢獻。

難得悠閒的春節假期到來，文森特受到讓梅葉的邀請，帶著妻子與愛犬一同前往讓梅葉的山中別墅小住幾日，以參加讓梅葉與妻子晞婭舉辦的年節聚會。傳聞晞婭並不是個好脾氣的女人，時常會拿身邊伺候她的助理狂暴出氣，或刻薄怒罵、或冷言相向，尤其是當她感到壓力大的時候。然而，不論傳言如何，晞婭在名流社交圈中仍是個相當稱職的政治家夫人，除了在政商圈與藝術界都交友廣闊之外，更重要的是，她非常懂得細緻巧妙的社交手腕、與高明的宴客之道，這項出色的才能，讓她總是能在適當的關鍵時刻裡，爲讓梅葉的交際需求更添助力。讓梅葉顯然也十分重視妻子在社交方面的才能，時常讓她做主舉辦各種型態的晚會與餐宴。這次特別邀請文森特全家來一同共度假期的計畫，實際上也就是晞婭的意思。晞婭一針見血地告訴讓梅葉說道：

「你需要文森特！他是你最寶貴的屠刀。只要有他在，你可以隨心所欲的爬上屍體山堆而不用踩到一滴血。」

「而如果沒有文森特呢？」讓梅葉問道：「我就爬不上去了嗎？」

「不，你還是上得去，」晞婭說道：「只不過全世界都會知道你是個謀殺者。」

「噗哈哈哈哈哈！噢！晞婭，」讓梅葉大笑著說道：「親愛的晞婭！我就愛你這份邪惡。」

夫妻倆心意相通地狂歡而笑，響亮的笑聲如雷霆轟頂般震懾著坐落於群山之間的雅致別墅，惹得四周飛鳥一陣慌亂逃散，拍打翅膀的沙沙聲響迴盪於山谷之間不絕於耳。此時一個侍者恭謹地走上來，低聲下氣地向兩人報告訪客消息。讓梅葉精神一振，神清氣爽地站起身來說道：

「哦！我的屠刀來了。」

晞婭同樣微笑著起身，臉上已全無方才的奸巧樣貌，她眼鼻觀心，優雅地攏了攏原本就很完美的髮髻，準備指揮全場，迎接賓客。

對於文森特夫婦而言，這毫無疑問是一次迷人的度假聚會，燦爛的午後陽光，微寒的山野清風，兩人的妻子在屋裡竊竊私語的美麗背影，以及文森特的狗在讓梅葉的花園裡盡情追逐著晞婭的貓。情緒鬆懈下來，一早便長程驅車的文森特感到有些疲憊，陽光斜射在他的臉上，把他的五官陰影打得特別深邃，凹陷的眼眶裡幾乎看不見平日那雙清澈的眼珠。讓梅葉依舊爽朗地隨口談話，他看文森特有些倦了，便說道：

「你累了，文森特？那我們就不喝酒，先喝咖啡吧？明天再喝酒。」

「明天還有你們其他的親友會來，不是嗎？」文森特伸了伸懶腰說道。

「是的，噢是的。」讓梅葉露出一臉招牌笑容說道：「不過只有你對我而言是特別的，文森特，其他都是交際。」

文森特似笑非笑地看著讓梅葉，緩緩地喝了一口侍者送上來的苦咖啡。濃郁的咖啡因順流而下，融入體內，文森特情不自禁地瞇了一下眼睛，露出陶醉的神情，說道：

「哦哦！這是好咖啡啊，眞是好咖啡！我就喜歡這味道！」

「呵呵，我知道，你也是個怪口味之人哪！」讓梅葉停頓了一下，接著又補充說道：「我們兩個都是怪口味之人。」

「不是吧，我看不是。」文森特一邊喝著咖啡繼續說道：「我只是順水推舟，懶得選擇。而你呢，你只是太有錢了而已。」

讓梅葉一聽，噗哧地大笑了起來，他興奮地壓低聲音說道：

「文森特！這年頭也只有你會對我說眞話了！眞後悔沒娶你作老婆。」

文森特一聽也突然笑了起來，他放下咖啡杯，說道：

「若眞那樣就慘了，我們倆誰也到不了今天的位置。」

「哈哈！」讓梅葉露出罕見的諷刺表情，挑起眉毛說道：「有人希罕嗎？我到了這個位置，是啊，但那又怎樣？沒有任何事情改變。沒有任何事情會因此改變。我們只是不由自主的被推動著，如果不小心翼翼地跟上腳步，馬上就會跌倒，然後遭受他人踩踏。這個位置，說穿了是什麼？不過就是由我們佔著總比被他人佔去好而已，只是這樣。」

「這倒是很貼切。沒佔到位置的人都離開了。」

文森特的話語只是單純的用句，沒有其他的意思，不過語調中仍可聽出略顯孤寂的情感。讓梅葉側身打量著文森特好一會兒，搖搖頭低聲說道：

「你從不多說內文呢！文森特。」

文森特的眼睛因疲憊乾澀而顯得有些紅腫。他轉頭看向讓梅葉，微笑著說道：

「但我總是說眞話。我總是對你說眞話，讓梅葉。」

讓梅葉也沉默地微笑了起來。那樣的神態與其說是笑容，實則更似歎息。

多彩而渾沌的傍晚雲霞由山谷中捲縮浮起，像是抬起頸椎般朝向天空緩慢地延伸而去。在如此美景的烘托下，任何談話都顯得多餘，任何私心與野望，都顯得可笑而累贅。夕陽的澄紅彷彿反射著人心的溫度，也只有在這樣的時刻裡，人們才會懂得欣賞永恆之美。心靈感受到山脈的律動，口鼻呼吸著生命的空氣。它會奪走人們企圖繼續存在的慾望，然後，又會轉身回來告訴你，活著也無所謂，因爲你無足輕重。

楊依射作品集（4）

帝國本能：世界之魂四部曲

The Lions Dance 2123A.D.-2139A.D.

建議售價・320元

作　　者・楊依射
特約主編・簡世照
封面設計・啾太郎
文字校對・米賽亞
文字編輯・蔡谷英
美術編輯・張禮南
總 編 輯・水　邊
發 行 人・張輝潭
出版發行・白象文化事業有限公司
402台中市南區福新街96號
電話：（04）2265-2939　傳真：（04）2265-1171
購書專線：（04）2260-9961
印　　刷・基盛印刷工場
版　　次・2010年（民99）七月初版一刷

國家圖書館出版品預行編目資料

帝國本能：世界之魂四部曲／楊依射著．一
初版．一臺中市：白象文化，民99.07
面：　公分．——（楊依射作品集；4）
ISBN 978-986-6216-10-7（平裝）

857.7　　99011005

設計編印：印書小舖
網　　址：www.PressStore.com.tw
電　　郵：pressstore@msa.hinet.net